2014年度广州市宣传文化出版资金资助项目

Between Elegance and Games :
Studies on the Aesthetic Tension of European Baroque Literature in the Seventeenth Century

在典雅与游戏之间

17世纪欧洲巴洛克文学审美张力研究

金琼 著

中国社会科学出版社

图书在版编目 (CIP) 数据

在典雅与游戏之间：17 世纪欧洲巴洛克文学审美张力研究/金琼著.
—北京：中国社会科学出版社，2015.7
ISBN 978 - 7 - 5161 - 6542 - 3

Ⅰ. ①在… Ⅱ. ①金… Ⅲ. ①欧洲文学—近代文学—审美—文学研
究—17 世纪 Ⅳ. ①I500.64

中国版本图书馆 CIP 数据核字 (2015) 第 160000 号

出 版 人	赵剑英	
责任编辑	史慕鸿	
责任校对	韩海超	
责任印制	戴 宽	

出 版	中国社会科学出版社	
社 址	北京鼓楼西大街甲 158 号	
邮 编	100720	
网 址	http://www.csspw.cn	
发 行 部	010 - 84083685	
门 市 部	010 - 84029450	
经 销	新华书店及其他书店	

印 装	北京君升印刷有限公司	
版 次	2015 年 7 月第 1 版	
印 次	2015 年 7 月第 1 次印刷	

开 本	710×1000 1/16	
印 张	16.5	
插 页	2	
字 数	248 千字	
定 价	59.00 元	

凡购买中国社会科学出版社图书，如有质量问题请与本社营销中心联系调换
电话：010 - 84083683

序

蒋述卓

　　金琼攻读暨南大学文艺学博士学位时已然是广州大学的一名教师了，因为有了一定的学术基础，也因为十分珍视这来之不易的学习机会，所以在课堂上她显得非常地认真，不仅认真记笔记，还积极地思考、发问，讨论时也踊跃发言。正是这种认真与严谨，再加上她极好的学术悟性，她从我的课程《中外文论》的讲授中得到启发，逐渐形成了她的博士论文选题。她的博士论文从选题到写作完成，是最为水到渠成的。写作期间，我对她也进行了若干次的点拨，并展开过几次讨论，她每一次都能领悟并很快修正，进入写作轨道。可以说，她是我指导起来比较省心省力并且完成质量较高的难得的几位学生之一。

　　就说研究的切入角度，最初讨论时她拟从审美角度去研究巴洛克文学，我觉得角度还是太宽，建议她是否能借用新批评评论诗歌的"张力"的角度去加以研究，以便能突出重点。她回去后很快做出了调整，一方面将研究对象的时间限制在 17 世纪的欧洲，另一方面则对"张力"问题做了深入地探索与界定，使之成为进行此课题研究的学理依据。

　　在研究方法上也是如此。她并没有局限于文学张力这一种理论与方法，而是尽力拓宽研究的视野，借用了巴赫金的"复调小说"与"狂欢化"理论以及叙事学、文艺心理学、接受美学等理论方法，从多层面去深入解释巴洛克文学的张力结构与张力美。

　　我对她的这本专著是满意的，我也经常将她的选题作为典范向后届学生们介绍与推荐。当然，她能选做这样的题目，也是因为她从事外国文学的教学与研究，对巴洛克文学并不陌生，但能敏锐地从老师的讲课中得到启发，并延伸出一个研究课题，这完全取决于她的前理解和学术感悟力了。有道是"师傅领进门，修行在个人"，同一师门出不同的弟子，这太正常不过了，能否修行得好，则完全取决于学生自身。

我还比较满意的就是她的谦逊好学以及严谨对待学术的态度与学风。博士毕业后，她并没有急着出书，而是根据参加答辩导师们提出的意见，认真仔细地对论文作精细的修改。她也曾以此论文选题为基础去申请过课题，虽然未中也丝毫不气馁，她依然在不断地完善她的研究。功夫不负有心人，当她将修改得较为完善的论文以论著的方式去申请有关部门的资金资助出版时，这本高质量的著作终于得到专家们的一致认可，纳入资助出版的名单中。

现在，金琼已迈进了教授的行列，她有了更多更大的学术平台，也有了更大更多的责任，这本书既可视为她学术的奠基之作，也可视为她的成名之作。有了这本书做基础，依她的学术领悟力和扎实认真的学术态度，我相信她有能力登上更高的学术台阶。

我期待着，也祝愿她的学术之路走得更远更顺更好。

2014 年 10 月 28 日

目　录

绪　论

　　17 世纪欧洲巴洛克文学是介于欧洲文艺复兴与新古典主义之间的一个重要文学思潮。对巴洛克文学的认识、评价与接受，与在欧洲所经历的由否定到修正直到现在的充分肯定一样，中国也对此种文学思潮形成了类似的接受轨迹。在西方，"现代批评家成功地解释了 16 世纪末至 17 世纪初这一阶段历来史学家无法自圆其说的文学现象，重新发现了一些被遗忘的重要作家，重新评价了一些重要作品，也改写了这一段的文学史。自 70 年代以后西方出版的或编写的欧洲文学史几乎都填补上巴洛克文学这一章"。① 在中国，对巴洛克文学现象的关注与研究也渐呈拓展与深化之态势。黄云霞、贺昌盛《被遗忘的"巴罗克"：中国的巴罗克文学研究》，就回顾了当前国内的巴洛克文学研究现状，谈到了巴洛克的语词界定、文本研究以及巴洛克与其他艺术形式之间的关系问题，较有参考价值。② 但该文忽视了国内的一些《外国文学史》论著对巴洛克文学与文化的评析，遗漏了某些重要论文及作品，而对目前研究存在的问题与研究的走向等，也还可作进一步的讨论。笔者拟从以下四个方面简要地回顾、评析当前国内的巴洛克文学研究成果，指出目前研究中存在的一些问题、疑惑和盲点，希望能对今后的巴洛克文学研究有所助益。并以此为基点，阐明笔者从"文学张力"出发的学理依据和对巴洛克文学进一

---

　　① 冯寿农：《艺苑上的奇葩——巴洛克艺术：从建筑到文学——关于法国巴洛克文学》，《外国文学研究》1990 年第 1 期。
　　② 黄云霞、贺昌盛：《被遗忘的"巴罗克"：中国的巴罗克文学研究》，《外国文学研究》2005 年第 4 期。

步研究的必要性与拓展研究的可行性，以期在这个目前国内还不算热点的研究领域里辛勤耕耘，有所收获。

第一节　国内外巴洛克文学研究现状述评

一　巴洛克概念及其运用研究

巴洛克（又译"巴罗克"）一词，从语源上说，来自何处？其含义如何？对此，学者们各抒己见，既有一致的认识，又存在不同的看法。

杨周翰先生的《巴罗克的涵义、表现和应用》指出："一般认为是从葡萄牙语巴罗珂一词演变而来，原来是珠宝商用来称呼形状不规则的珍珠的术语。最初它是一个带有贬义的词，表示不完美、粗糙，以至丑陋怪诞，但也有新颖奇特的一面。钱钟书先生在《通感》一文中把它译为奇崛。"[1]

朱维之、黄晋凯、赵澧主编的《外国文学史》中称"巴洛克"（baroque）一词来源于葡萄牙语的"barocco"，原是用来形容一种形状不规则的珍珠，后来被艺术史家用来形容文艺复兴后意大利等国出现的一种新的建筑风格。[2]

叶廷芳先生在《巴罗克的命运》中认为："巴罗克"（baroque）是一个艺术史概念，也是一种风格的名称，属于诗学和美学的范畴。其词源一说来自中世纪拉丁语"barooco"，意指荒谬；一说来自葡萄牙语"barroc"，或西班牙语"barroec"，意谓"小石子"或"不规则的椭圆形珍珠"；德文"brochenperle"，也是指"破碎的珍珠"。各种语源都表达了同一个意思：即非正规的艺术，法国古典主义者给予这个词的普遍性定义则是：古怪、浮夸、可笑、不自然的等。[3]

张石森、岳鑫主编的《巴洛克与洛可可艺术》中说："'巴洛克'一词学者们公认为源于葡萄牙语，意为'不合常规的，特别是那些外形有

---

①　杨周翰：《巴罗克的涵义、表现和应用》，《国外文学》1987年第1期。

②　朱维之、赵澧主编：《外国文学简编（欧美部分）》（第四版主编黄晋凯），中国人民大学出版社1999年版，第96页。

③　叶廷芳：《巴罗克的命运》，《文艺研究》1997年第4期。

疵点的珍珠'。""巴洛克艺术风格形成的动机是为了用一种荒诞的、不寻常的形式赢得人们的喜爱和承认。"①

伍蠡甫先生在《巴罗克与中国绘画艺术》中指出：首先，根据《牛津大辞典》，"巴罗克"一词原是西班牙语的名物辞，意思是"形状奇特古怪的珍珠"，18 世纪作为英语的形容词，意为放肆的、越轨的、怪僻异常的。其次，"巴罗克""逐渐成为艺术用语"，具有各种解释。到了当代，学者们对"巴罗克"的涵义进行综合性的探讨，例如韦勒克（R. Wellek）教授著名的《文学研究中的巴罗克概念》从艺术风格和思想意识两方面来考察"巴洛克"，认为它并非贬辞，而是唯情的、幻想的世界观所导致的艺术风格，而且现代和 17 世纪以前都存在。②

郑克鲁主编的高教版《外国文学史》认为：巴洛克文学产生于 16 世纪下半叶，在 17 世纪上半叶达到盛期。巴洛克一词来源于西班牙文 barruko，在 16 世纪用在首饰行业中，指的是"一颗不圆的珍珠"。③

朱龙华在《意大利文学史》中则引述德、法两国的文学批评家们的观点，说它来源于西班牙语的"barrueco"和葡萄牙语的"barrocco"，后派生出法语形容词"baroque"，指一种形式奇特的珍珠。意大利人则指出，"巴洛克"来自逻辑学中用来形容三段论法的一个名词"barocco"。18 世纪末，新古典主义的理论家们对 17 世纪的文学艺术提出异议，他们通常用"巴洛克"一词来形容当时文学作品的怪诞和不规范化。④

韦勒克教授在《文学研究中的巴罗克概念》一文中认为"巴罗克"一词来源于西班牙文 barroko，后于 1962 年写作的《后记》承认"巴洛克一词及其转用到文学上来的历史需要作出修正"。巴洛克一词更早来自葡萄牙文，指"不整齐的、奇形怪状的珍珠"。⑤

综观这几种文学批评和文学史论著对巴洛克一词的解释，不难发现：

---

① 张石森、岳鑫主编：《巴洛克与洛可可艺术》，远方出版社 2006 年版，第 1 页。
② 伍蠡甫：《巴罗克与中国绘画艺术》，《文艺研究》1990 年第 2 期。
③ 郑克鲁主编：《外国文学史》，高等教育出版社 1999 年版，第 94 页。
④ 朱龙华：《意大利文学史》，上海社会科学院出版社 2004 年版，第 110—111 页。
⑤ ［美］雷内·韦勒克：《批评的概念》，张今言译，中国美术学院出版社 1999 年版，第 111—112 页。

学者们大都认为"巴洛克"有形状奇特、古怪、不规则等含义，但是对"巴洛克"一词的语源，学者们却有不尽相同的看法：（1）来源于葡萄牙语（持此观点者，占多数）；（2）来源于西班牙语；（3）来源于葡萄牙或西班牙语；（4）来源于拉丁语或西班牙语或葡萄牙语；（5）来自逻辑学中三段论中的一个名词。并且，有关葡萄牙语的拼读，也提供了三种不同的方式："barroc"（叶廷芳先生）"barrocco"（朱龙华《意大利文学史》）"barocco"（朱维之、黄晋凯、赵澧《外国文学史》）。可见，张石森、岳鑫所说的"学者们公认为源于葡萄牙语"，与实情不符。

1888 年沃尔夫林在《文艺复兴与巴洛克》一书中指出："1580 年理所当然地成为巴洛克风格充分形成的开端"，"米开朗基罗当之无愧地成为'巴洛克艺术之父'"。在书中，他还很有创见地提及诗歌中的巴洛克手法："塔索的开场白非常不同……到处都是玄虚的形容词、铿锵的尾韵和有规律的重复，句式严谨，节奏徐缓。但是，庄严不仅仅存在于措辞之中，言语形象也变得高大起来。"①

在 Tak-Wai Wong 的《英语中的巴洛克风格研究》中谈到沃尔夫林对于"巴洛克整体风格"的见解：巴洛克风格是"由主导动机或主题的强化"与"个别类型独立功能的中断"之间相互作用的结果。② 而 Buffum 在其《辨识巴洛克》中亦论道："巴洛克明显是一种以'奢华性'、'多样性'作为外部标志的基督教风格，其精神价值的多层级性广为接受。"③ 可见，对巴洛克风格的形成与巴洛克风格的阐析，各种见解与看法可谓五花八门，歧见迭出。

此外，"巴洛克"是如何从艺术领域被援用为一种文学风格和思潮称谓的？这是研究巴洛克文学的逻辑起点和必须面对的问题。

李嘉在《关于巴洛克概念的解读》一文中指出"意大利学者 E. 南乔尼于 1895 年进一步把 17 世纪文明的特点归纳为巴洛克主义。由此学术界

---

① ［瑞士］海因里希·沃尔夫林：《文艺复兴与巴洛克》，沈莹译，上海人民出版社 2007 年版，第 78 页。

② Tak-Wai Wong, *Baroque Studies in English 1963—1974*, Richmond, VA: The New Academics Press, 1976, p. 18.

③ Ibid., p. 19.

逐渐形成了 17 世纪是巴洛克时代的概念，甚至有了巴洛克音乐、巴洛克文学、巴洛克哲学等提法。"20 世纪初人们逐渐接受了巴洛克文学这一概念，有关巴洛克历史时期划分则有两种观点：一说是 1600—1750 年，还有一说是 1580 年前后至 1750 年巴赫去世为止。①

韦勒克在其《文学研究中的巴罗克概念》中认为"沃尔夫林是第一个将巴罗克一词转用到文学史上的人"。② John M. Steadman 在其《重新定义一个时期的风格：文学中的文艺复兴、样式主义以及巴洛克风格》中明确指出韦勒克认为将巴洛克概念从艺术史范畴引入文学史范畴应归功于沃尔夫林，而巴洛克作为文学史概念的随后之发展则建基于沃尔夫林的类型理论。③ 王昌建主编的《从巴洛克到现实主义》亦指出："首先为其正名，并赋予它特定美学意义的是德国史学家沃尔夫林。"断言"巴洛克作为一个时代的象征也终于被历史所肯定，并确定了它的价值所在"；指出在沃尔夫林之后，法国的塔皮耶、雷蒙、朗格等史学家也系统地论证了巴洛克艺术的美学价值与意义。④

然而韦勒克在《后记》中对此进行了修正："在西班牙，门南底斯·伊·派拉约的《美学思想史》（1886 年）中的'文学中的巴罗克风格'这个唯一的例证甚至比沃尔夫林还要早。就意大利来讲，我没有提到卡尔杜齐在 1860 年曾偶尔用过这个词。"但是，韦勒克强调沃尔夫林由于写了《文艺复兴与巴洛克》而仍然是"把这个词搬到文学上来的中心人物"。⑤ 陈众议先生《西班牙文学：黄金世纪研究》也指出："在造型艺术领域，巴洛克这一概念是由德国人率先提出的。1756 年，德国学者温克尔曼曾用以指涉建筑中的各种复杂装饰花纹。而文学中的巴洛克概念却是由西班牙评论家梅嫩德斯·伊·佩拉约于 1886 年在其著作《美学思

①　李嘉：《关于巴洛克概念的解读》，《沈阳师范大学学报》（社会科学版）2007 年第 4 期。
②　[美] 雷内·韦勒克：《批评的概念》，张今言译，中国美术学院出版社 1999 年版，第 69 页。
③　John M. Steadman, *Redefining a Period Style*："*Renaissance*"，"*Mannerist*"，"*Baroque*" *in Literature*，Pittsburgh：Duquesne University Press, 1990, p. 107.
④　王昌建主编：《从巴洛克到现实主义》，中国电力出版社 2008 年版，第 5 页。
⑤　[美] 雷内·韦勒克：《批评的概念》，张今言译，中国美术学院出版社 1999 年版，第 112—113 页。

想史》中首先使用的。"①

既然沃尔夫林的《文艺复兴与巴洛克》发表于 1888 年，佩拉约于
1886 年在其著作《美学思想史》中已提出了"文学巴罗克主义"的概
念，那么佩拉约就理所当然是比沃尔夫林更早将巴洛克这一概念引进文
学中的人。

冯寿农在《艺苑上的奇葩》中提道："本世纪初（指 20 世纪——引
者注），法国批评家雷蒙·勒伯克、皮埃尔·科勒、马赛尔·雷蒙等人也
开始将巴洛克艺术引进到文学批评中。"②

综上，巴洛克作为风格、文学思潮和时代精神的产物，正逐渐以其
自身的独有特性吸引人们对它进行多向度的研习、评判与借鉴，但事实
说明，对巴洛克的语源及援用问题依然没有形成一个统一的认识与看法。

二 巴洛克文学思潮与风格的评价

研究巴洛克文学的专著在我国很少见，陈众议先生的专著《西班牙
文学：黄金世纪研究》对西班牙文艺复兴时期与巴洛克时期的文学进行
了深入研究，是这一领域的重要成果。对巴洛克文学的认识与评介多见
于各个历史时期的各种外国文学史以及相关的研究论文。

首先，在国内的外国文学研究界，不同历史阶段编写的《外国文学
史》教材就表现出对这一文学思潮的不同认知方式与价值评判标准。

杨周翰先生的《欧洲文学史》在谈到 17 世纪欧洲文学发展的不平衡
状态时指出，"意大利逐渐丧失了它在欧洲文化中的重要地位，文学衰落
了，'马里诺派'诗歌泛滥一时，这是一种堆砌典故、雕琢辞藻的贵族形
式主义作品"。③ 英国的诗歌，"内容晦涩难解，以意象奇幻取胜，反映了
当时一部分人对于文艺复兴时期人文主义理想失去信心"。④ 而 17 世纪的
西班牙则是"贵族绮丽派文学在文坛上盛极一时"。"这个诗派轻视人民

---

① 陈众议：《西班牙文学：黄金世纪研究》，译林出版社 2007 年版，第 236 页。
② 冯寿农：《艺苑上的奇葩——巴洛克艺术：从建筑到文学——关于法国巴洛克文学》，
《外国文学研究》1990 年第 1 期。
③ 杨周翰、吴达元、赵萝蕤：《欧洲文学史》，人民文学出版社 1964 年版，第 190 页。
④ 同上书，第 218 页。

群众，提倡为'高雅人士写作'，作品堆砌夸张的辞藻，充满隐喻和难解的词句。"① 不难发现，杨先生是以阶级性、人民性、思想性等为尺度来评价巴洛克文学的，所以站在人民群众的立场上，他自然会认为巴洛克文学的思想和艺术皆乏善可陈。但是他批评巴洛克文学堆砌典故、语言雕琢、意象奇特、晦涩难解等，在今天看来，却也正好揭示了巴洛克文学的审美特征。

柳鸣九、郑克鲁、张英伦等先生主编的《法国文学史》，在评价伏瓦蒂尔时指出："他以写纤巧的情诗和谄媚的书信出名，文风装腔作势，正投合了贵族男女粉饰其丑恶关系的需要。"谈及杜尔非写了近 20 年的冗长"膨胀"的五大卷六十册的长篇田园体小说《阿丝特蕾》时说："内容极为无聊……正反映了因长期内战和社会变乱而破产的贵族留恋往昔安逸生活的心理。"认为斯居戴利（即斯鸠德里小姐）的历史小说中所谓的"文雅"语言"不伦不类"，描写"散漫"、"冗长"，令人"无法卒读"。② 书中未明确提及"巴洛克"概念，只提出了"贵族沙龙文学"概念，对巴洛克这一文学思潮及其作品（伏瓦蒂尔、杜尔非等人后被界定为法国的巴洛克作家）的评价不高，其评价标准也与杨周翰先生大体一致。

朱维之、赵澧先生等主编的《外国文学简史》对巴洛克文学做出了这样的评价："巴洛克文学在思想上偏重于表现信念的危机和悲观颓丧的倾向；在艺术上，刻意追求怪谲，偏于雕琢，以至被一些史家称为夸饰主义。巴洛克在意大利和西班牙较为流行。"③

陈振尧先生的《法国文学史》中则提及"17 世纪初英国、西班牙、意大利等国文坛，风行一种表达方式古怪、内容繁琐夸张的情诗，这种情诗是欧洲文坛雅风之滥觞"。④

---

① 杨周翰、吴达元、赵萝蕤：《欧洲文学史》，人民文学出版社 1964 年版，第 224 页。

② 柳鸣九、郑克鲁、张英伦主编：《法国文学史》（上），人民文学出版社 1979 年版，第 152—154 页。

③ 朱维之、赵澧主编：《外国文学简编（欧美部分）》（第四版主编黄晋凯），中国人民大学出版社 1999 年版，第 96 页。

④ 陈振尧：《法国文学史》，外语教学与研究出版社 1989 年版，第 96 页。

　　正如冯寿农先生所言，1990 年以前，我国的大多数文学史论著要么对巴洛克文学"只字不谈"，要么"略有提及"也是"片言只字，一笔带过"，甚至"张冠李戴"，把它与"矫揉造作文学"混为一谈。这的确有失公允，存在"偏颇"和"武断"。① 其批评的视角与方法，也不同程度地带有社会历史批评的阶级分析色彩，就那个时代而言，是具有不可否认的深刻性的。

　　不过，自此以后，文学史论著对巴洛克文学的评介渐趋公允、全面。如王忠祥、聂珍钊二位先生主编的《外国文学史》认为："巴洛克的语源涵义是破碎、不规则和奇妙的意思，用来指 16 世纪末至 18 世纪中叶流行在西方建筑、雕塑、绘画和文学领域中的一种美学风范。巴洛克文学反映了当时人们苦闷颓废的情绪和形式主义的艺术趣味，具有语言雕琢矫饰、手法怪诞夸张、形式华丽纷杂的特点。"② 后来，聂珍钊先生于 2004 年重新主编《外国文学史》，仍沿袭了这一评述。③ 而在聂珍钊先生新版的"国家级精品课程"教材《外国文学史》第二分册（华中师范大学出版社 2010 年版）中则有第四篇《17 世纪文学》第三章专章对巴洛克诗歌、小说、戏剧进行了全方位的评价，足见对此种文学思潮的关注与重视。

　　值得注意的是，朱维之、赵澧、崔宝衡等先生后来重编《外国文学史》（欧美卷，南开大学出版社 2004 年第三版）时，对 1980 年主编的文学史中对巴洛克的评述进行了修正与补充，既在总体上对巴洛克文学进行了述评，客观地指出："巴洛克文学的情况非常复杂。有各种各样的巴洛克，他们的思想倾向并不一致。"又对重点作家作品作了较中肯的评析，认为："巴洛克文学的影响很广，17 世纪最杰出的法、英大作家如高乃依、拉辛、弥尔顿、马维尔等人的作品也有巴洛克的痕迹。"④

---

① 冯寿农：《艺苑上的奇葩——巴洛克艺术：从建筑到文学——关于法国巴洛克文学》，《外国文学研究》1990 年第 1 期。

② 王忠祥、聂珍钊主编：《外国文学史》，华中理工大学出版社 1999 年版，第 281 页。

③ 聂珍钊主编：《外国文学史》，华中科技大学出版社 2004 年版，第 251 页。

④ 朱维之、赵澧、崔宝衡等主编：《外国文学史》（欧美卷），南开大学出版社 2004 年版，第 102 页。

　　张世君教授主编的《外国文学史》教材则不仅在"17 世纪文化"中单列了"巴洛克艺术"一节，在"17 世纪文学"中也对"巴洛克文学"进行了专节论述，并做出了较客观公正的评价。"它与巴洛克艺术风格一致，内容上带有宗教神秘色彩，艺术上借鉴中古文学象征、寓意、梦幻的手法，语言雕琢，表现出华丽纤巧的风格。"难能可贵的是，本教材明确了巴洛克文学的各国代表性作家：意大利的马里诺、西班牙的贡戈拉、法国的贵族沙龙文学家、英国的玄学诗人以及德国的马丁·奥毕茨、格吕菲乌斯①等，避免了将文艺复兴时期的主要代表作家也列入其中。

　　这些《外国文学史》关于巴洛克文学评介的转变，透露了巴洛克文学研究的深度、广度和视角等都在不断地发生可喜变化的信息。这一点，从部分论文、专著的研究视角、方法和观点中也可以清楚地看出。

　　例如，陈众议先生《"变形珍珠"——巴罗克与 17 世纪西班牙文学》认为"巴罗克是多元认知方式和价值标准催生的矛盾复合体，既具有文艺复兴时期的人文主义基因，又明显背离文艺复兴时期的托古倾向和理想主义情怀；既具有现实主义底蕴，又不乏悲观厌世的虚无主义色彩"。并希图"通过历史的梳理和对西班牙文学的个案分析，对巴罗克及巴罗克文学以尽可能客观、公允的界定"。②

　　值得一提的是，陈先生 2007 年 4 月出版的专著《西班牙文学：黄金世纪研究》，无疑对西班牙文艺复兴时期与巴洛克时期的文学进行了成效卓著的国别断代研究，对巴洛克诗歌、戏剧和小说进行了细致精到的解读和有理有据、慧眼独具的评判：

　　　　总体说来，巴洛克文学拓宽了西班牙作家的表现空间，也极大地丰富了他们的表现方法，但同时也因过分强调雕琢或反常而不同程度地使自己滑向了唯美主义、形式主义和怪谲主义，从而对西班

---

① 　张世君：《外国文学史》，华中科技大学出版社 2007 年版，第 240 页。
② 　陈众议：《"变形珍珠"——巴罗克与 17 世纪西班牙文学》，《外国文学评论》2005 年第 4 期。

牙和西班牙语文学（如浪漫主义、现代主义及当代拉丁美洲文学等）产生了深刻、持久的影响。①

综上所述，国内学术界对巴洛克文学与文化现象的认知与评价，经历了一个由浅入深、由片面到全面、由基本否定到不断地有所肯定的过程，特别是近年来，人们对巴洛克文学的艺术追求和美学意蕴的多重性特征等有了越来越清晰的认知，对巴洛克文学的评价也越来越辩证、客观，而研究的方法和视角等也在不断地拓新。导致这些变化的原因是多方面的，但是有关巴洛克文学文本研究的逐渐深入与拓展，无疑也是引起人们认知变化的重要因素之一。

三 巴洛克文学文本研究

20世纪末到21世纪初，对巴洛克文艺的研究呈现出可喜的局面，单篇论文方面，叶廷芳先生《巴罗克的命运》（载《文艺研究》1997年第4期）对17世纪欧洲各国的巴洛克文学发展演变脉络进行梳理，并对巴洛克艺术对文学的渗透和影响进行了探索；刘润芳《德国的巴洛克自然诗》（载《外国文学评论》2003年第2期）对巴洛克自然诗的独特性进行了界定，并明确指出巴洛克诗歌"促成了18世纪的启蒙自然诗即真正的自然诗的诞生"。李红琴《西班牙黄金世纪的伟大诗人贡戈拉流派归属辨析》（载《国外文学》1996年第1期），对贡戈拉介于"夸饰主义"与"警句主义"的实质进行了辨析，肯定了贡戈拉的艺术创新及其在欧洲文学史上的地位；张瑾超《卡尔德隆的宗教剧作及其神学基础》[载《福州大学学报》（社会科学版）1999年第4期] 则从宗教神学与哲学的角度与视野挖掘了卡尔德隆宗教剧的深层内蕴。

近年来，一些学位论文如李雷《巴洛克时代的巴洛克文学》（兰州大学2008年硕士学位论文）、薛爱兰《安德鲁·马维尔诗歌中的巴洛克张力研究》（西南大学2007年硕士学位论文）、闻卓《鲁本斯的巴洛克风

---

① 陈众议：《西班牙文学：黄金世纪研究》，译林出版社2007年版，第239页。

格——兼论巴洛克精神在现代派文学中的体现》（东北师范大学 2006 年硕士学位论文）、张宇《巴洛克概念的界定与通转问题》（黑龙江大学 2008 年硕士学位论文）等，对巴洛克的概念，巴洛克文学思潮的形成、内涵、艺术、影响，以及巴洛克作家马维尔诗歌中的张力表现及成因，进行了不同程度的研究；至于南方《约翰·邓恩诗歌中的非个人化张力》（河北师范大学 2003 年硕士学位论文）、白陈英《约翰·但恩爱情诗中的宗教情怀》（重庆大学 2008 年硕士学位论文）、刘立军《约翰·但恩诗歌中的批判现实主义》（河北师范大学 2007 年硕士学位论文）等，则从不同层面揭示了约翰·但恩（笔者采用傅浩译本之译名）诗歌的思想内涵、艺术特征与宗教情怀。

　　以上这些研究，除了一些宏观的综论外，主要是从不同的个案、不同的角度和侧面，探讨了巴洛克文学的一些代表性作家作品。这对于深化人们对巴洛克文学艺术特征及其影响的理解，客观、公正地评价巴洛克文学，无疑是大有裨益的。但是，以下一些问题，尚有进一步思考和研究的必要。

　　其一，目前，对巴洛克的否定性结论，主要基于对意大利的马里诺、西班牙的贡戈拉主义、法国的伏瓦蒂尔等为代表的文学文本的分析与评判。但是，对德国的格里美尔斯豪森、西班牙的卡尔德隆、法国沙龙“雅女”拉法耶特夫人等巴洛克文学的代表作家、作品，学界尚缺乏较有深度的专门研究。其实，这些作家在文学创作上取得了相当不俗的艺术成就。早在 20 世纪初，周作人就盛赞“Grimmelshausen 之 Simplicissimus（即《痴儿西木传——引者注》）”，“实写世情，与人生益益相近，以视虚华之小说，迥不侔矣”。① 并赞赏拉法耶特夫人的《克莱芙王妃》“已脱旧习，趋于简洁，为 Manon Lescaut 之先驱。近代小说，当以此为首出也”。② 杰拉尔德·吉列斯比也指出：“如果我们运用荷兰学者赫尔曼·梅耶和苏联学者米海尔·巴赫丁提出的理论，那么我们就有充分的理由认为，格里美尔斯豪森的小说达到了文艺复兴时期宏伟的巴

---

① 周作人：《欧洲文学史》，东方出版社 2007 年版，第 209 页。
② 同上书，第 212 页。

洛克的顶峰。"① 遗憾的是，对于这样的作家作品，我们至今还没有给予足够的重视与研究。另外，有关巴洛克文学文本研究的视角与方法等，也不够丰富多样。论者往往更多地着眼于题材内容的分析、评价，而对其艺术追求的分析等，则浮光掠影，不得要领。这样一来，就势必影响了对巴洛克文学进行整体评价的公正性。

其二，进行文本研究时，究竟如何确定巴洛克文学文本？或如何面对"巴洛克性"或"巴洛克式"问题？

陈众议先生《"变形珍珠"——巴罗克与 17 世纪西班牙文学》中认为"如果说巴罗克造型艺术和巴罗克音乐主要兴盛于意大利、葡萄牙、法国、德国和尼德兰，那么巴罗克文学的扛鼎之作显然是由西班牙及西班牙语美洲作家完成的。诗人有贡戈拉、克维多和'第十缪斯'伊内斯·德·拉·克鲁斯，剧作家有洛佩·德·维加、蒂尔索和卡尔德隆，小说家有塞万提斯、阿莱曼和格拉西安，等等"。②

叶廷芳先生《巴罗克的命运》中亦称"西班牙早期巴罗克文学的代表主要是格瓦拉和塞万提斯"……巴罗克在西班牙还被发展出了"流浪汉小说"（或称"机智小说"）这一新的叙事文学品种，而以维加和卡尔德隆为代表的"悲喜剧"创作也从根本上彻底打破了悲剧和喜剧的界线。"英国巴罗克文学最高成就的代表作家是弥尔顿、班扬和斯托恩，弥尔顿笔下的撒旦就是个典型的巴罗克形象。"明确指出："塞万提斯的《堂吉诃德》诞生于文艺复兴的后期，作为现代现实主义小说的典范，它把西班牙的文艺复兴文学推到了顶峰。但这部杰作的基本审美特征是属于巴罗克的……它开了西班牙巴罗克文学的先河。"③

笔者有些疑惑：在多数文学史中被列入文艺复兴时期的人文主义作家的维加和塞万提斯，可以贴上代表性的巴罗克作家的标签吗？或者他们只是被称为具有巴罗克风格特色的文学家？如何界定巴罗克作家？如

---

① ［美］杰拉德·吉列斯比：《欧洲小说的演化》，胡家峦、冯国忠译，生活·读书·新知三联书店 1987 年版，第 101 页。

② 陈众议：《"变形珍珠"——巴罗克与 17 世纪西班牙文学》，《外国文学评论》2005 年第 4 期。

③ 叶廷芳：《巴罗克的命运》，《文艺研究》1997 年第 4 期。

何鉴别巴洛克文学作品？以什么作为其思想与艺术审美标准？弥尔顿、班扬历来被称为 17 世纪英国清教徒文学的代表作家，特别是弥尔顿，更是被认为是继承了文艺复兴的人文主义思想，表现了资产阶级革命精神的作家。他们也能被列入巴洛克文学代表作家之列吗？

当然，要研究巴洛克文学，就必须对产生这种文化艺术的土壤进行挖掘，进而发现推动一种艺术思潮产生与发展的内在动力机制，一个作家一部作品是否隶属于巴洛克文学阵营，也应该联系具体的历史文化情境加以甄别。同时，还要注意，并非带有巴洛克艺术元素的文学，就属于巴洛克文学，有的只是具有巴洛克风格特色的文学作品。而且在 16 世纪末到 17 世纪中期，身为人文主义作家而作品具有巴洛克风格，或身为巴洛克作家其作品兼具人文主义思想意识的情况并非个别现象。

笔者比较赞同冯寿农《艺苑上的奇葩》对"巴洛克"的见解，他认为"巴洛克"有广义与狭义之分，广义上说是一种风格、手法，文学史上早已有之；狭义上则专指某一特定时代里形成的普遍的文学现象亦即文学思潮。因而，不能简单地认为具有巴洛克风格特色的作家就可称为巴洛克作家，就像不能将莎士比亚简单地归为浪漫主义流派或批判现实主义流派一样，尽管他的作品无疑既具有浪漫色彩又具有写实因素。

持此以观，对维加、塞万提斯、弥尔顿、班扬等争议颇大的作家，笔者暂且不将他们的创作纳入研究范畴，不过的确赞同他们是兼具两类创作风格（文艺复兴与巴洛克）特征的作家的观点。巴洛克文学毕竟代表了一种营建"伟大、非凡和可能"的艺术品味[①]，作家作品归属的具体情形需经进一步严格分析鉴别后再下结论。

四　巴洛克文学影响研究

巴洛克文学在文学史上究竟占有什么样的地位？要回答这一问题，就势必要探讨巴洛克文学在文学史上产生的实际影响。

---

① ［美］温尼·海德·米奈：《巴洛克与洛可可：艺术与文化》，孙小金译，广西师范大学出版社 2004 年版，第 39 页。

叶廷芳先生《西方现代文艺中的巴罗克基因》一文在巴洛克影响研究领域可谓提供了新的视野与方法,功不可没。文中说道:"在被正统势力压抑了二百年之后,其某些人文观念和审美特征又在 20 世纪的现代文艺中再现棱角,仿佛它的生命基因又在今天复活了,而且多见之于第一流的大师笔下,可见其生命力之顽强,它对于创作和理论研究均具有启示意义。"① 文章揭示了表现主义文学与巴洛克文学的渊源关系,并证明巴洛克文学对西方文学影响更为深远之处乃是"流浪汉小说"的进一步推广和繁衍。作者指出从西班牙佚名的《托梅河上的小拉撒路》开始,经西班牙塞万提斯,德国格里美尔斯豪森,法国勒萨日,英国菲尔丁、斯特恩、笛福,到美国的马克·吐温,再到卡夫卡、赫尔曼·黑塞以及现代戏剧家布莱希特、迪伦马特的创作中都有巴洛克的余响。

王宏图《卡彭铁尔及其新巴罗克主义风格》、赵德明《拉丁美洲:巴洛克风格的福地》等文章从作家对巴洛克艺术手法的借鉴、移植和化用到拉美作家对巴洛克风格的接纳、吸收和弘扬都进行了细致地爬梳与辨析。然而,研究资料显示,就整个巴洛克文学研究领域而言,影响研究方面的探索也只是处在起步阶段,影响研究所需要的材料考据和实证分析还相当匮乏。有关巴洛克文学的影响场域问题,笔者将在本书第五章进行具体阐析,此处不再赘述。

五 巴洛克文学研究存在的问题

综上,目前国内对巴洛克文学的研究与接受不无尴尬:

首先,究竟什么是"巴洛克"?什么是巴洛克文学?学界尚缺乏严格的界定与明晰的阐释。

根据本章第一部分的资料爬梳大致可以看出:"巴洛克"作为一个术语指称的是 17 世纪初(也有人认为是从 16 世纪末开始)至 18 世纪中期形成的一种追新求异、颠覆传统而又在精神实质上复杂多样的文化现象,表征着奇特、怪诞、夸张、多义、令人惊异等文化意义,首先在

---

① 叶廷芳:《西方现代文艺中的巴罗克基因》,《文艺研究》2000 年第 3 期。

建筑、雕塑、绘画、音乐领域内流行。陈众议先生认为"事实上它远非'一种风格'可以涵盖，而是文艺复兴和启蒙运动之间的一个极其复杂的间隙性流派，在不同地区、不同艺术样式中表现不尽相同"。①对巴洛克文学的界定则理应从内容到形式，从文化历史背景到文学的承传与革新等理论层面，运用美学与历史评判标准做出更精准、客观的阐释与评判。

其次，研究的视角、方法相对逼仄，多半从社会历史批评的角度来研究巴洛克文学，较多地关注巴洛克文学揭示了什么反映了什么，代表了何种思想意识，把思想性、阶级性作为最重要的评判标准，忽略了艺术与美学评判标准，对巴洛克文学缺乏整体观照与系统研究。我们不禁要问：巴洛克文学究竟仅仅是"贵族形式主义"的东西，还是作为一个特定时期的"文学与文化表征"的内蕴丰富的文化符号？韦勒克已经在其《文学理论》中明确指出："显然一件艺术品的美学效果并非在于它所谓的内容中。几乎没有什么艺术品的梗概不是可笑的或者无意义的。"②英国散文家伯罗兹则明确指出："我们只埋头在那材料——即其中的事实、议论、报告——里面，是决不能获得严格的意味的文学的。文学之所以为文学，并不在于作者所以告诉我们的东西，乃在于作者怎样告诉我们的告诉法。"③ 因此探讨"作者怎样告诉我们的告诉法"，才是文学研究的主要任务之一。巴洛克文学的艺术特征是什么？运用了哪些艺术手段营建其独特的艺术世界？进行了哪些艺术创新？意义与价值到底如何？这些都应该成为我们考察的重点。

再次，巴洛克文学文本研究尽管取得了一些成果，有些研究方法与论述的角度也堪称新锐、颇有见地。但总体上讲，还是缺乏对文本的细读以及对其艺术魅力的深入探索，特别是很多巴洛克文学代表性文本在国内一直没有受到应有的重视，对它们的评价要么立论偏颇，要么含混

---

①　陈众议：《"变形珍珠"——巴罗克与 17 世纪西班牙文学》，《外国文学评论》2005 年第 4 期。

②　[美] 勒内·韦勒克、奥斯汀·沃伦：《文学理论》，刘象愚等译，江苏教育出版社 2005 年版，第 157 页。

③　转引自童庆炳《艺术创作与审美心理》，百花文艺出版社 1990 年版，第 22 页。

粗略，有的甚至是明显的贬损或忽视，因而对巴洛克文学的审美内涵、特性及价值等很难作出富有诠释力的理论说明。也正因为如此，全面观照17世纪欧洲的巴洛克文学文本，在比较研究中寻求这一特殊文学思潮的一些共同的创作规律、思想内蕴和艺术追求，无疑具有一定的理论价值与现实意义。

最后，从目前的资料来看，巴洛克文学的影响研究还处在起步阶段。对这种特殊文学思潮体现的思想情感的张力和特殊的美学效果，对用典、隐喻、夸饰、象征、陌生化手法等艺术手段的移用、化用、变形和推陈出新的具体情形都还有待进一步开掘。此外，影响本身涉及面广、跨时段长，渊源、传播、接受的具体情形、事实联系的爬梳确证，都还有着广阔的空间。只有在搜集、整理、厘清、确证的基础上，才能客观公允地对巴洛克文学对其他文学艺术形式的影响做出科学理性的评判和界定，从而最终明晰巴洛克文学在欧洲文学史上乃至文化史上的地位与影响。

简言之，学界对巴洛克文学艺术的研究尽管已渐呈开放与深入的态势，但的确还存在诸多问题与不足：概念界定众说纷纭，价值评价褒贬不一，典范文本尚无定论，影响研究尚欠深入。不过，也正是这种局面预示着巴洛克文学与文化研究处在活跃期，众声喧哗、各执己见恰恰显示了接受的复调：面对这一复杂而具有强大生命力的文学思潮或流派，各种解读自身就是一个对对象的丰富和完善过程，最终会导向一个新的认知与评价的维度。

第二节　本书研究的视角、内容、价值及创新

一　研究视角

从上述论述可知，有关巴洛克文学的研究在我国尚处于起步阶段，虽然研究的范围与视角渐呈开放、多元的局面，但是还很少有人从"文学张力"的角度专门、系统地探讨巴洛克文学。

法国拉法耶特夫人《克莱芙王妃》（Madame de La Fayette, *La Prin-*

cesse de Clèves）、德国格里梅尔斯豪森《痴儿西木传》（Grimmelshausen, *Der Abenteuerliche Simplicissimus*）、英国约翰·但恩《诗集》（John Donne, *Poetical Works*）、西班牙卡尔德隆《人生如梦》[Pedro Calderón de la Barca, *La vida es sueño*（*Life is a Dream*）] 等，都是巴洛克文学的著名范本。

　　这一流派在国外的传播与接受，也是命运多舛，它曾被部分西方学者视为"不成熟的"和"缺乏美感的"文学流派[①]；在中国，杨周翰、陈振尧等学者也曾一度对其持否定性的评价，认为它在思想上虚浮颓靡、艺术上怪诡雕琢（虽为怪诡，杨先生对其艺术性的评价亦有诸多褒词）。不过，纵观 20 世纪以来中外学人对巴洛克文学的评价，可以说经历了一个由完全否定到部分肯定再到客观评价的曲折过程。

　　国外代表性的研究成果，如 Peter N. Skrine, *The Baroque：Literature and Culture in Seventeenth-century Europe*；Austin Warren, Richard Crashow, *A Study in Baroque Sensibility*；Christine Buci-Glucksmann, *Baroque Reason：The Aesthetics of Modernity*；R. K. Angress, *The Early German Epigram：A Study in Baroque Poetry*；Wellek, Rene, *Concepts of Criticism*；James Hardin, *German Baroque Writers, 1580—1660*；Tak-Wai Wong, *Baroque Studies in English*；Heinrich Wölfflin, *Renaissance and Baroque*；John M. Steadman, *Redefining a Period Style："Renaissance," "Mannerism" and "Baroque" In Literature*，以及吉列斯比《欧洲小说的演化》、美国米奈的《巴洛克与洛可可——艺术与文化》、意大利弗拉维奥·孔蒂《巴罗克艺术鉴赏》，等等。它们在巴洛克文学的渊源、艺术表现、文本解读、作家研究以及文艺复兴、矫饰主义（风格主义）与巴洛克之间的关系研究等多方面进行了探讨。毫无疑问，这些探讨与研究，也为巴洛克文学张力研究提供了丰富的材料和理论参照。

　　总体来说，综观国内外巴洛克文学研究现状，虽然个别论著对"巴

---

　　① 1935 年，西班牙学者阿美里科·卡斯特罗将巴洛克界定为文艺复兴和启蒙运动之间的一个"不成熟的"和"缺乏美感的"流派。卡斯特罗的观点和 20 世纪以降对巴洛克艺术越来越肯定的各种评价形成了鲜明的反差。参见陈众议先生《西班牙文学：黄金世纪研究》，译林出版社 2007 年版，第 237 页。

洛克文学张力"也偶有涉及，但只局限于极少数作家作品，因而也就不能从整体上对"巴洛克文学张力"及其成因予以系统、全面的分析与把握。因而笔者确立的张力研究视角具有一定的新意与开拓价值。

二　研究内容

（一）以"文学张力"为切入点与着眼点的学理依据

巴洛克文学本身的涵义丰富复杂，多面立体。1937 年由美国新批评理论家艾伦·退特首先提出的"张力"概念以及随后发展的"张力论"为笔者诠释巴洛克文学提供了适宜的视角。而巴赫金的"复调小说"与"狂欢化"理论，也有助于阐析巴洛克文学文本的内在张力。由此出发，可以有效地揭示巴洛克文学的张力特质与张力美，对其审美价值和文学意义等做出客观、公允的评价。

（二）巴洛克文学张力生成的历史文化语境

17 世纪的欧洲处于"动荡、怀疑、探索"的时代氛围，其政治、宗教、道德、哲学思想观念及经济利益冲突，人文主义思想、理性主义思潮、宗教意识盘缠纠结下的怀疑主义思想与信仰危机意识的泛滥，各种文学艺术观念的冲突与融合，巴洛克建筑、雕塑、绘画、音乐对巴洛克文学生成的刺激与催生，加之其所处的非主流地位与边缘化处境等，共同造就了巴洛克文学独特的文化精神品格，它承载着时代的复杂脉动与特殊心态。

（三）巴洛克文学的张力构建

巴洛克文学的张力构建是在思想意识上的冲突与融合及文学形式上的"张力场"两个主要层面展开的。在思想意识上，巴洛克文学从典雅爱情与贵族道德、牧歌情结与田园理想、宫廷叙事与时代景观，以及宗教意识与人生喟叹等方面，展示了它以贵族思想意识为主旋律的"多声部性"；在精神实质上，从和谐宁静到动态变异，从贵族情趣到民间狂欢；行动范围上，从宫廷到世界；形象表现上，从风雅人物到怪诞形象等，共同构成了它思想内涵上的张力。文学形式上的"张力场"则建基于（1）叙事原则、叙事结构与叙述张力；（2）雕琢语言、广场语言与话语张力；（3）典雅形象、怪诞形象与角色张力。总而言之，从内容到形式，提供了多重想象与阐释的空间与路径，极富表现力、惊异感和震悚力。

（四）巴洛克文学的张力美

巴洛克文学文本的张力特质，必然引起接受者在阅读与批评过程中形成"丰富蕴藉而又灵动多极的审美体验与感悟"，形成巴洛克文学独具特色的"张力美"：（1）体现在题材、文体及语言上，巴洛克文学因思想理念、价值取向与情感心理上的矛盾多极性而使其内蕴及形式具有丰富性、多样性、开放性、包容性等特点，而最终又多能依据"格式塔完形原则"形成一个有机的整体，构成文本"杂多于一"、"万取一收"的美学效果；（2）使用真幻相间、奇常交汇的艺术表现手段，使作品呈现出一种新异感和动态美；（3）在审美趣味上，它不仅有着高贵典雅的美学追求，亦具有俚俗鄙俗的趣尚喜好，雅俗轮转、庄谐共济。总之，这种"张力美"以贵族的审美趣味为核心，同时吸纳、涵摄了其他社会阶层尤其是民间意识和狂欢、游戏精神，体现了一种特色鲜明而又意蕴丰富、复杂的审美追求，从而提供了评判巴洛克文学独特审美价值的新维度。

（五）巴洛克文学的辐射场域

巴洛克文学在文化多样化发展层面上有着多方面的积极意义，它不仅与同时代其他文学思潮密切相关，也对后来的浪漫主义、现代主义文学与文化，以及当代文学与文化，产生了广泛而深刻的影响。

三　创新及价值

目前还很少有人从"文学张力"与"张力美"的理论视角，系统、深入地研究巴洛克文学的张力构建与张力美，探讨其独特的创作风貌与审美价值。特别是巴洛克文学思想意识上的"复调"，它所表现的民间集体意识以及狂欢、游戏精神，巴洛克文本所独具的审美张力与审美价值等方面的研究，目前学界还尚未全面展开。

因此，从"文学张力"的角度，对巴洛克文学与文化现象进行重新审视与研究，揭示其文本的张力构建与审美价值上的"张力美"，这对深入了解巴洛克文学的美学价值与文化意义，公正评价它在欧洲文学史和文化史上的地位与影响，对其所涉及的文学形式主义问题、唯美主义问题及文化分析视角等，都有重要的学术价值和理论意义。此外，从"文学张力"的角度入思，可以有效地揭示巴洛克文学创作的共性与个性特征，系统地总结巴洛克文学的创作实绩，并为从文艺复兴时期到新古典主义时期的欧洲文学研究提供一个有益的参照。

第三节 研究对象的确立和核心概念的界定

一 巴洛克文学研究对象的确立

毫无疑问，对 17 欧洲巴洛克文学的命名与认定、对巴洛克文学文本和巴洛克作家的确认，均存在诸多不严谨、不完善的因素，导致目前国内对此问题的研究中，出现一系列概念模糊不清或论证立场偏颇的现象。

如前所述，对巴洛克文学的否定性结论，是因为对巴洛克文学的实际创作还缺乏全面系统的认识与评价。在有理由相信《痴儿西木传》、《约翰·但恩玄学诗选》、《克莱芙王妃》等作品是德、英、法巴洛克文学的无可争议的代表作之后，我们如何在具体分析文本时，实事求是地进行更为全面合理的判断？或者说对这一思潮进行一些补充性的、肯定性的评价有无必要和可能？

著名德国作家托马斯·曼就毫不含糊地评论《痴儿西木传》：

> 这是一座极为罕见的文学与人生的丰碑。它历经近三百年的沧桑，依然充满生机，并将在未来的岁月里更长久地巍然屹立；这是一部具有不可抗拒魅力的叙事作品，它丰富多彩、粗野狂放、诙谐有趣、令人爱不释手，生活气息浓厚而又震撼人心，有如我们亲临厄运，亲临死亡。它的结局是对一个流血的、掠夺的、在荒淫中沉沦的世界彻底的悔恨和厌倦。它在充满罪孽的、

痛苦悲惨的广阔画卷中是不朽的。①

可以肯定，这部作品尽管是对社会现实与宗教纷争的批判和针砭，主人公也的确是在沉浮挣扎之后而最终归隐，但作品绝不是一部宣扬消极悲观思想的作品。恰恰相反，作品封面上上天入地的"怪人"形象就是一个探索人间、天界、宇宙奥秘的斗士，它张扬的是一种积极的入世精神。显而易见，文本呈现的思想意识是充满矛盾而又丰富多样的。

可以说，约翰·但恩的创作充满智慧和学问，显示了丰赡的学养和机智；格里美尔斯豪森则借作品对纷繁复杂的社会人生、荒诞怪异的人性进行挖掘，展示世事无常、人生难测的忧虑；拉法耶特夫人则以委婉曲折的文笔、细腻真实的女性心理，抒写残留在法国宫廷高门巨族内心的那点可贵的道德精神。这种局面预示着进一步的研究和客观公正的评价都是必需的。②

中国从事巴洛克文学研究的两个重要学者陈众议先生与叶廷芳先生在塞万提斯、弥尔顿、约翰·班扬和维加等作家的流派归属上倾向于把他们归入巴洛克文学阵营，而国内重要的文学史教材并没有这样做。到底该如何进行鉴别区分呢？有必要进行区分吗？

一个更具说服力的证明或许应该来自韦勒克，在其著名的《批评的概念》中多处涉及了巴洛克文学文本的确定问题，其中最让笔者关注的是著名作家弥尔顿、拉伯雷和塞万提斯的流派归属问题。

在《批评的概念》中韦勒克提及，F.W.希尔美尔在几篇义章以及他的《英国文学史》中使用"巴罗克"一词来称呼玄学派诗人、布朗、德莱登、奥特威和李，而明显地把弥尔顿排除在巴罗克之外。弗里德里希·威尔德的结论也是如此。③并指出西班牙学者亚美利加·卡斯特罗在

---

① ［德］格里美尔斯豪森：《痴儿西木传》之《译本序》，李淑、潘再平译，人民文学出版社 2004 年版，第 2 页。

② 参见金琼《一颗"形状不规则的珍珠"——巴洛克文学的审美价值与文化意义探微》，《外国文学研究》2008 年第 6 期。

③ ［美］雷内·韦勒克：《批评的概念》，张今言译，中国美术学院出版社 1999 年版，第 75 页。

一篇未曾发表的论文《作为文学风格的巴罗克》中反驳了那种认为拉伯雷和塞万提斯属于巴罗克的看法，但却承认巴斯加和拉辛同贡葛拉（即贡戈拉——引者注）和奎维多（克维多——引者注）都属于巴罗克。① 韦勒克在分析英国人对巴罗克概念的接受的特殊性后指出，"至于弥尔顿，他似乎过分信奉个人主义和新教而不易归属于巴罗克，因为巴罗克在大多数人心目中仍然和耶稣会和反宗教改革联在一起"。②

反面的例证也有四个：哈茨菲尔德在一篇强调西班牙文学对英国产生影响的文章中，甚至把弥尔顿称作那个时代中"最西班牙化的诗人，在外国人看来最富有巴罗克精神"。③ 德·雷诺的《17世纪：古典风格与巴罗克风格》中把高乃依、塔索和弥尔顿称为巴罗克作家。威利·西佛的《玄学派与巴罗克》把弥尔顿包括进来，加拿大的罗易但尼尔认为后期莎士比亚、弥尔顿、班扬、德莱顿都表现出巴罗克风格。④

这似乎让人莫衷一是。然而韦勒克一贯的立论风格就是显示他十分注重穷尽材料的全部，在纷繁复杂的材料中尽可能做到持论公允。他的初衷也许并非作出一个公断，而是提供一些不同的甚至针锋相对的见解。

因此，对文学史上还存在流派归属争议的作家和作品个案，笔者也暂且回避。笔者选定巴洛克文学文本的依据是：

（一）中外文学史上已经有定论的典范文本

笔者在国内外研究现状综述里，梳理了中外文学史中提及的重要的巴洛克文学文本，从中挑选出在思想内涵和艺术创新方面都有公论的作品，作为自己的研究重点。如格里美尔斯豪森的《痴儿西木传》、卡尔德隆的《人生如梦》、贡戈拉、克维多和但恩的诗歌等。

（二）因为意识形态的影响在以往的研究中受到贬损甚至遭受不公正待遇的巴洛克文学文本

如评价还不够全面的贡戈拉诗歌，文学史意义遭遇轻蔑的《克莱芙

---

① ［美］雷内·韦勒克：《批评的概念》，张今言译，中国美术学院出版社1999年版，第79页。

② 同上书，第86页。

③ 同上书，第76页。

④ 同上书，第83页。

王妃》，作为巴洛克文学顶峰作品其多维价值与意义还缺乏应有的重视的《痴儿西木传》，等等。因此，对吉列斯比的《欧洲小说的演化》、里德的《德语诗歌体系与演变》以及杨周翰《十七世纪英国文学》和安书祉的《德国文学史》进行细致研读，进而将它们确定为重点文学史文本，目的就是对巴洛克文学文本进行有效的披沙拣金的工作，从而确定这些文本在文学史上与美学哲学上的独到价值。

（三）从文学张力视角出发，可发掘更多的阅读空间并具备更多理论深化可能的巴洛克文学文本

在张力理论的引领下，在丰富多样的巴洛克文学文本世界中尽力爬梳，做一些细致的鉴别整理工作。就目前搜集到的《玄学派诗人约翰·但恩诗歌选》、《西班牙及西班牙语美洲诗歌选》、《德国抒情诗选》等相关材料显示，可供检视的作品材料是比较丰富的。因而，加上上文提及的各国的小说、戏剧经典作品，笔者就建立起研究17世纪巴洛克文学张力及张力美的大致框架，立论也就建立在较丰富的文本材料的基础之上，尽可能不显得武断和偏颇。

特别是对第二、三类文本的搜集、览阅与研读，力求找到更客观、更富有阐释力的文本事实与理论依据，拓展研究的视域与方法，并且在当前文学理论与批评视野中，为辩证、公允地评析这一文学思潮或风格打下良好基础。

二　"巴洛克文学"、"文学张力"、"张力美"释义

（一）巴洛克文学

韦勒克在其《文学研究中的巴罗克概念》中，提供了一个科学严谨的对巴洛克文学下定义的方法论依据。因此，我们或许可以期望，在科学定义巴洛克文学之后，作家流派归属问题也就不那么进退失据了。他认为应该为巴洛克文学的定义寻求一个合理的界定框架与模式：

1. 从文体特征的角度来界定；

2. 从意识形态和情感冲突的角度来界定；

3. 从文体与信念之间联系的角度来界定。

他否认了仅仅从以上任何一个维度来界定的做法，认为那是不完整的，甚至会得出似是而非、荒谬可笑的结论。所以他明智地说："既不相信我们可以用文体手段，也不相信可以用一种特殊的世界观或者甚至一种文体与信念之间的特殊关系，来给巴罗克下定义。"定义自身是难的，"这个词的外延、评价和确切内容有着许多含混不清和不确定之处"。①

依据韦勒克先生的定义标准，从文学史的角度来看，笔者尝试着对巴洛克文学作出如下定义：

巴洛克文学是欧洲 16 世纪末至 18 世纪中期这个特定历史时期的一种文学思潮。它首先在艺术领域内兴起，后逐渐影响到文学，反映文艺复兴、宗教改革后，理性主义、人文主义、怀疑主义、神秘主义等思想意识和情感态度的冲突与矛盾，注重反映双重或多重思想意识的对立、冲突和胶着状态。由于创作者大多属于上层阶级，所以带有较浓厚的官方正统文化和宫廷色彩、悲观主义倾向和享乐主义情绪，以绮丽雕琢的文风加以配饰，形成了一种流行于整个欧洲范围内的独特思潮或曰风格。当然，这种思潮亦有其相反的宗教道德与价值取向，就是不少作品显示出明显的民间意识与狂欢精神。由此可见，巴洛克文学是一种复杂多面、动态发展的文学思潮，具有自身的矛盾性、兼容性和延展性。

这种文学的一个非常突出的特征便是其文本的思想内涵和形式结构上的张力特质，显示出巴洛克文学非同一般的张力美感。由于 17 世纪欧洲处在一个"动荡、怀疑与探索的时代"，秉承着时代的忧患和焦灼，痛苦与彷徨，所以文学艺术作品浸染了明显的悲观与颓废色彩。宗白华先生在其《美学散步》之《中西画法所表现的空间意识》中论道："到了 17、18 世纪，巴镂刻（即 Baroque）风格的艺术更是驰情入幻，眩艳逞奇，摛葩积藻，以寄托这彷徨落漠、苦闷失望的空虚。视线驰骋于画面，追寻空间的深度与无穷。"②精辟地把握了巴洛克时代的"彷徨落漠、苦闷失望"的精神本质和追寻"深度与无穷"的阔大宏越之美的艺术特征。

① ［美］雷内·韦勒克：《批评的概念》，张今言译，中国美术学院出版社 1999 年版，第 108—109 页。
② 宗白华：《美学散步》，上海人民出版社 1981 年版，第 142 页。

（二）文学张力

本书要厘清的第二个重要概念即是"文学张力"。在进行巴洛克文学张力的研究之前有必要对张力概念进行溯源，并厘清本书中这一概念的特定涵义。

1. 张力概念的提出

张力这一概念 1937 年由美国新批评理论家艾伦·退特首先提出，"张力论"后来成为新批评派最重要也最难把握的理论之一。退特在《论诗的张力》一文中指出："我们公认的许多好诗——还有我们忽视的一些好诗——具有某种共同的特点，我们可以为这种单一性质造一个名字，以更加透彻地理解这些诗。这种性质，我们称之为'张力'。"① 退特用"张力"这一术语来描述这种成就。他说："我提出张力这个名词，是把逻辑术语'外延'（extension）和'内涵'（intension）去掉前缀而形成的。我所说的诗的意义就是指它的张力，即我们在诗中所能发现的全部外展和内包的有机整体。"② 即把"extension"与"intension"去掉前缀而构成一个新词"tension"，这就是"张力"说产生的词源学渊源。在逻辑学中，"外延"指适合于某一概念的所有对象，"内涵"是指反映于概念中的对象本质属性的总和。

2. 张力在文学文本中的延伸

威廉·梵·奥康纳在其《张力与诗的结构》（1943 年）中把张力看成诗歌内部各矛盾因素对立统一现象的总称。他认为张力存在于"诗歌节奏与散文节奏之间；节奏的形式性与非形式性之间；个别与一般之间；具体与抽象之间；比喻的两方之间；反讽的两个组成部分之间；散文风格与诗歌风格之间"。③ 后来的新批评派理论家就把张力作为文学文本的核心范畴：它不仅是一种语言层面的张力，也是文本整体的张力或结构策略。包括语义张力、主题张力、作品意义以及文字风格上的张力等。

---

① 赵毅衡编选：《"新批评"文集》，中国社会科学出版社 1988 年版，第 108 页。
② 同上书，第 116—117 页。
③ 同上书，第 109 页。

因此，张力可以在作品的不同因素、不同层级间表现出来，也可以在作品的整体关系上表现出来。所以，以布鲁克斯、罗伯特·潘·沃伦等为代表的新批评派认为：诗是各种张力作用的结果。张力说从退特的语义层面向新批评文本层面的拓展，它延伸到文学文本语言的所指与能指、材料与形式、构架与肌质、韵律与句法、个别与一般、美与丑、散文体与诗体等对立因素之间的张力的研究。①

3. 张力在整个文学活动中的延伸

张力当然不仅仅只在文本层面存在，还必然贯穿在从审美创造与表达到审美接受和反应的整个文学活动之中。

就创作活动这种复杂的精神活动而言，创作主体自身的情绪往往复杂精微，贯穿着显意识、潜意识的多重纠结，加之灵感状态的非理性因素，从思想意识到文学文本的形成，必然形成作者与文本之间的偶然性与必然性、个体性与一般性、理性精神与非理性倾向之间的对立、冲突与融合，从而显示出创作者的个性心理、情绪情感在文本表现中的张力。②

而从文学活动中的读者审美接受与反应角度来看，作者与读者、读者与文本、读者与读者之间，由于作者心中的"隐含的读者"以及读者心中"期待视野"的双向互动，必然形成接受与反应向度上的张力场域。退特在论述张力的美学意义时说，"在终极内涵和终极外延之间，我们沿着无限的线路在不同点上选择的意义，会依个人的'倾向'、'兴趣'或'方法'而有所不同"。③

4. 我国文学理论界对张力的研究

朱斌在其《文学张力说：历时回顾》一文中论及了西方理论界张力说的渊源与发展，并梳理了我国文学理论界对文学张力的阐释。指出袁可嘉、李英豪、赵毅衡、刘月新、金建人等一批学者在这一领域的不断探索和研究。赵毅衡的功绩在于使得这一概念流传开来，刘月新则与阿

---

① 参见朱立元、刘雯《张力与平衡——新批评诗学理论与玄学派诗歌》，《人文杂志》2005 年第 2 期。

② 参见朱斌《文学张力说：历时回顾》，《山西师大学报》（社会科学版）2006 年第 11 期。

③ 赵毅衡编选：《"新批评"文集》，中国社会科学出版社 1988 年版，第 117 页。

恩海姆所见略同，提出了"接受张力论"。金建人先生则强调并突出了张力"对立统一"的特殊性，"使得文学张力论的内涵，由此得到了新的深化与丰富"。论文还对孙书文研究"张力"中各种冲突的"力"的表现，进而总结出文学张力的四种特征的努力给予肯定。

孙书文的《文学张力论纲》则论述了文学张力所具有的四个特征：多义性，情感的饱绽，包孕矛盾对立，弯弓待发的运动感。并认为文学张力中的美是一种"坚奥的美"，经历了惊讶—压抑、涵咏—释放两个阶段后，指向审美超越。①

基于张力概念从退特的诗歌"内涵"与"外延"的张力到文本张力，再到文学活动整个过程中的张力的不断引申和发展，我们可以发现"张力"概念自身的张力感，所以面对 17 世纪巴洛克文学展示特定历史时期的复杂律动和对立冲突时，借助文学张力理论或可寻求到探析其生成与发展、内容与精神、艺术与影响的方方面面。因而笔者借鉴文学批评史上对张力概念的论述，在前人研究的基础上，试图在整个文学活动的层次上来界定"文学张力"这一概念。

所谓"文学张力"，是指在整个文学活动中，两个或两个以上的相互对立或矛盾的文学元素（如材料与结构、语言与言语、外在韵律与内在节奏、意与象、情与理、雅与俗、主观与客观、个别与一般等）之间，形成既相互排斥、碰撞、冲突，又相互吸纳、承受、融合的动态平衡，促使读者在变动不拘的两极或多极之间感受、体认、思索文学文本，形成对文学文本的丰富蕴藉而又灵动多极的审美体验与感悟。②

巴洛克文学本身的涵义是丰富复杂的，它既悲观、荒诞、感官、繁复、典雅、浪漫，又机智、活泼、理性、明晰、粗俗、真实，是一个多面体。本书重点关注巴洛克文学在思想意识、语言、叙事、意境、角色等层面显示的张力特质与呈现的独特的张力美（审美价值），以此角度切

---

① 孙书文：《文学张力论纲》，《山东师范大学学报》（人文社会科学版）2007 年第 6 期。
② 孙书文：《文学张力的审美阐释与张力度的控制》，《理论学刊》2001 年第 6 期。孙书文围绕文学张力进行了概念梳理、内涵分析及审美阐释等各个层面的研究。另可参见孙书文《文学张力：非常情境的营建》，《内蒙古大学学报》（人文社会科学版）2002 年第 2 期。

入巴洛克文学迥异于文艺复兴传统与古典主义理性至上原则的独特斑斓的艺术世界。

（三）张力美

从文学张力的概念可以看出，本书是从整个文学活动的范畴来观照巴洛克文学文本的张力构建的。文本张力的动态呈现，必然"促使读者在变动不拘的两极或多极之间感受、体认、思索文学文本，形成对文学文本的丰富蕴藉而又灵动多极的审美体验与感悟"，从而形成巴洛克文学独具特色的"张力美"。

本书试图在总结巴洛克文学张力特质的基础上，对其美学蕴涵进行深入探索，认为巴洛克文学对形式美感的刻意追求与"有意味"形式的精心营造，体现了形式的新奇、丰富和多变；对宗教情感上的虔信、规避与丰富复杂的内在宇宙的呈现，显示了情感的激烈、冲突与对立。巴洛克文学的张力美具体体现在三个层面的美学追求上：在题材、文体和语言表现上的兼收并蓄、杂多于一，体现包孕万象和融会整合的丰盈充实之美；在艺术表现手段上的真幻相间、奇常交汇，追求新异感和动态美；在高雅、典雅的美学追求与俚俗、鄙俗的趣尚喜好二者之间游走，体现审美趣味上的矛盾性、多元性。总之，笔者将在文本细读的基础上，揭示巴洛克文学独特的张力美。

第一章　巴洛克文学张力生成的历史文化语境

　　17 世纪欧洲各国陷入国家间的争权夺利、战乱频仍以及国家内部各阶层的矛盾斗争和阶级对立。意大利文艺复兴的衰颓、德国的三十年战争、英国的清教运动、法国的欧洲霸权之梦幻灭、西班牙的专制政治、宗教裁判所和宗教狂热以及捷克非天主教贵族反对哈布斯堡教权主义反动派的贵族起义等等，在欧洲大陆风起云涌。文艺复兴时期的那种积极、乐观、弘扬人性的精神内核和宁静、和谐、优美的美学追求，蜕变为悲观、享乐、人性困顿和躁动、不安、新奇变异的美学风格。

第一节　"动荡、怀疑与探索"的时代

　　《欧洲 17 世纪美术》中精练地谈道："17 世纪的时代背景，可以用六个字来概括，即动荡、怀疑、探索。"① 政治、宗教、道德、哲学思想观念的冲突与经济利益争端，使得当时欧洲政治力量的对比纠结集中在正统教会、欧洲各民族国家的皇室及正在形成的中产阶级身上，即宗教势力、封建贵族和中产阶级。政治、宗教、道德、哲学观念的矛盾冲突必然投射到一个时代的文学艺术上，形成巴洛克艺术的一个最为明显的特征：对比冲突，动感矛盾。巴洛克文学作为继绘画、雕塑和音乐之后兴起的艺术形式，亦秉承了这一特征。当然，巴洛克文学产生的社会历

---

　　① 李春：《欧洲 17 世纪美术·总论》，中国人民大学出版社 2004 年版，第 1 页。

史文化语境因各国的具体情况而存在一定的差异，但大致相同的是，各国巴洛克文学生成的时代均是动荡不安、矛盾激烈、多种文化观念纠缠搏斗的时代。

一 混乱纠结的时代心态

17 世纪欧洲各国资本主义的发展是不平衡的，为了自身的利益，各国的统治势力将欧洲当作一个开阔的战争场地，阴谋、颠覆与征战连绵不断。在战火、流血与死亡的阴影中，文艺复兴乐观向上的人文精神遭受前所未有的重创，人们陷入普遍的迷惘、矛盾、虚空的精神危机之中，文学艺术也涌现了诸多不同类型的样态，其中之一便是巴洛克艺术风格，"力图寄感情于具有感性引力的形式，对这些形式注重的不是和谐而是力度。它的特点是气势雄伟，有动态感，善于表现各种强烈的感情色彩"。[1] 也就是说，一种特别注重表现强烈对比、动感的艺术形式，逐渐形成一股冲击力，反拨文艺复兴时代遗留下来的和谐、宁静、肃穆的艺术品味，在欧洲各国影响广泛，均形成了一个所谓的艺术上的"巴洛克时期"。

从 15 世纪后期起，意大利就成为法国和西班牙的侵略对象，到 16 世纪，大部分地区受西班牙控制。到了 17 世纪，意大利已经丧失了欧洲商业中心的地位，经济急遽衰落。与之相对应的是政治上宗教上的日趋反动，封建专制统治抬头，宗教裁判所肆虐。布鲁诺、康帕内拉、伽利略相继受到宗教迫害，文学艺术的辉煌时代一去不返，在这样的文化氛围里，涌现了巴洛克文学的代表——"堆砌典故、雕琢辞藻"的马里诺派诗歌。[2]

16 世纪的西班牙在欧洲第一个实现了国土统一，创立了新的政体，建立了第一个殖民帝国，其领土遍及德国、奥地利、尼德兰、意大利。1588 年，卡洛斯五世亲自筹建了一支拥有 130 艘战舰、人员达 30000 的"无敌舰队"向英国舰队宣战。但时运不济，终致惨败，只有一半

---

[1] 转引自蒋承俊《捷克文学史》，上海外语教育出版社 2007 年版，第 17 页。
[2] 杨周翰、吴达元、赵萝蕤：《欧洲文学史》，人民文学出版社 1980 年版，第 190 页。

船只逃回里斯本。① 从此，西班牙国力一蹶不振。到了 17 世纪中期，各殖民地国家和地区纷纷独立，摆脱了西班牙的控制。17 世纪是哈布斯堡王朝最后三位西班牙君主腓力三世、腓力四世和卡洛斯二世统治时期，他们任用宠臣，无心政务，一味沉溺声色犬马，大肆挥霍国库储备。政治上的腐败导致了经济上的衰颓，西班牙社会诚如塞万提斯描绘的地主阶层过着"酒池肉林"的日子，而下层百姓则衣衫褴褛、民不聊生。"1924 年，英国学者斯切韦尔首次将巴罗克的起源界定在西班牙，认为西班牙因为其文化的多元和混杂，'是天成的巴罗克王国'。机缘巧合，德国学者凯雷尔和西班牙学者奥尔特加·伊·加塞特几乎同时于 1924 年阐发了同样的观点。此后，德国学者格布哈特也明确认定巴罗克艺术源于西班牙神秘主义诗潮，与宗教压迫有关。意大利籍英国学者佩夫斯纳在《意大利巴罗克绘画史》中明确指出，'那些受西班牙影响最深的地方，恰恰也是巴罗克艺术最繁盛的地方'。"② 贡戈拉的夸饰主义、克维多的警句主义和卡尔德隆的戏剧就是基于这样的社会现实，所以贵族气息浓厚的"夸饰主义"艺术形式和"人生如梦"的浮生喟叹应运而生。

德国则由于 1618—1648 年的三十年战争而使得政治上更加分裂。德意志分为 296 个小国和 66 个自由市，诸侯各据一方，皇帝实权大大削弱，而各诸侯国内部则施行了绝对君权。因此，君主专制政体在德国变异为诸侯的垄断专权，割据加剧了国家的分裂和人民的苦难。这样的政治经济情势无疑刺激了文学艺术的分野：一方面，政治、宗教、伦理道德等问题受到了普遍关注和反映，注重民生疾苦、探求人生价值与意义、剖析宗教意识矛盾与纷争的严肃题材与主题，仍然占据了重要地位。与此相反，三十年战争的阴影笼罩朝野，百业凋敝、流离颠沛的现实令贵族及上层阶级及时行乐、虚无主义思想潜滋暗长。反映在文学作品的内容上就是思想意识矛盾驳杂，形式上则表现为标新立异、炫博耀奇，一时

----

① 廉美瑾：《西班牙文化状况》，上海外语教育出版社 1991 年版，第 24 页。
② 陈众议：《"变形珍珠"——巴罗克与 17 世纪西班牙文学》，《外国文学评论》2005 年第 4 期。

间诗歌、戏剧、小说均呈现了相应的转换，出现了文艺复兴之后巴洛克文学艺术的顶峰之作《痴儿西木传》。

自 16 世纪末宗教战争后，法国大批贵族离开自己的庄园汇聚在凡尔赛与巴黎，较大的封建主投奔国王，成为宫廷贵族。这些人一方面不能马上融入宫廷社交圈，另一方面又轻视资产阶级的阶级地位，处于生活的焦虑与空虚期，生活日益颓靡和无聊。意大利人朗布依耶夫人率先开办自己的文学沙龙，接待"相貌出众、态度雍容、才智敏捷又有自由支配时间的青年绅士和淑女"。① 一时间，法国上流社会对之趋之若鹜，朗布依耶夫人的沙龙聚会甚至比皇宫的宴会还要引人注目。② "从 1610 年亨利第四被刺至 1624 年黎塞留掌权以及后来 1648 年至 1653 年两次投石党变乱期间，专制王权受到挑战，分立主义思潮曾经数度泛滥"③，使得作为主潮的古典主义文学之外的贵族沙龙文学及市民文学流派盛行。法国的巴洛克文学就是在这样的文化土壤里生成的。

此时的英国，则正处在资本主义新制度取代封建主义旧制度的急剧变化年代，自然也是以"动荡、混乱和变化而著称"。④ 1642—1649 年内战爆发，国王查理一世被推上断头台，改帝制为共和。1660 年，共和政府首脑克伦威尔去世，查理二世登基，"王政复辟"。1688 年，"光荣革命"后，荷兰的奥兰治亲王即詹姆士二世的女婿任英国国王，国会重新掌权，权力的分配更加复杂多变。在不到五十年的时间内政权政体易位频繁，造成人们思想上的极大混乱，悲观、颓靡、虚无的思想一时大行其道。英国玄学诗的大量涌现和宗教诗歌中信仰与欲望矛盾冲突的呈现，无疑即是这种精神现象的折射。

陶东风先生曾引用苏联学者卡冈的论断来阐明风格的文化意味："风格的结构直接取决于时代的处世态度，时代社会意识的深刻需求，从而

① 陈振尧：《法国文学史》，外语教学与研究出版社 1989 年版，第 97 页。
② 沙龙文学的盛况详见艾米丽亚·基尔·梅森《法国沙龙女人》，郭小言译，中国社会科学出版社 2003 年版。
③ 参见柳鸣九、郑克鲁、张英伦主编《法国文学史》（上），人民文学出版社 1979 年版，第 151—155 页。
④ 常耀信：《英国文学大观园》，湖北教育出版社 2007 年版，第 34 页。

成为该文化精神内容的符号。"并言明古典主义风格和巴洛克风格不仅表现出看待世界的两种不同方式，而且通过这种方式（心理结构）表现出欧洲文化的这两种历史类型的内容特征与结构特征。① 当然，正如陶东风先生所说，卡冈是强化了风格的文化意味而多少忽视了风格的自律性和个体性。② 其实，在这样波谲云诡的时代，法国尽管也有自己的巴洛克文学艺术，但最引人注目的并不是巴洛克艺术风格而是古典主义文学艺术的繁荣，因而绝不可以认为一种时代精神必然会催生单一的哲学思想或艺术风格，法国 16—17 世纪的文艺现实就是极好的例证。

二　矛盾对立的宗教情感

前文着重论及社会生活的动荡不安，主要从政治经济方面入手，也涉及了宗教纷争，但只是作为战争的原因而被提及。此节有必要对这一时期的宗教思想的矛盾情势作出详尽分析评价，以期把握巴洛克文学艺术生成的宗教文化背景。

尽管人文主义思想已经普遍影响了欧洲各国，以人性反对神性的斗争从未间断过，但宗教意识在各国依然非常复杂。显然是受到了马丁·路德宗教改革运动的影响，天主教教会在压制改革与利用新颖独特的文学艺术样式与布道方式拯救民众的宗教热情之间奔忙。就意大利而言，爆发了对"上帝是唯一真理"的怀疑，布鲁诺、伽利略认为人类有怀疑宗教的自由。当时的西班牙国王是一个非常顽固的天主教徒，受到全欧洲旧教徒的崇拜。③ 而西班牙的臣民"醉心于君主政体，为之而集中他们的精力，醉心于国家的事业，为之而鞠躬尽瘁：他们一心一意用服从来发扬宗教与王权，只想把信徒、战士、崇拜者，团结在教会与王座之内。异教裁判所的法官和十字军的战士，都保存着中世纪的骑士幻想，神秘气息，阴沉激烈的脾气，残暴与偏狭的性格"。④

---

① 陶东风：《文体演变及其文化意味》，云南人民出版社 1994 年版，第 21 页。
② 同上。
③ 何恭上主编：《西洋绘画史》，台北：艺术图书公司 1991 年版，第 89 页。
④ ［法］丹纳：《艺术哲学》，天津社会科学出版社 2004 年版，第 10 页。

　　这是法国艺术史家丹纳为我们描绘的一幅欧洲宗教改革后的社会政治状况。由于16世纪影响人们精神生活的一次重大变革——宗教改革的出现，使得整个欧洲进入了空前的宗教纷争和意识形态斗争之中。16世纪，罗马天主教会中出现了反对派，极力反对教皇的专制统治，主张教徒不必依赖僧侣只要依赖自己的信仰就可以获得灵魂拯救，纷纷脱离教会。其中影响最大的两个教派是德国的路德宗和法国的加尔文宗。后来英国国王宣布脱离教皇统治而建立了英国圣公会——安立甘宗，此后就是各国多年残酷的宗教战争。随之而起的反对宗教改革的反动教会组织耶稣会成立，欧洲各国还加强了宗教裁判所对民众思想的监督和审判。意大利的宗教改革在罗马教廷的残酷迫害下迅速破产，"到了17世纪，意大利全国封建迷信猖獗，各种炼丹术、魔法、巫婆到处横行，全国被搞得乌烟瘴气"。① "在16世纪初，当文艺复兴时期的文化已经达到了最高峰，而同时这个民族的政治上的衰败看来已经不可避免的时候，有些严肃认真的思想家已经看到了这种衰败和流行的道德堕落之间的关系。马基雅维里就公开谈道：'我们意大利人较之其他国家的人更不信宗教，更腐败。……因为教会和他的代表们给我们树立了最坏的榜样。'"② 由此可见一方面是宗教强权统治的极端思想钳制，另一方面则是对宗教的极端嫌怨与藐视，体现出宗教思想斗争的两极。

　　正因为天主教宗教势力不甘心失去其至高无上的权力，明确意识到：

　　　　简单枯燥的教义传播、高度统一的精神控制，甚至庄严肃穆的教会建筑，这些都和丑陋的腐败现象一样只能让信徒们离自己忠诚信仰的宗教越来越远。于是，巴洛克就这样产生了。③

显然，天主教会试图利用宗教艺术达到取悦信众并最终强化其信仰的目

---

① 黄昌瑞：《意大利文化与现代化》，辽海出版社2006年版，第41页。
② ［瑞士］雅各布·布克哈特：《意大利文艺复兴时期的文化》，何新译，商务印书馆1984年版，第422—423页。
③ 王敬艳：《论16世纪罗马教会宗教改革与巴洛克文学之关系》，《太原城市职业技术学院学报》2008年第4期。

的。正如蒋述卓先生在其《宗教艺术论》中论及的：

> 宗教艺术的美学创造也仍然采用世俗的方式来吸引信徒，实际上是把人的世俗欲望加以升华与净化，然后再以超现实的方式表现出来。神仙世界与天堂理想通过美学的创造因而更具有宗教效应。[①]

在欧洲 17 世纪，宗教建筑、雕塑、绘画艺术自觉地在表达宗教虔诚与张扬上帝绝对权威之间形成了雍容华丽、庄严宏伟的特征：螺旋形上升的立柱、动感的人体雕塑装饰、鲜丽的色彩、强烈的光影对比等，带有明显的虚浮与夸饰意味，并辅之以世俗化和生活化的倾向，给人以强烈的感官刺激，以宗教的世俗化、人性化而最终获得了信徒更广泛的认同。

虽然意大利、西班牙等天主教占统治地位的国家在维系天主教罗马教廷、反对宗教改革和欧洲资本主义崛起的战斗中一直不遗余力，但无法改变天主教日渐式微的必然趋势，急剧变化的时代需要艺术以新的理念与形式与之适应。为了抵制新教思想意识的扩张，罗马教廷一方面实施自身的修正，借艺术进行宣教，增强自身的世俗情调；另一方面则大肆宣扬宗教信仰的拯救力量。例如圣彼得大教堂的修建就是极好的例证。意大利的孔蒂在其《巴罗克艺术鉴赏》中称圣彼得广场是"巴罗克艺术在城市规划领域最著名、最激动人心的范例"。[②]

圣彼得大教堂广场是最著名的巴洛克文化代表作品，是意大利巴洛克风格最杰出的代表雕刻家、建筑家和画家詹洛伦佐·贝尼尼于 1656—1667 年受教会委托修建的。圣彼得大教堂前的广场及廊柱就凸显了宗教的人性化倾向："广场面积约有 35000 平方米，呈椭圆形，横轴线上有两个喷泉，处在广场中间的是一座方尖碑，广场两边是巨大的廊柱。廊柱环抱广场，犹如教皇的两只臂膀，当人们走进广场时，便如投入到教皇

---

① 蒋述卓：《宗教艺术论》，暨南大学出版社 1998 年版，第 184 页。
② ［意］弗拉维奥·孔蒂：《巴罗克艺术鉴赏》，李宗慧译，北京大学出版社 1992 年版，第 24 页。

的怀抱。"① 这里无疑牵涉到 17 世纪艺术家的宗教观念与宗教情感,可以说正是他们的这种情感导致了巴洛克文化具有了一种新的内质:庄严虔诚的宗教情感的移入。在文学方面,杨周翰先生在其学术力作《十七世纪英国文学》中将英国玄学派诗人约翰·但恩的布道文与科学论文也看作是"富有诗意的,是稀释了的诗"。② 我们从中解读到的是诗人由于宗教情感与世俗情感的龃龉而背负的巨大精神痛苦。此时的巴洛克文学无疑以生动激情又夸饰的语言、矛盾对立又兼容的思想意识给人以惊异震撼之感。

在德国,在新旧教外衣下进行的三十年战争最终导致德国分裂为 300 多个小公国,教皇、皇帝与贵族之间的争权夺利造成的社会弊病引发严重的信仰危机,西木就认为在德国上上下下,人与畜生没有什么区别:"他们不过是在外表上区别于野兽而已。"在法国,16 世纪末至 17 世纪早期的国内宗教战争和宗教裁判所的迫害,首先影响到了巴洛克文化的兴起。面对严峻的现实,人们"甚至不愿以一种严肃的创作态度来描摹残酷的现实。1580—1640 年间,流行于法国的是建立在人们的想象力之上的怪诞和不规范的文学创作样式,即被后人称为巴洛克文化的新样式"。③ 这种新样式的特色就是:"豪华"、"奇特"、"浮夸"、"感官美",并与唤醒宗教热情密切相关。

在英国,这种宗教教派之间的矛盾斗争明显体现在天主教、英格兰国教和清教(加尔文教)三大基督教派别中。弥尔顿的创作就热情洋溢地歌颂清教徒的反叛专制统治的叛逆精神。他本人成为与巴洛克文学并行的英国清教徒文学的代表作家。"不过,也许没有什么能比玄学诗人们的思考更为有力地说明那个时代在感性与理性、宗教与哲学、生命与诗之间的摇摆不定了。这甚至表现为诗人们在宗教之间的不断游移。例如约翰·东恩(即约翰·但恩——引者注)从天主教转到英国国教,理查

---

① 张石森、岳鑫:《巴洛克与洛可可艺术》,远方出版社 2006 年版,第 48 页。
② 杨周翰:《十七世纪英国文学》,北京大学出版社 1996 年版,第 147 页。
③ 张彤:《法国文学简史》,上海外语教育出版社 2000 年版,第 55 页。

德·克拉萧（即克拉肖——引者注）则自英国国教转向天主教。"① 可以说，各教派之间思想信仰的对立和实力的对决构成了 17 世纪英国哲学与文学的宗教背景。

因此，16—17 世纪全欧范围内的宗教战争和宗教观念的空前尖锐对立，使得此时期的文学具有了其他时代不具备的鲜明个性，那就是浓厚的、充溢着怀疑主义气息的宗教情绪：宗教改革与反宗教改革、虔信皈依与藐视反叛、绝对信仰与深度怀疑等各种形态的宗教情感，成为人们精神生活中的一个至关重要的维度。英国约翰·但恩的宗教怀疑与痛苦，西班牙贡戈拉宗教拯救与人生如梦的喟叹，德国格里美尔斯豪森的宗教反思与乌托邦理想构建等都反映了这种激烈复杂的宗教情感与观念之间的矛盾冲突。

三　自然科学发展下新型的宇宙观念

这一时期，影响人们文学艺术观念的还有自然科学的迅猛发展。恩格斯曾满怀热情地谈道：文艺复兴时代是一个需要巨人而又产生了巨人的时代。这一时期的艺术巨匠无一不是熟稔各种科学知识的全才式人物。达·芬奇、米开朗基罗、拉斐尔等就在绘画中熟练运用数学、几何学、物理学、医学、天文学、透视法、光影原理等。那时，微积分、望远镜、血液循环理论、万有引力定律、"日心说"等先进的科学知识广泛地影响了人们的思维方式和行为方式，也激发了他们探索未知世界的热情。

更多的人不相信神迹、圣物显灵一类的愚民学说，"日心说"更是对上帝是宇宙中心的神学观念的彻底摧毁。地理大发现后的欧洲人拥有了更宏阔的世界眼光，也逐渐接受了多元文化共存的事实。在英国，科学文化知识日益成为人们的精神养料，加之商务往来的增多，兴起了一个由科学家、律师、教师、医生构成的自由知识分子阶层，他们代表着新兴资产阶级的利益和愿望，与皇权势力、贵族阶层形成力量抗衡。

"由于自然科学的发展、资本主义的兴起、文艺复兴运动和宗教改革

---

① 耿幼壮：《论巴罗克艺术的时空结构》，《文艺研究》2000 年第 3 期。

的冲击,一种新的宗教观随之产生并广泛传播,不再相信来世幸福,而是追求现世的享受。""巴洛克艺术代表的是当时自然科学的宇宙观与宗教思想的调和。"① 显而易见,这些文明成果有些是直接与宗教神学观念相背离的,巴洛克文学艺术则在综合的视界里融合了这些新元素。

第二节 各种哲学思想、文学艺术观念的冲突与融合

一 哲学美学思想观念的多元共生

17 世纪的哲学美学思想方面的建树很多,由于地理大发现和资本主义生产方式进一步发展,人的认识观念显然具有开放的姿态,也因此出现了各种相互对立的思想观念,它们并行不悖且互相影响。英国的经验论和大陆的唯理论既有对立性亦有同一性,相同的是推崇广义的理性和独立思考,反对盲从,以科学精神推动人们的认识不断走向完善。黑格尔曾表述这一时代的特征道:

> ……人获得了自信,信任自己的那种作为思维的思维,信任自己的感觉,信任自身以外的感性自然和自身以内的感性本性;人在技艺中、自然中发现了从事发明的兴趣和乐趣。理智在现世的事物中发荣滋长;人意识到了自己的意志和成就,在自己栖身的地上、自己从事的行业中获得了乐趣,因为其中就有道理、有意义。②

由此可见,那个时代的人们还是建立了对自然、人、社会的诸多自信和希望的,也因此即便面对现实的动荡和残酷,仍执着地在文学艺术领域里表达充沛的感情和理想色彩。

（一）激发探索人类自身及宏大宇宙的渴望

英国经验论哲学家霍布斯继承了培根的提倡科学、宣扬知识就是力量的思想原则,从自然观、认识论、语言哲学、人与社会国家学说和无

---

① 李平民:《德意志文化》,上海财经大学出版社 2005 年版,第 111 页。
② 转引自［苏］舍斯塔科夫《美学史纲》,上海译文出版社 1986 年版,第 163 页。

神论等方面提出了自己系统的见解。他强调在内省的基础上"认识你自己"，这个自己指全人类自身。而论及人的自然本性时，他强调："没有欲望就是死亡"、"激情淡薄就是愚钝"。①

而英国杰出的哲学家约翰·洛克反对唯心主义先验论"天赋观念论"而提倡"白纸论"："因此让我们设想人心就像我们说的白纸一样，没有一切文字，没有任何观念。""我们的知识是多么依赖正确运用自然赋予我们的能力，而极少依赖那些徒劳地设想一切人类中的天赋原则的指导。"② 这些观点都对当时的英国以至欧洲社会产生了深刻影响。

巴洛克文学就明确强调激情的力量，在作品中对人的欲望和情感有更多深入直接的描摹，同时也在作品中进行着人自身以及广阔宇宙的探索与发现。《痴儿西木传》中的"怪人"就长着豚尾和翅膀，可以上天入地，主人公西木就参加魔鬼聚会，在魔魔湖中穿梭，探知魔界的秘密和大自然的丰富宝藏。

（二）催生辩证把握内在心理矛盾的思维方式

霍布斯认为国家力量是巨大的，他倡导绝对专制主义，但并非拥护君主专制，而是认为应该实施与战乱频仍的社会现实相抗衡的铁腕政权。而他的宗教观点则明确对教权至上主义进行批判。"霍布斯把教皇喻为罗马帝国之鬼魂。他写道：'教皇之位不过是已死亡的罗马帝国的鬼魂带着皇冠坐在帝国的坟墓上。'"③

随后的剑桥柏拉图派亨利·莫尔和卡德沃思等人则一方面在宗教态度上反对罗马天主教，痛恨无神论，同时也反对新教中的非理性主义。"他们主张真正的宗教必须和理性真理相谐和，提倡宗教宽容，反对宗教狂热；强调宗教中的道德因素和精神因素，认为基督教是一种生活的样式，宗教礼仪和信条除了有助于敬神外没有别的意义。"④

与之相比，约翰·洛克的哲学思想则明显地存在诸多自相矛盾的地

---

① 胡景钊、余丽嫦：《十七世纪英国哲学》，商务印书馆 2006 年版，第 208 页。
② 同上书，第 306—307 页。
③ 同上书，第 238 页。
④ 同上书，第 241 页。

方：唯物主义与唯心主义、可知论与不可知论、经验论和唯理论往往纠结不明。也正因为如此，具有一定的辩证性。而且，这一切并不影响他的理论对现实社会造成深远影响，恰恰因为矛盾、怀疑，刺激了不断地求证和探索的激情，文学也就在这样的思想背景下现出了独特的形态。英国玄学派诗人约翰·但恩的创作就"表现出暗中熠熠发光的火热般的想象，魔术般地照亮幽暗的思想深处，透露出既富性感又不乏沉思的美妙特征"。[①] 他的《沉思录17》中写道："没有谁是独立的岛屿，人人都是大陆的一块、主体的一部分……谁死了也让我变小，因为我和人类是一体；所以，不要派人去问钟为谁鸣；丧钟响是因为你。"[②] 这里主体与客体、个体与人类、自我与他者、生存与死亡的深层体验与哲理思考，显现出文学作品的丰蕴内涵和张力感。

法国的哲学家、数学家笛卡儿的唯理主义强调理性高于一切，认为在对人的认识上，理性是最高法则，感性无法接近真理，是靠不住的。灵与肉对立，必须以"理性"和"意志"来控制"情感"和"情欲"。17世纪古典主义的立法者布瓦洛在其《诗的艺术》中提出，思维应该优先于语言，观念优先于艺术表现。在艺术领域里，理性具有至高无上的地位。应该说理性主义的高度提倡在法国是与专制王权紧密结合的，并最终导致了法国文学史上古典主义的兴盛，与巴洛克文学恰好形成了鲜明的对比。韦勒克甚至在其《文学研究中的巴罗克概念》中否认法国有巴洛克的存在。不过，在他1962年写的《后记》中却以事实说了话：法国巴洛克诗歌选集中那些"罕为人知的诗篇公诸于世，这就导致最后公认在法国存在着一种既不是文艺复兴时期风格又不是古典主义，最好称之为巴罗克的优良诗歌传统"。[③] 这一事实其实说明了唯理主义思想在法国虽然占据主导地位，但其影响力也不是绝对的。情感与理性的矛盾冲突应该如何表现一直就是文坛争议不休的问题。高乃依就曾因为在作品

---

① 常耀信：《英国文学大观园》，湖北教育出版社2007年版，第37页。
② 同上。
③ ［美］雷内·韦勒克：《批评的概念》，张今言译，中国美术学院出版社1999年版，第115页。

中过多展示了情与理的矛盾，渲染了强烈的爱情，没有完全忠于理性至上原则，而遭到法兰西学士院的诟病，甚至因此而愤懑停笔多年。

不得不提及的一个现象是早期人文主义者提倡自然、吁求人性的主张逐渐被日益喧嚣的欲望膨胀和金钱堕落侵袭，在上述诸多社会历史变迁和宗教纷争中，怀疑主义和悲观主义思想逐渐在贵族上层社会流行，因而躲避现实矛盾的隐逸之风悄然兴起，一个紧随其后的文学现象便是文学题材上的演变，越来越多的田园牧歌体诗歌与小说进入了公众的视野。尽管大多数作品的艺术品味与思想内涵都远未达到经典的程度，然而当时，安德鲁·马维尔的《花园》、马里诺的《安东尼斯》（又译《阿多尼斯》）、斯鸠德里绘制的"温柔之乡"图以及众多效仿之作纷纷出炉，一时间蔚然成风、影响广泛。

而一个不争的事实是，哲学观念对文学创作的影响也只能通过创作主体自身而最后起作用。不同哲学观念影响的最终结果是一个作家可能在自己的作品中体现出不同的创作风格。因而韦勒克认为研究法国巴洛克文学的努力，"至少确立了古典主义保留有巴罗克成分的看法，或者说在17世纪后期以及甚至在拉辛这样的古典主义作家身上存在着巴罗克成分与古典主义成分之间的斗争"。[①] 巴洛克成分在古典主义与文艺复兴文学中的共生，正好说明人们试图证明莎士比亚、约翰·班扬、弥尔顿、塞万提斯等作家身上具有巴洛克风格特征的做法，本身就具有合理性，昭示了多元文化并存的事实。

实际上，不少外国文学史教材认为，17世纪的欧洲文学思潮有三个主要方向：古典主义文学、巴洛克文学和清教徒文学。在英国文学中，约翰·班扬、弥尔顿的创作现在一般被归入了清教徒文学，亦即英国资产阶级革命时期的文学，但这并不能完全排斥将二人纳入巴洛克文学代表作家行列的观点，目前学界对此一直还没有一个统一认识。

由此可见，17世纪各种哲学思想意识的纷纷出现，催化了人们对自我、他人、自然、社会以及宇宙的深度思考，在理性与感性、笃信与怀

---

① ［美］雷内·韦勒克：《批评的概念》，张今言译，中国美术学院出版社1999年版，第115页。

疑等对立矛盾的思想意识下，寻求心灵与思想的自适与协调。巴洛克文学在这样的哲学与宗教背景下，也就必然承载着表现冲突与矛盾的重负，在辩证把握世界与人生的过程中，显示出自身的张力感和复杂性。

二 文学艺术观念的对立并存

（一）对文艺复兴艺术观念的反动

文艺复兴时期的美学观念与文学观念是与人文主义思想意识密切联系在一起的，因而美学上注重庄严、肃穆、宁静、和谐之美，在一种静穆优美的姿态中表现出走出中世纪精神束缚的自信。文学上，弘扬人文主义思想，现实主义与浪漫主义手法相结合，文学语言主张使用民族语言，即各民族俗语，反对拉丁语的一统天下，也表现出乐观自信、积极健康的格调。文化上，布克哈特的《意大利文艺复兴时期的文化》揭示了"近代欧洲的儿子中的长子"意大利的文化精神自信的渊源：粉碎了中世纪的精神枷锁之后，意大利人不仅发现了世界，还发现了自己、发现了自然美，在对古代文化的改造中超越过去而成为新时代精神的领路人。[①] 然而到了 16 世纪末期，人文主义者的"理论和学术不能再掌握群众心理以前，这整个阶层就已经普遍而深深地遭到贬黜。……指责他们的主要两点，一是敌视一切的自高自大，一是惹人憎恶的放荡不羁，此外，还有第三条，那就是新兴的反宗教改革的势力大肆喧嚷给他们加上的轻视宗教的罪名"。[②] 人文主义者的理论与学术及其指挥一切的地位被置疑、颠覆，反宗教改革者对之侧目而视、大加挞伐。精细、柔软、光滑的审美对象，和谐、均衡、对称的美学追求逐渐发生了变化，艺术关注让位于粗糙、巨大、瘦硬甚至丑陋的审美对象，崇高的审美体验越来越成为文学艺术表现的重心。

其实在文艺复兴风格与巴洛克风格之间，还有一个过渡性的风格即"样式主义"。"作为一种历史现象，样式主义（一译矫饰主义——引者注）风靡于大约 1530 年至 1590 年之间一个不稳定的时期之内，也就是处于文艺

---

① ［瑞士］雅各布·布克哈特：《意大利文艺复兴时期的文化》，何新译，商务印书馆 1984 年版，第 7—8 页。

② 同上书，第 268—269 页。

复兴风格正在消退与巴洛克风格即将出现之前的一个历史时期。……样式主义强调描绘精细紧凑，突出主观色彩，追求奇巧技法；样式主义要求形式和构思持续不断地精益求精，使夸张和冲突达到最大限度。""样式主义更为突出的一面，在于其对文艺复兴规范和稳重而高雅风格的一种激烈反动和大胆的戏剧性背离。"① 这种艺术风格很快在意大利和法国宫廷，后来在欧洲各国传播开来。这里之所以交代样式主义的风格特征，是因为这种矫饰、夸张，对冲突、对立力量的强调，恰恰影响到了后来的巴洛克艺术。

可以说鲁本斯的绘画作品代表了一种绚烂绮丽和起伏跌宕的美感，宗教画家卡拉瓦乔的作品则体现戏剧性冲突的一面。巴洛克艺术是处于文艺复兴衰落期的一种新型艺术，它"宏伟壮观，充满动感，丰富充溢，技艺精湛，以及企图打破常规，使用缩短的技法表现无穷感"。② 这只是一种对巴洛克绘画艺术的粗略描述。而"巴洛克建筑复杂惊人，充满动感。……巴洛克时期的建筑师不再推崇那种效果含蓄的逻辑性，而是追求'意外'、追求'效果'，就像戏剧舞台上所说的那样"。③ 杨周翰先生在其《巴罗克的涵义、表现及应用》中论道："巴罗克建筑打破了匀称、平衡、合理的原则，给人一种不规则、不稳定的感觉，看不出部分和整体之间的明朗关系，相反却引起一种视觉幻象和戏剧性的效果。"并特别注意到了无论是巴洛克雕塑还是绘画都是感情夸张到了歪曲的程度，精神状态充满了紧张感。④ 而巴洛克文学则明显借鉴了巴洛克的艺术思维，贯穿着两种重要原则："变幻、谲变的原则"以及"炫耀、华丽的原则"。因此，在文学作品中，"出现了诗歌的不规则的格律，戏剧里松散的结构，散文的拖沓或者极端的压缩，都是对文艺复兴之整齐和谐理想的反动"。⑤

---

① ［美］威廉·弗莱明、玛丽·马里安：《艺术与观念》（上），宋协立译，北京大学出版社 2008 年版，第 372 页。

② ［意］弗拉维奥·孔蒂：《巴罗克艺术鉴赏》，李宗慧译，北京大学出版社 1992 年版，第 36 页。

③ 同上书，第 11 页。

④ 杨周翰：《巴罗克的涵义、表现和应用》，《国外文学》1987 年第 1 期。

⑤ 同上。

正如我们所知，"巴洛克"起始于 17 世纪初教皇统治的罗马，最早是指文艺复兴后意大利建筑的特点，它不是一种具有明确定义的风格。大多数的看法是它不过是在文艺复兴"分崩离析"和"衰落"中诞生的畸形、古怪、难以言喻的艺术形式，开始时甚至连名称都没有，18 世纪才被冠之以有贬损意味的"巴洛克"之名。"与文艺复兴不同，巴洛克艺术没有与之相辅相成的理论，其发展没有可参照的模式。"① 因而对巴洛克的界定历来众说纷纭、莫衷一是。但基本的观点是："文艺复兴意味着平衡、适中、庄重、理性和逻辑；而巴洛克则意味着运动、追求新奇、热衷于无穷、不定和对比，以及各种艺术形式的大胆融合。"② 沃尔夫林曾认为米开朗基罗的建筑艺术中包含着巴洛克风格的因素，1897 年施梅尔索认为米开朗基罗的雕塑和同时代许多绘画、建筑和诗歌都是巴洛克精神的体现，精辟地指出"巴罗克艺术是目的与行为、崇高与通俗、内心与外界在一定时空范畴内的化合与裂变"。③

文学现实证明，巴洛克文学承袭艺术的规则和理念，自然会把"运动"、"新奇"、"戏剧冲突"以及"各种艺术形式的大胆融合"当作自身的艺术追求，在文学世界展现动荡、冲突、艺术形式多样化融合的情境。贡戈拉的诗歌、但恩的玄学诗、格里美尔斯豪森的奇幻世界都展现了这些突出的巴洛克文学特征。

（二）对感性主义情感性的张扬

与此关联的是，17 世纪的神学家试图把艺术变为文辞和理性的图解，关注艺术中的道德美。④ 因而在宗教绘画中充斥着耶稣和圣徒们因为忍受肉体痛苦而挣扎和抗争的画面，激起人们的宗教同情与皈依的特殊感受。鲁本斯的一系列以宗教和希腊神话为题材的画作就显示了这种震撼人心

---

① ［瑞士］海因里希·沃尔夫林：《文艺复兴与巴洛克》，沈莹译，上海人民出版社 2007 年版，第 21 页。

② ［意］弗拉维奥·孔蒂：《巴罗克艺术鉴赏》，李宗慧译，北京大学出版社 1992 年版，第 4 页。

③ 陈众议：《"变形珍珠"——巴罗克与 17 世纪西班牙文学》，《外国文学评论》2005 年第 4 期。

④ ［意］L. 文杜里：《西方艺术批评史》，迟轲译，海南人民出版社 1987 年版，第 99 页。

的力量。《升举十字架》（1610—1611 年，安特卫普主教堂）描述了众多的人体，仿佛裹挟着、流动着形成了一股力与激情，受刑的基督痛苦而悲怆，周围人们的面部表情也是各不相同。《最后的审判》（1617—1618 年，慕尼黑古典绘画陈列馆）描绘了处于激烈运动中的各类人物，健美丰腴、神情各异而充满感性，色彩华美绚丽，线条和构图充满运动感。众多裸体形象似乎蕴蓄着无穷的生命力，昭示一种难以言喻的激情，又仿佛反叛着禁欲主义的束缚。"巴罗克艺术一反文艺复兴的平静和克制而表现为戏剧性、豪华与夸张。文艺复兴艺术致力于理性，首先力求使人信服；而巴洛克艺术则求助于直觉、感官、想象，力求吸引感染人。这一点与巴罗克艺术最初是天主教会的艺术工具不无关系。"①

　　除此以外，古典主义强调理性对情感的制约原则，并不能抑制另一种艺术观念的流行，即重视艺术中的情感问题，以"审美力"来反对理性主义。艺术固然有技术的因素，但归根结底要展现艺术家的"天赋"与"天才"，是他们创造性才能的体现，一部分艺术家认为"情感是决定性因素"。② 鲁本斯 1615—1617 年的《劫夺吕希普斯的女儿》取材希腊神话，描绘宙斯的两个孪生子爱上吕希普斯国王的两个孪生女而趁她们在外游玩将她们劫夺的场面。画面上人物惊恐的表情、扭曲的身体、呼喊的情状构成了极具动态的紧张感，而阴影处理与画面中两个女子健壮、丰腴的身体的鲜明色调又构成强烈的视觉冲击力。画面反映的是远古时代的抢婚习俗，同时表现了青春的力量和活力。意大利著名巴洛克建筑师博罗米尼的代表作圣卡洛教堂（1636　1640 年），波动的水平线曲折起伏，明暗与节奏变化紧张，特别是正立面的装饰繁多复杂，吸引人无穷的遐想。"可以把它比作一部复杂的无声的交响乐章。……圣卡洛教堂可能是博罗米尼那复杂而悲伤的心灵的反照，在一定程度上也反映了 17 世纪这个骚动不安的时代。"③ 这些绘画俨然突破了文艺复兴时期的优美情

---

① ［意］弗拉维奥·孔蒂：《巴罗克艺术鉴赏》，李宗慧译，北京大学出版社 1992 年版，第 36 页。

② ［意］L. 文杜里：《西方艺术批评史》，迟轲译，海南人民出版社 1987 年版，第 101 页。

③ 张石森、岳鑫主编：《巴洛克与洛可可艺术》，远方出版社 2006 年版，第 30 页。

调而代之以戏剧性的崇高感受，与强调理性和谐的古典主义也明显相悖。"他们大胆地触及艺术中'非理性'这根最敏感的神经，打破古典主义长期模拟自然真实的'章法'，开始改变临摹自然表象的造型观、色彩观和叙述性内容，由被动模拟转到创造冲动，并有意识地探索内在精神情怀的表达。"这种艺术观念强调"以直接代替理性"，"以热情代替逻辑"，"以灵感代替思考"，是近代美学思想精神的体现。[①]

当其时，理性主义也促使艺术与科学紧密结合，从而影响到艺术观念。在法国，"在评判艺术时不仅受其对感观刺激的程度的支配，而且让艺术与哲学在相互渗透中向前发展"。[②] 因而法国的巴洛克文学理所当然受到了更多古典主义的影响。当时的古典主义一味地提倡拥护王权，理性至上，重视法则，使用古代希腊罗马的题材；尤其要求严守三一律。不可否认，古典主义在其早期和中期是起到积极作用的，特别是当理性与法国的王权紧密结合为其所用之时，理性的提倡和法则的讲究同样催生了一批伟大的作家如高乃依、拉辛、莫里哀等，但是后期将法则强化为一成不变的永恒定则，并以此来规范艺术的内容与形式，就限制阻碍了文学的发展。

（三）对巴洛克艺术的借鉴和吸收

此外，需要说明的是，巴洛克雕塑、建筑、绘画等艺术形式对巴洛克文学的影响（前文已有一些相关论述），也构成了巴洛克文学思潮产生的一个非常重要的原因。叶廷芳先生认为：

> 在莎士比亚出生之前，即 16 世纪上半叶，造型艺术领域已开始不唯古典是尚，巴罗克已初露端倪；莎氏出生以后，即 16 世纪中后期，文学中的巴罗克相继露头。[③]

---

① 李晖：《情感的力量——鲁本斯与巴洛克艺术》，《美术大观》2007 年第 7 期。

② ［意］L. 文杜里：《西方艺术批评史》，迟轲译，海南人民出版社 1987 年版，第 100—101 页。

③ 叶廷芳：《不圆的珍珠》，人民文学出版社 2008 年版，第 24—25 页。

即便在古典主义兴盛的法国，由于路易十四极力推崇巴洛克建筑风格，巴洛克艺术的影响也是非常深远的。

> 豪华的凡尔赛宫里面的雕刻全部采用巴洛克式样，庭园布置、殿内装饰、家具设计等都无一例外。还有出入宫廷贵族贵妇的服装和礼法，也都全部采用这种尚古庄严的巴洛克式。……还有柯奈和拉辛等古典大诗人，也是在路易十四巴洛克式艺术背景下产生的。①

当然，巴洛克艺术的影响绝不只限于宫廷文化范畴。"从16世纪末叶起，以意大利为中心所兴起的巨形的古建筑……就是属于这种令人起怪异之感的巴洛克式建筑。这种建筑上的流行式样与艺术的倾向，乃直接变成了一种新型的雕刻风格，使雕刻的姿态过分夸张，令人观之有一种强烈的惊奇感。如雕刻衣服的皱纹时，就故意把皱纹的阴影夸大加浓。此外，巴洛克式的艺术风格，还被运用到室内装饰和家具设计上，因而很多桌椅和衣服的式样，也都变得庄严古怪。"② 而且，更需要注意的是，"这种风格不限于以君主为中心的王室，就连一般传教士和商人也都为这种巴洛克式所风靡"。③ 从这一叙述我们可以看出，不仅在艺术领域内，巴洛克风格——一种庄严古怪、令人惊异的风格盛行一时，就是在日常生活领域内，巴洛克风格也是无孔不入，成为人们追求古重、古怪、庄严、典雅的心态的极好诠释。所以，在这样的文化艺术氛围和日常生活风尚的滋养下的普遍心态，对文学上的巴洛克风格的影响就是显而易见的了，因为文学就是要反映人们的生活状态和心理活动的，就是要把握时代文化的脉搏的。因而，巴洛克艺术对巴洛克文学的影响就是情理之中的了。

沃尔夫林在论述米开朗基罗的艺术超脱于文艺复兴艺术之外，具有了"庄严肃穆"的特征后说道："考察新风格在诗歌中的发生也别有一番

---

① 何恭上主编：《西洋绘画史》，台北：艺术图书公司1991年版，第96—97页。
② 同上书，第95页。着重号为引者所加。
③ 同上书，第96页。着重号为引者所加。

趣味。"① 并举出了最早巴洛克文学代表作家塔索的《被解放的耶路撒冷》
（1584 年）为例：

> 我歌唱武器和首领
>
> 他虔诚的双手将基督的陵墓从邪恶中解放出来；
>
> 多少人为他出谋划策；
>
> 多少人战死疆场，直到完成辉煌的使命；
>
> 邪恶力量徒劳地与他对抗；
>
> 亚细亚和利比亚武装联合起来；
>
> 上帝赐福于他……

他仔细分析了诗作的韵律和节奏，指出"铿锵的尾韵和有规律地重复"，
还有毫不吝惜地使用形容词副词来加以修饰，语词庄严华美，情感激越
高昂。② 这些都离情感宁静肃穆、言词朴实简明的文艺复兴时代的艺术追
求相去甚远了。

　　巴洛克艺术对巴洛克文学的影响，一个极具说服力的论据，应该算
英国巴洛克诗人理查德·克拉肖写过的有关圣特蕾莎的诗歌。圣特蕾莎
是西班牙具有巴洛克风格特色的著名的宗教诗人。有学者找到克拉肖根
据戈汉德·塞格的绘画《迷狂中的圣特蕾莎》而写的诗歌《燃烧的心》，
并如此评价：

> 在《燃烧的心》中，诗人不断地离开描绘圣特蕾莎的绘画进入
> 抽象的沉思，然后又不断回到它并把它作为思想运动的新开始。在
> 那里，精神不断地逃离感官的纠缠，又不断从地沉入其中。③

---

① ［瑞士］海因里希·沃尔夫林：《文艺复兴与巴洛克》，沈莹译，上海人民出版社 2007
年版，第 77 页。
② 同上。
③ 耿幼壮：《巴罗克艺术的时空结构》，《文艺研究》2000 年第 3 期。

诗歌将灵魂与肉体、理性与感性的矛盾冲突强化到了极致，让读者陷入对立纠结的语词的迷宫。无疑，艺术作品中人物的情感心理矛盾在文学作品中得到了更生动丰富的呈现。

显而易见，不同的文学艺术观念的并行使得同一时代的艺术家们可以博采众长、兼收并蓄，文学上对巴洛克的效法和模仿自然也显出了新的探索。

> 从历史上看，任何一个时代的艺术风格都不是单一的，而是庞杂的，即使在有某一种风格占主导地位的情况下。例如文艺复兴时期，虽然古典风格是主导的，但与之并存的就有诸多非古典的流派或旁支，而且每个阶段都有顶尖的大作家为其代表。①

叶廷芳先生举出了中世纪的但丁，文艺复兴中期的拉伯雷，晚期的莎士比亚作为代表。他认为莎士比亚的语言粗俗与典雅杂糅，戏剧形式中悲剧与喜剧混杂，整个作品在时人眼中是"不伦不类"。陈众议先生也认为"即便像塞万提斯、洛佩·德·维加、克维多、卡尔德隆那样的'巴罗克作家'，也都不同程度地坚持了人文主义的现实主义精神（或者说，一些人文主义的现实主义作家不同程度地借鉴和吸收了巴罗克风格）。甚至连贡戈拉这样的巴罗克大师，偶尔也会创作一些小品以飨读者。因此，时代使然，风气使然，巴罗克文学是复杂的，创造巴罗克文学的人则更复杂"。②

以上的文学艺术实例说明 17 世纪文学艺术观念：理性主义、古典主义、现实主义、情感主义（带有浪漫主义成分）的分野，使得这一时期的创作自然具有不同的艺术风格，然而它们同时并存而互相关涉，则不可避免地互相影响、杂糅，最终造成了多种文学艺术形式争奇斗艳的局面，巴洛克文学就是其中的一颗耀眼奇异而形状不规则的"珍珠"。

---

① 叶廷芳：《不圆的珍珠》，人民文学出版社 2008 年版，第 24 页。
② 陈众议：《"变形珍珠"——巴罗克与 17 世纪西班牙文学》，《外国文学评论》2005 年第 4 期。

三　文学创作传统自身对巴洛克文学兴起的影响

沃尔夫林《文艺复兴与巴洛克》中陈述了布克哈特一个非常有价值的艺术观念，就是："人们难免会肤浅地理解艺术与一般文化之间的整体关联。艺术有她自己的生命与历史。"彼得·默里宣称布克哈特并未真正解决"艺术以其独立的姿态而存在"这一艺术观念的问题，而此观点却构成了沃尔夫林理论的根基。① 沃尔夫林强调需要探求巴洛克风格形成的艺术内部的原因。他提出了一连串的问题：为什么处于文艺复兴末期的人们没有探索其他方法？难道只有巴洛克这一种办法可行吗？如果是这样，为什么？是什么决定了艺术家对形式的创造性态度？② 他的回答是确定的："普遍的文化力量说明不了什么问题"，"呈现给我们的是关于整体的苍白形象"，无法真正体会艺术家"个人想象"与"当代背景"之间的关系。③

（一）文学史上同类题材的借鉴与承传

应该说，有关巴洛克文学张力生成的文化历史语境的分析当然应该关涉欧洲战争风云下的时代心态，宗教改革与反宗教改革的冲突，哲学观念、文学艺术主张的的多元化，然而所有这一切并不直接构成巴洛克文学及其张力形成的充分必要条件，一种文学思潮或风格流派的形成必然还受到其自身的文学传统的内容和形式发展的内在规律的影响。

考察巴洛克文学的文学传统因素就必须反观这种文学所呈现出的主要特征：宗教情感的虔信与规避、典雅爱情与田园理想的虚幻景观，富丽、奇喻、夸饰、反讽的语言特征，怪诞形象和欲望化、世俗化的描写，等等，然后会很清晰地发现宗教意识的矛盾纠缠，使得部分文学家关注宗教神秘主义，并释放宗教纠结的焦虑心态，借文学艺术形式表达信仰的力量，这种文学形式其实在中世纪的宗教文学中已经出现，宗教神秘

---

① ［瑞士］彼得·默里：《导读》，海因里希·沃尔夫林：《文艺复兴与巴洛克》，沈莹译，上海人民出版社2007年版，第2页。
② ［瑞士］海因里希·沃尔夫林：《文艺复兴与巴洛克》，沈莹译，上海人民出版社2007年版，第71—72页。
③ 同上书，第71页。

剧、使徒行传对 16 世纪的宗教诗人创作影响深远。但可以肯定，在 16、17 世纪的宗教文学作品中，更大胆更激情地描写了人与上帝的关系，如"圣特蕾莎的迷狂"。中世纪骑士抒情诗、骑士传奇中描写的典雅爱情，在 17 世纪的法国贵族沙龙里再次上演，刺激了沙龙雅女的激情和诗才。文艺复兴时期拉伯雷的《巨人传》所描绘的理想世界和民间狂欢精神在德国的格里美尔斯豪森的笔下找到了承传，怪诞的人物形象承载了更多的哲学蕴涵和宗教思考。也就是说一种文学思潮与风格的滥觞，其文学的题材与形式的诸多元素依然来自文学自身的历史发展之某一环节，处在文学史的链条上，并非完全地脱节与断裂，而深层次的原因当然不仅仅是形式或题材上的借鉴，也是内在精神上的同构。

（二）"生活意识"、"审美心理结构"与巴洛克文学生成

戈德曼在其论文《文学史的发生学结构主义方法》中指出："作品世界的结构与某些社会集团的精神结构是同构的，或者有着可以理解的关系，而在内容方面……作家有着完全的自由。"[①] 也就是说一种文学形式的出现恰恰是因为它适应了特定时期的集团心理趋向，成为时代心态的最适合最具有代表性的作品结构，而并非时代的文化简单决定了文学题材或形式。因为时代环境并非题材与形式出现的必然因素，没有这一环境也有可能产生某种题材或形式，"有之或许然，未有之未必不然"。

法国史学家兼批评家丹纳曾经不无调侃地对拉丁民族天生的早熟和细腻进行了批判，认为"他们很容易变成修辞学家、附庸风雅的鉴赏家、享乐主义者、肉欲主义者、好色之徒、风流人物、交际家"，很容易沾染各类恶习。……"他们要求微妙的刺激，不满足平淡的感觉，好比吃惯了橘子，把红萝卜和其他的蔬菜扔得老远；但日常生活是由红萝卜白萝卜和其他清淡的蔬菜组成的。""意大利一位贵族太太吃着美味的冰淇淋，说道：'可惜不是桃子！'法国一位王爷提起一个狡猾的外交家，说：'看他这样坏，谁能不喜欢他呢？'"[②] 这显然是时代精神与现实世界之间的不协调所造成的心理失衡，追新逐异的心理趋向与平淡无奇的庸常社会形

---

① 转引自陶东风《文学史哲学》，河南人民出版社 1992 年版，第 105 页。
② ［法］丹纳：《艺术哲学》，傅雷译，天津社会科学出版社 2007 年版，第 115—116 页。

成了强烈反差，因而表现这一失衡世界的文学的内在结构自然与此精神心理现实是同构的。17世纪巴洛克文学的追求就体现了动荡时代的焦灼、不协调、矛盾对立，以夸饰、雕琢、反讽、双关、谐谑、矛盾修辞来诠释内在精神体验的多样性统一。

> 从文学史方法论角度说，形式的社会学要求将特定文学形式、文本结构方式的产生与演变与特定社会时代的集团心理结构联系起来加以解释，而不只是从特定时代的社会生活决定了特定时代的文学题材的角度建立文学史哲学。①

所以沃尔夫林认为"钝化理论"的"审美疲劳"说不一定必然催生巴洛克艺术的产生，巴洛克艺术实际上是表达了一种涵盖多样的"生活意识"，不论是轻松愉快或庄严肃穆，躁动不安或宁静安详，并且巴洛克艺术是在装饰艺术领域中最先诞生的。②

现在人们已经不再重弹文学是生活的机械再现、文学史是社会史的老调，而是"把文学、艺术史当作一种社会文化现象而又不陷入机械的庸俗的社会学或许可以说是当代西方艺术与艺术史社会学的最显著特征"。在总结了豪泽尔的艺术发展的双重决定论和关于艺术史的心理分析方法之后，陶东风先生认为：承担将外因转换为内因的中介"是人类的艺术实践活动中形成的审美心理结构及其外化形态——艺术形式"。③

恩格斯曾在论及历史是怎样创造的观点时，形象地描述了这种"合力"的具体样态，称之为"平行四边形合力论"：

> 历史是这样创造的：最终的结果总是从许多单个的意志的相互冲突中产生出来的，而其中每一个意志，又是由于许多特殊的生活条件，

---

① 陶东风：《文学史哲学》，河南人民出版社1992年版，第105页。
② ［瑞士］彼得·默里：《导读》，海因里希·沃尔夫林：《文艺复兴与巴洛克》，沈莹译，上海人民出版社2007年版，第73—74页。
③ 陶东风：《文学史哲学》，河南人民出版社1992年版，第103页。

才成为它所成为的那样。这样就有无数互相交错的力量，有无数个力的平行四边形，而由此就产生出一个总的结果，即历史事变。①

显而易见，一种文学思潮与风格形成的原因也是多重的，是由社会历史背景、哲学思想意识、自然科学发展以及文学艺术自身发展传统等各方因素的"合力"影响最终造成的。

巴洛克文学张力生成的历史文化语境让我们触摸到了一个"动荡、怀疑、探索的时代"的脉搏，感悟到了宗教文化力量的巨大撼慑，也深悉自然科学的昌达对人们艺术观念的渗透，自然我们也清楚地看到了文学艺术自身的内在发展规律对艺术的制约和影响。

从巴洛克文学张力生成的背景来看，充满各种各样的冲突与矛盾：文艺复兴的人文主义与虚无主义、感性主义与理性主义、浪漫主义的萌芽、宗教神秘主义的泛滥等都使得这一时期充满了时代精神内部的震荡感和冲突感。意大利、西班牙、德国、荷兰等国许多艺术家"都曾在充满神话、宗教和艺术追求的想像中体现了博采众长、融会贯通和思变图新的巴罗克精神"。②"总之，无论是从社会历史的还是思维个体的角度来看巴罗克作为文艺复兴和现代之间的一个中间阶段都的确是一个过渡时期。这决定了其文化的基本特征——繁复而不断变化。"③

---

① ［德］恩格斯：《致约·布洛赫（1890 年 9 月 21—22 日）》，《马克思恩格斯选集》第 4 卷，人民出版社 1972 年版，第 478 页。
② 陈众议：《"变形珍珠"——巴罗克与 17 世纪西班牙文学》，《外国文学评论》2005 年第 4 期。
③ 耿幼壮：《论巴罗克艺术的时空结构》，《文艺研究》2000 年第 3 期。

第二章 巴洛克文学的张力构建

正如本书"绪论"所言，所谓"文学张力"，是指在整个文学活动中两个或两个以上相互对立或矛盾的文学元素（材料与结构、语言与言语、外在韵律与内在节奏、意与象、情与理、主观与客观、雅与俗等）之间，形成既相互排斥、碰撞、冲突又相互吸纳、承受、融合的动态平衡，促使读者在变动不居的两极或多极之间感受、体认、思索文学文本，产生对文学文本的丰富蕴藉而又灵动多极的审美体验与感悟。巴洛克文学文本中的文学张力几乎无处不在，其张力构建主要是在思想意识上的冲突与融合及文学形式上的"张力场"两个层面展开的。

第一节 思想意识上的冲突与融合

如前所述，17 世纪欧洲的巴洛克文学是在文艺复兴之后、新古典主义文学之前的一个过渡性的文学思潮，它曾被部分西方学者视为"不成熟的"和"缺乏美感的"文学流派；中国学者也往往对其持否定性的评价，这些观点当然都是持之有据的。因为巴洛克文学作品，诸如《安东尼斯》的享乐格调①、《阿丝特蕾》的虚浮矫情、《卡桑大》和《克莱奥帕特》的自我粉饰与歌功颂德、《伟大的西律斯》的散漫冗长等，的确向人们展示了一个题材古雅、语言华丽、手法怪诞、人物特异的艺术世界。

然而，巴洛克文学并非千篇一律，"巴洛克"也并非仅为贵族形式主

---

① 朱龙华：《意大利文学史》，上海社会科学院出版社 2004 年版，第 112—113 页。

义文学的标签，除了贵族和上层阶级的巴洛克，也有资产阶级的巴洛克，实际上"巴罗克已经广泛渗透到德国和东欧的农民群众中。例如，捷克人的大部分民间诗歌来自这个时代并且在文体风格、韵文形式和宗教情感上表现出巴罗克的特点"。① 西班牙、法国、英国、意大利等国的巴洛克文学，还显示了不为世人关注的另一面，即这种文学所具有的民间意识和狂欢精神。例如，贡戈拉作为一名典范的巴洛克诗人，其诗歌固然以绮丽、矫饰为主要特征，但也颇为自觉地汲取了民间狂欢文化的因子，彰显了巴洛克文学的动感、变异、兼容的精神气质。德国的巴洛克文学自然也是如此，尽管它被称为"一种讲究形式、追求典雅、自觉抵制民间文学传统和习惯的文学"②，但文学实践证明，德国的巴洛克文学中不乏民间意识和狂欢精神强烈的诗歌、戏剧和小说。

　　这显示了巴洛克文学思想内容的丰富复杂性，也证明巴洛克文学如巴洛克艺术一样具有兼容性、矛盾性和延展性。正是由于这些对立矛盾的思想意识的累积、纠结、冲突、抗衡，使得巴洛克文学具有不同于其他文学艺术流派的基本特质，那就是强烈的冲突性和对抗性，彰显着文学的张力特质与张力美感。

一　贵族思想意识与巴洛克时尚品位

　　巴洛克文学的主流创作队伍自然是宫廷诗人和御用文人。他们大多出身高贵富有，有的甚至是名门望族，即便有些文人出身门第不高，但是由于宫廷的御用和地位的显贵尊荣，也使得其文学作品显示出很强的贵族化倾向和宫廷色彩。

　　意大利著名诗人马里诺出身并不显贵，但是他旅居法国期间，得到皇后玛丽亚·美第奇和路易十三的赏识和重用。他的代表作《安东尼斯》就是献给路易十三的作品。诗作想象奇特、语言华丽，善用比喻和象征，充满享乐主义情调。时人赞扬吹捧、争相效仿者有之，批判鞭挞、全盘

---

① ［美］雷内·韦勒克：《批评的概念》，张今言译，中国美术学院出版社 1999 年版中相关论述。在此书中存在大量正反两种倾向的"巴洛克"评价，显示了巴洛克文学艺术的复杂性。
② 安书祉：《德国文学史》，译林出版社 2006 年版，第 231 页。

否定者有之，还因为影响巨大，其诗歌体裁一度被命名为"马里尼体"。西班牙"夸饰主义"领军人物贡戈拉出身显贵；"警句主义"的集大成者克维多生于马德里，父亲是王后安娜的私人秘书，母亲是王后的侍女；戏剧大家卡尔德隆出生于马德里官宦之家，其父曾任宫廷财务秘书。法国沙龙雅女拉法耶特夫人的《克莱芙王妃》就是直接描写宫廷贵族、达官显要、俊男美女的生活与爱情的。宫廷的豪华气派、宫闱秘事、飞短流长和勾心斗角，在拉法耶特夫人精工细笔的描绘中淋漓尽致地呈现。作家对其笔下俊逸潇洒、风华绝代的男女主人公的爱情故事是充满同情和赞美的，在宫廷既神秘典雅又放诞粗俗的特殊时空里，抒写了一种严肃道德情感的觉醒和护卫，受到宫廷与上层贵族的肯定与赞美，实属此类作品中的珍品。直至今日，仍为广大读者首肯。

总之，贡戈拉、但恩的爱情诗、宗教诗以及哲理诗，卡尔德隆的充满宗教意识的哲理剧，拉法耶特夫人、斯鸠德里小姐的沙龙文学作品，等等，他们的创作都或多或少服务于贵族和宫廷，为其增光添彩或粉饰美化。这种特点在以下四个层面表现得非常明显。

（一）典雅爱情与贵族道德

在巴洛克文学文本中，最引人注目的要算是对"典雅爱情"的关注和讴歌了，这在 17 世纪几乎成为一种贵族精神生活的时尚用语，在各国宫廷贵族的生活与艺术中都可以见到它的踪迹。在众多已成定论的对贵族道德的虚伪性、双重性的责难声中，这种感情的存在的确犹如一股清风雅韵，在某种程度上达到了提升贵族精神境界的目的。当然，它充其量也只是在相当逼仄的道德价值体系之内提升了贵族的精神境界。

1. 典雅爱情的由来及其实质

所谓"典雅爱情"，与中世纪的骑士文学密切关联。在中世纪的骑士文学作品中衍生出了一种尊崇贵妇、讲究礼仪、感情热烈、风度优雅的骑士之爱，人们称之为典雅爱情。恋爱主体双方一方是依附于封建领主的骑士，一方是宫廷里高傲的贵妇。这种爱情鼓励和培养的是骑士对贵妇人的忠贞驯服、礼仪备至、狂热追求而最终也许只有爱情之名而无肌肤之亲和婚姻之实，是一种虚幻的精神满足和慰藉，往往以情感的缠绵悱恻、哀婉动人，情节的曲折离奇、跌宕起伏，以及语言的温雅诗意、情谊绵邈而闻名于世。中世纪最著名的骑士抒情诗和骑士叙事诗里（如普罗旺斯抒情诗、骑士传奇《特里斯丹和绮瑟》）都有这样的爱情描写。典雅爱情之所以典雅的原因，就在于它"把女人抬到一个纯洁无瑕的境界，从而把一切肉欲的污点从他们的爱情中清除出去，让爱情自由地翱翔，上达精神领域"。①

这种"典雅爱情"被中世纪西方人视为除了对上帝的感情以外的最高尚的感情，而"此种由普罗旺斯所创造的爱情观念影响着后世人对待女性的态度，也深刻地影响着西方文学与西方文化"。恩格斯认为："骑士之爱是历史上出现的第一次个人之爱，它破坏了封建主夫妇之间的忠诚，是对禁欲主义的挑战。"② 别林斯基甚至热情洋溢地赞叹骑士诗歌的浪漫主义特征："对个人的人格的爱护和尊重；……把女子作为爱和美在尘世的代表及作为和谐、和平与安慰的光辉之神而加以理想化地崇拜。"③ 巴洛克文学对"典雅爱情"的关注和讴歌，正与骑士文学对典雅爱情的抒写一脉相承。

这种"典雅爱情"，源自"宫廷—骑士爱情"。这一提法是由法国语言学家、法兰西学士院院士加斯东·帕里斯在 1883 年首次提出的。当时，有人认为"精神之爱"是宫廷—骑士爱情的最高形式。这一论点涉及了典雅爱情本质的三个重要层面：（1）骑士与贵妇之间的婚外恋；（2）精神恋爱性质；（3）"宫廷—骑士爱情"的宗教意味。

而加斯东·帕里斯认为，宫廷—骑士爱情涉及的"典雅爱情"并非一味强调爱情的柏拉图精神恋性质，尽管这种爱情是从精神恋开始的。宫廷—骑士文学表达爱情的形式繁多，共同特点是置身于"宫廷的社会构想体系"之中，具有"爱情的宫廷特点"。加斯东认为"宫廷—骑士爱情可以是一份没有得到满足的爱情，也可以是在感官享受中已经实现的

---

①　曹祖平：《中世纪西欧骑士文学中的典雅爱情》，《南通师范学院学报》（哲学社会科学版）2004 年第 4 期。

②　参见徐葆耕《西方文学：心灵的历史》，清华大学出版社 2006 年版，第 57—59 页。

③　同上书，第 59 页。

爱情；它既可以是对身份比自己高贵的贵妇的爱，也可以是对出身比自己卑微的女人的爱"。而且这种爱情并不局限在婚外恋的范畴之内，还可以是夫妻之情，也能产生在两位未婚者之间。① 肖明翰在《中世纪欧洲的骑士精神与宫廷爱情》中断言："所谓宫廷爱情全是婚外恋。被诗人或骑士捧为偶像的情人都出身高贵，她们要么寡居，要么是有夫之妇，只有极个别是未嫁的公主小姐，其地位都往往比爱慕她的骑士或诗人远为高贵。"② 这未免有些武断，陷入了加斯东所担忧的问题："大部分试图给宫廷——骑士爱情下定义的学者为了得出一个统一的概念，不得不忽视问题的一些方面。"③

因而，不论这种爱情的主人公的身份地位如何，我们恐怕最应该关注的是爱情的实质。宫廷—骑士爱情的实质，就是宫廷中人的高雅感情，它所追求的高雅完美则集中体现在对宫廷道德的实施和对宫廷社交举止的重视。理所当然，典雅爱情更侧重"理性地相爱"："理性地对待爱情、控制情绪、升华冲动实际上是宫廷——骑士爱情的特征。"④

2. 典雅爱情的社会价值

宫廷—骑士爱情的出现、繁盛继而被文人骚客们加以美化，无疑令此种爱情模式超越了世俗利害关系的束缚，而最终具有了独特的道德伦理及宗教文化层面的价值和意义。巴洛克文学文本对这种爱情模式的情有独钟，恰恰是对当时爱情婚姻制度的不合理的一种反叛，并且在合乎贵族道德的范畴之内尽可能地夸大了这种情爱模式的魅力，多少是一种补偿心理的体现。

（1）情爱因素与功利因素的冲突

正如"高雅"的英文词 courteous 所表明的，"高雅的人"在中世纪是指宫廷中人，主要是王公贵族。在宫廷爱情诗人眼里，上等阶级（尽

---

① 参见［德］约阿希姆·布姆克《宫廷文化：中世纪盛期的文学与社会》，何珊、刘华新译，生活·读书·新知三联书店 2006 年版，第 451—452 页。

② 肖明翰：《中世纪欧洲的骑士精神与宫廷爱情》，《外国文学研究》2005 年第 3 期。

③ ［德］约阿希姆·布姆克：《宫廷文化：中世纪盛期的文学与社会》，何珊、刘华新译，生活·读书·新知三联书店 2006 年版，第 452 页。

④ 同上书，第 46 页。

管他们拥有获得爱情的身份条件）的夫妻之间同样没有爱情，因为中世纪王室贵族的婚姻往往都是基于政治和经济利益的联姻，有的双方年龄还极为悬殊。"韦尔夫五世 17 岁时娶图斯齐亚的玛蒂尔德为妻，当时她已年届 40，是一个巨额财产继承人。波西米亚国王奥托卡二世与妻子之间的年龄差距更大，他在 1252 年结婚时才 20 出头，而他的妻子——奥地利的玛加蕾特已年近 50。"当然，也有反证：图林根邦伯赫尔曼一世的长子路德维希四世与匈牙利国王安德烈亚斯二世之女伊丽莎白就相敬如宾、"非常恩爱"；巴尔杜因六世与香槟伯爵亨利一世之女玛丽就琴瑟和谐、情深意笃。但是，这的确是特例，"这些例子看来都是例外，因为不然的话，编年史中不会单独记载，而且史学家写到这些例子时的语气充满惊讶和赞叹"。① 因而，所谓"建立在'爱情上的婚姻'几乎可以说是 18 世纪后期的发明"。这一观点无疑是完全站得住脚的。②

巴洛克文学代表作之一，拉法耶特夫人的《克莱芙王妃》，就向我们展示了这样一桩上层贵族的婚姻，其间的利害考量是超越爱情之上的，而这自然是悲剧产生的根源。克莱芙王子和出身名门的德·沙特尔小姐的婚姻，多少是由于王子一厢情愿的追求才最后走进婚姻的殿堂的，而女方则明显掺杂着政治经济利益的考虑权衡。

德·沙特尔小姐最具实力的爱慕者有两位，一位是"出身世家，又有才能"的吉兹骑士，一位是门第高贵的公爵之子克莱芙王子，排行老二，"为人正直、胸襟豁达"。然而，抛开互爱的条件，作品交代了吉兹骑士无法娶德·沙特尔小姐的三个原因：（1）家产不够，缺乏吸引女方的实力；（2）门第比女方高，会产生低就的印象；（3）吉兹骑士的红衣主教兄长与主教代理有矛盾，而主教代理恰恰是德·沙特尔小姐的叔叔。另一位求婚者克莱芙王子的父亲反对这桩婚姻，这就足以毁灭这桩婚姻了。

德·沙特尔夫人品德高尚、贤惠雅淑，然而闻讯自尊心受挫，马上

---

① ［德］约阿希姆·布姆克：《宫廷文化：中世纪盛期的文学与社会》，何珊、刘华新译，生活·读书·新知三联书店 2006 年版，第 479—482 页。

② 肖明翰：《中世纪欧洲的骑士精神与宫廷爱情》，《外国文学研究》2005 年第 3 期。

为女儿物色新的结婚人选："她就想找一个门第更高的亲家，好让女儿凌驾于那些自以为地位比她高的人。经过全面考虑，她选定了蒙庞西埃公爵的儿子，爵位的储君。这位储君已到成家立业的年龄，在朝中是身份最高的未婚男子。"① 此事由于太子妃从中斡旋，令嫉恨她的公爵夫人，即当时国王的情妇德·瓦朗蒂努瓦夫人从中作梗，导致国王反对，才拆散了这桩婚事。

由此可见，德·沙特尔小姐尽管具有宫廷中绝顶的美貌、绝佳的人品和高贵的身份，却难逃被当作傀儡和棋子的命运。风化绝代的德·沙特尔小姐一时无人敢娶而处境尴尬。后由于克莱芙王子的父亲恰巧去世而移除了婚姻的障碍。王子柔情深钟，然而沙特尔小姐似乎仅仅是感恩外加好感，婚姻的隐患自然是男女双方没有以最真切的互爱作为基础。

拉法耶特夫人作为贵族沙龙中的一员深谙其中秘密，她用毫不隐讳的笔触揭露了这种宫廷斗争背后阴暗残酷的实质：

> 野心和艳情是这个朝廷的灵魂，男男女女都同样为之忙碌。党派不同，利害相冲突，爱情总掺和政事，政事又总夹杂爱情，因而贵妇们在其中起了很大作用。谁也不肯安分，谁也不会旁观，都想讨好，高升，不是搭台就是拆台，谁也不闲得无聊，无所事事，整天忙着寻欢作乐或者策划阴谋。贵妇们各有依附：或王后，或女王太子妃，或纳瓦尔王后，或长公主，或德·瓦朗蒂努瓦公爵夫人。归附不同，自然原因各异，或气味相投，或性情相仿。那些青春已逝，品行特别端庄的夫人，都贴近王后。那些追求欢乐和风流的年轻女子，则追随女王太子妃。纳瓦尔王后也有自己的亲信，她正当妙龄，能左右她的丈夫；纳瓦尔国王又与大总管连成一气，因而在朝廷很有势力。国王的妹妹长公主仍保持花容玉貌，将不少贵妇吸引到身边。德·瓦朗蒂努瓦夫人把看得上眼的全收在麾下，但是中

---

① ［法］拉法耶特夫人：《克莱芙王妃》，李玉民译，北京燕山出版社2000年版，第13页。

意的人寥寥无几，惟独少数几个投她脾气的贵妇，才能得到她的青睐和信赖。①

之所以不厌其烦地征引这么长的一段原话，意在强调宫廷中"爱情总掺和政事，政事又总夹杂爱情"的惯例，也在于让我们看到宫廷中无所不在的钩心斗角，党派纷争。名誉、地位、利害关系与人际关系，纠结盘缠而又讳莫如深。

德·沙特尔小姐坦率地告诉母亲，"她嫁给他（克莱芙王子——引者注）不会像嫁给另一个人那样勉强，然而，她对他这个人丝毫没有产生一种特殊的爱"。② 可是基于这桩婚姻的双方身份地位"合适"、"般配"，国王最后的恩准，加之两人都是宫廷中最俊美风雅的人物，自然有充足的理由结为连理。拉法耶特夫人对宫廷婚姻关系的描画是客观精准的，王后对国王的情妇德·瓦朗蒂努瓦夫人忍气吞声只是因为还可以利用德·瓦朗蒂努瓦夫人来笼络国王，她"从参政中得到极大的乐趣，也就似乎不难容忍国王对德·瓦朗蒂努瓦公爵夫人的恋情"。③ 太子妃感叹王后和公爵夫人对自己恨之入骨，不是亲自出马就是通过她们的附庸，总是阻挠她渴望的每一件事，而原因是太子妃的母亲是国王曾经爱过的女子。太子妃极力吸引周围有魅力、身份的男子，其丈夫的存在则看不出对其有什么特别的意义。恩格斯在谈到中世纪的婚姻时曾说：

> 对于骑士或男爵，以及对于王公本身，结婚是一种政治行为，是一种借新的联姻扩大自己势力的机会；起决定作用的是家世的利益，而决不是个人的意愿。④

可以想见，在贵族的婚姻中爱情因素是微乎其微的，如果有那是非常

① ［法］拉法耶特夫人：《克莱芙王妃》，李玉民译，北京燕山出版社 2000 年版，第 12 页。
② 同上书，第 26 页。
③ 同上书，第 1 页。
④ ［德］恩格斯：《家庭、私有制和国家的起源》，《马克思恩格斯选集》第 4 卷，人民出版社 1972 年版，第 274 页。

态，所以史书上会留下浓墨重彩的一笔，没有则是常态，政治和经济因素掺杂和左右着婚姻关系。所以，尽管上层贵族有条件培养所谓高雅的爱情，但是婚姻中往往找不到爱情的踪影，这就是贵族爱情婚姻的实质。

基于政治和经济利益的联姻，遮蔽了婚姻中的爱情因素，致使宫廷婚姻往往以牺牲个人的情感为代价而谋求和平、财富、地位和子嗣等"幸福"，并把这作为宫廷婚姻道德需要遵奉的首要原则，这是在现实生活与文学作品中均认同的价值观念。

《克莱芙王妃》中就叙写了很多这样的政治联姻甚至是政治阴谋联姻。首先是王后、国王情妇德·瓦朗蒂努瓦夫人和太子妃三位地位最为尊贵的女子的婚姻，王后已经失去了国王的爱情，其情妇在幕后操纵着这个国家的政务，而太子妃因不满这两个女人的明争暗斗而遭遇双方排挤，只好勉力为打进贵族势力的内层而积极培养自己的势力。国王与王后形同陌路，只是由于政治需要的缘故而维持现状；公爵夫人影响国王，并驾驭国王，但却不能成为其名正言顺的妻子；作品中根本就没有提及太子妃及太子的感情。其他的人物之间的爱情际遇和生活的其他方方面面，亦或多或少地卷入了这三大派系斗争的旋涡。克莱芙王妃的婚姻就遭遇了三四次延缓，不是因为男女双方的感情，也不是父母之命、媒妁之言从中作梗，而是因为政治权衡后的犹疑不决和举棋不定。只有克莱芙王子最终抱得美人归，然而他却在婚前就发现德·沙特尔小姐仅仅只是出于感激和敬重而不是出于爱情而愿意嫁给他。

（2）情爱中情的升华与欲的压抑

如前所述，在宫廷—骑士爱情模式中强调的是骑士对贵妇的崇拜赞美、忠贞驯服和献身精神。在后来，骑士的封号也带上了尊贵和美德的光环，要获得骑士的称谓还必须符合一定的有时甚至是苛刻的条件，连国王、王子、王公贵族都以获得骑士封号而自豪，因而骑士是一个值得尊敬的文化符号，与多重美德关联。文艺复兴时期的塞万提斯就在其《堂吉诃德》中浓墨重彩地描写了堂吉诃德对他心目中的贵妇实际上的养猪女杜尔西内娅表达了最崇高圣洁、最无私无望的爱情。这种更强调理性之爱的"典雅爱情"，在16—17世纪的文学作品中，仍然是作家热衷描写的内容，并在 17 世纪的贵族宫廷发展到了极致。一样地讲究温雅知礼，一样地讲究骑士风度，更重要的是宫廷范式和习俗下营造出一种更诗意圆润的理想爱情，并以一种特异的文化形态——贵族沙龙，作为这种爱情滋生的温床。在法国，借助沙龙成就了雅女们的爱情与文艺梦想，也铸就了才子们的事业与前途的野心。贵族妇女沙龙的如火如荼，贵族沙龙文学的兴盛一时，都显示了宫廷文化的承传，而宫廷—骑士爱情自然又是其中的主流。

文艺复兴运动颠覆了中世纪占主导地位的神学思想意识，但却继承和发扬了中世纪的骑士精神和宫廷爱情传统。在文艺复兴以降的西方文学史上，骑士精神和宫廷爱情传统一直是诗歌、戏剧以及小说作品中连绵不绝的题材与主题。① 值得注意的是，此类爱情主题必然涉及贵族道德和宗教价值观念层面，而理性之爱的标举就自然有其深刻的历史文化价值与意义。

在《克莱芙王妃》中，婚后的王妃却与德·内穆尔公爵产生了隐秘的情愫，那种她一直知道自己和王子之间不曾有过的特殊感觉。王妃从小受到母亲严格的道德训诲，婚后母亲又再三提醒她宫廷险恶，必须谨守本分和妇道。故而她竭力压抑自己的情感，并由于坦荡和真诚的精神境界向丈夫和盘托出事情的原委，寻求丈夫的帮助。然而事与愿违，最不会嫉妒的丈夫终于因为忧愤深重、不堪打击而病死。最后王妃为了实践其对母亲的诺言——保护自己的名节和婚姻不受侵害而最终放弃对真正爱情的寻求和接纳，她躲避苦苦追求的德·内穆尔公爵，隐居修道院，信守婚姻道德和贞洁的同时也是对自己行为的赎罪和忏悔，最后抑郁而终。

作品无疑让男女主人公走出了爱情的欲望陷阱而升华了他们之间的爱情，或者说泯灭了他们之间的爱情。也正是在这个层面上，它才成为一部值得称道的作品。否则，在纯洁爱情和不幸婚姻的废墟上建立新的婚姻关系，无论多么具有爱情的完整、完美形态，依然要经受世俗道德

---

① 参见肖明翰《中世纪欧洲的骑士精神与宫廷爱情》，《外国文学研究》2005 年第 3 期。

价值观念的审判，这是把声誉看得比什么都珍贵的克莱芙王妃无论如何也不会去冒险实施的。以今天的眼光看，或许我们支持没有爱情的婚姻是不道德的这种观点，并以此反对文本中没有爱情的婚姻。然而即便在道德律令松弛的 17 世纪的法国宫廷里，依然会把一夫一妻制的神圣的婚姻关系看得很重，这不仅是一种世俗关系，更是一种通过上帝缔结的神圣关系。

这里还应该申明的是，尽管高雅的宫廷爱情在很多人眼里是理性之爱，但是安德烈神甫一直用实证告诉我们，爱情中的非理性因素一直都是存在的。因此典雅爱情并非精神之爱的同义语，只是强调其温雅知礼的层面。即便涉及非理性的肉体之爱，也不是完全从现实道德的角度来考量，而是从上层社会婚姻的政治经济角度来权衡，断言婚姻的不合理，从而给婚外恋一个合理的逻辑起点。当然，由于教会以及人们的道德观念使然，这类婚外恋题材在结局的处理上，要么是高贵的夫人不为所动，要么是相爱之人在有情人终成眷属之前就因为死神的介入而最终让爱情变成悲剧。普罗旺斯抒情诗中的破晓歌或曰"破晓惜别歌"则是反证，往往是爱情愉悦后的忧伤道别。但也有观点依然认为这是文学作品的想象与虚构，现实生活中恐怕不会像诗歌所写的那样，可以超越现实的道德羁绊而明目张胆地渲染婚外情。

《克莱芙王妃》中的爱情是令人扼腕、荡气回肠的。李玉民先生认为爱情是"一种不由自主、难以抗拒和带有几分宿命色彩"的情恋。[①] 往往是阴差阳错、猝不及防而又难以抵御、欲盖弥彰的。故而，女主人公发出无助的感叹：为什么不是在婚前认识德·内穆尔抑或是在孀居之后才认识他呢？假如只是单纯地关注爱情的最后结局以及贵族道德的信守与否等相关问题，那么，对理解文本的多层次意蕴是远远不够的。其实，从文本中无疑还可以发现更多的更具深意和价值的信息，除去主人公情与欲的矛盾冲突所产生的文本张力外，还可以看到其他层面的对立与冲突，足见其文本意蕴层面的丰厚性。

---

① 李玉民：《译序》，［法］拉法耶特夫人：《克莱芙王妃》，北京燕山出版社 2000 年版，第 1 页。

其一，一个更具有说服力的明证是，王妃对爱情的憧憬、陶醉和感动总是伴随着怀疑、压抑和惶恐之感。内穆尔是因为她的美德与美貌而断绝了自己的所有其他艳遇的，王妃有理由觉得自己的拒绝才是魅力产生的一个根源，从恋爱心理学的角度来考察，内穆尔的爱情就是因被拒绝而产生的痴情与执著。王妃的睿智表现在她不是不知道爱情的存在，然而她也预见到爱情的毁灭。因而，她对美德的尊奉其实也是对自己唯一的爱情的守卫。

其二，作品中的幻灭感真实而深切，无疑传达了作者自身对世事人生的看法。也就是说，一方面是对一触即发的心旌摇荡的美好爱情的向往和迷恋，另一方面却时时刻刻对爱情的虚幻性和瞬间性深度忧虑，情感上的追寻与理智上的规避构成其心理及行为模式的激烈斗争与胶着状态，人物心灵的激情与激情的抑制一直彰显着她的内心冲突，甜蜜的痛楚与绝情的深情交织着企盼与无望。就是在这样的重重枷锁里，克莱芙王妃的心灵世界显示出非同一般的撕裂感、动荡感和绝望感。巴洛克文学文本中人物思想情感的张力感，在此可见一斑。诚如吉列斯比所指出的："《克莱芙王妃》这部悲剧小说是以格雷申所主张的原则为根据的：人类是一个被迫塑造自己的角色和自己的假象的演员。德·拉法耶特夫人集中阐述了这些美好人物的个人生活冲突的美学意义，他们过于美好（抑或过于自私高傲和过多地具有人类的缺陷？），因而不会去愚蠢地获得幸福，更谈不上卑劣地维护自然了。"① 这就非常精准地抓住了主人公思想情感的内在冲突性，"过于美好"，所以会压抑自己的自然情感而遵循社会道德律令，成为"被迫塑造自己的角色和自己的假象的演员"，为了自己在贵族社会里的角色定位而牺牲自己的尘世幸福。自然，从传记批评的角度进行考察，我们知道，拉法耶特夫人就曾品尝过爱情幻灭的痛苦，而现实中她与拉罗福什科的珍贵友情，无疑是她创作《克莱芙王妃》最好的情感原型。

其三，尽管作者并没有采取道德化的批判立场，从《克莱芙王妃》

---

① ［美］杰拉德·吉列斯比：《欧洲小说的演化》，胡家峦、冯国忠译，生活·读书·新知三联书店1987年版，第78页。

中的宫廷叙事中可以看出，贵族的腐朽与堕落是显而易见的。文本告诉我们，宫廷中充斥的是明目张胆的骄奢淫逸。从国王到王子到廷臣，从王后到太子妃到宫廷贵妇，众多人等卷入了各种各样的风流韵事之中。作品的一个促进男女主人公感情进程的中心情节，就是德·沙特尔主教代理与德·特米娜夫人的私情由于一封情书的丢失而面临暴露的危险，太子妃、王后都兴致盎然地关注事态的进展，德·沙特尔主教代理的命运危机最后由克莱芙王妃与德·内穆尔先生遮掩和伪造情书而暂时脱离困境。王妃与公爵掩盖他人的私情，自己的私情却在特殊的情境中又潜滋暗长地上演了。可以说，精神空虚与虚浮情感的确是孪生兄弟，在他们可歌可泣的爱情悲剧里掺杂了太多不安定和不纯粹的外界影响。书中遗失的那封情书，委婉缠绵、隐晦幽微，还带有一种维护尊严的傲慢之气。吉列斯比称这种"英雄书信体"是"法国17世纪整个创作领域的典型结晶"，是"因袭时尚的情爱小说形式"的"巴洛克类型"。①

　　无疑，这部宫廷爱情小说揭示的问题是错综复杂的，既有对宫廷贵族勾心斗角、骄奢淫逸的揭示，又有对典雅爱情和忠贞情感的弘扬；既有对男女主人公美妙爱情的由衷赞美和铺陈渲染，又有对幻灭虚空的忧惧和防范；既有对虚情假意的明嘲暗讽、揭露批判，又有对真心实意的精雕细刻和诚挚赞颂……本身就具有多重的价值和意义：既有情感道德价值，又有宗教道德价值。总而言之，在轻靡浮华的宫廷和上流社会而标举纯净的感情和高尚的道德本身就具有"再使风俗淳"的功用和意义。

　　（3）典雅爱情中的道德追求

　　说到典雅爱情，这里还不能不提及法国的贵族妇女沙龙的辉煌鼎盛时期。17—18世纪，这种贵妇的沙龙对法国近200年的政治、文学、艺术、宗教、哲学产生了非常巨大的影响。艾米丽亚·基尔·梅森在其《法国沙龙女人》第一章《17世纪的沙龙》中明确指出："这些光彩夺目的社交中心产生了新的文学风格。诗歌和戏剧作品开始带上文学批判的痕迹。内阁要员的政治生涯在这里起落，作家和艺术家从这里开始成名，

---

　　① ［美］杰拉德·吉列斯比：《欧洲小说的演化》，胡家峦、冯国忠译，生活·读书·新知三联书店1987年版，第76页。

法兰西学士院的院士也从这里产生。这里是 18 世纪伟大哲学家的摇篮，这里端坐着礼仪的裁定者和社会成就的主宰者，每个追逐名望的人都要来此接受评判。"①

而贵族沙龙与宫廷正是所谓典雅爱情滋生的场所，在这些名媛贵妇的书信、日记、诗歌、小说里则记载着这些爱情的点点滴滴，以至于在今天我们依然可以透过历史的烟尘，看到当年高门巨族的兴衰沉浮和贵族男女的爱恨情仇。有一点可能令人惊讶，那就是文学作品中揭示的理性之爱在贵族的实际生活中也可以找到不少优美的范例，阿兰·克鲁瓦、让·凯尼亚言之凿凿地论道："沙龙的常客们在日常生活中对待爱情的态度有时比杜尔菲小说里的人物更加理性：从 1630 年开始为光大沙龙起了重要作用的朗布耶侯爵夫人的女儿朱莉·德·安热纳竟让她的追求者蒙托西耶苦等了 14 年……"② 而马德莱娜·德·斯屈代里（即斯鸠德里小姐——引者注）与保罗·佩利松保持了长达半个世纪的精神恋爱，当佩利松表达希望自己能够成为她的"柔情的"朋友时，斯鸠德里小姐为其绘制了著名的"温柔之乡"图，不仅呈示极其优雅细腻的情感，也显示了雅女与那个时代文化的密切关联。当然，拉法耶特夫人与拉罗什福科的友谊，则是社交圈中最令人称道的佳话。"你可以想象他们之间那种温馨迷人、深情自信的关系，只有这两位资质超凡的人之间才可能实现这样的友谊。……我相信这种感情纽带足以抵制任何一种不理智的感情。"③

圣佩韦称赞道："这些纯洁的人物、高贵的品质和温柔的情感简直无可挑剔。她创作这部作品的时候一定有一番令人感动的场景。德拉法耶特夫人在自己作品中倾注了自己年轻时代最初的梦想。德·纳穆尔先生的形象则重现了德·拉罗什福科先生的风流倜傥。可以说这部小说以美化的手法追忆青春的韶华。……这充分显示了作者的意图——描摹最清

---

① ［美］艾米丽亚·基尔·梅森：《法国沙龙女人》，郭小言译，中国社会科学出版社 2003 年版，第 4 页。

② 同上书，第 238 页。

③ 同上书，第 116 页。

新、最纯洁、最朦胧、最可爱、最骚动的不安，总之一句话，最难以抗拒、最本真的色彩。……他们通过文学的想象构筑了一种跨越时空的精神恋爱，一唱三叹，意态缠绵。"① 法国古典主义的立法者布瓦洛在评价拉法耶特夫人时就称赞她是"法国最有才识、文笔最好的女性"。②《法国沙龙女人》的作者艾米丽亚·基尔·梅森则断言："她只在无聊寂寞的时候才提笔以自娱，总是避免显示出学识，一方面免得招来嫉妒，另一方面也是内向温婉的审美倾向使然"。③

　　以往的文学史对贵族的感情生活多是横加批判与谴责，言语之间轻藐之色、鄙薄之态居多。柳鸣九先生主编的《法国文学史》第三编《17世纪文学》中，编撰者对斯居戴利小姐（即德·斯鸠德里小姐）的《伟大的西律斯》和《克雷里》就明显持否定态度："内容则无非是写用以掩盖贵族男女腐朽关系的所谓'精神恋爱'。""这些作品中的古代人物操着17世纪贵族社交场合中'文雅'的语言已经不伦不类，再加上散漫的描写和冗长的篇幅（其中如《伟大的西律斯》就长达一万五千页）使人根本无法卒读。"④ 客观地说，很多作品的确是有情节牵强附会、冗长散漫之嫌，也有人表示"不忍卒读"，这是此类作品的一个不容忽视的通病。可是，一个十分有意思的现象是文学批评史上对这些沙龙雅女的评判很少会众口一词，总是出现针锋相对的意见：圣佩韦曾高度赞扬过拉法耶特夫人和朗布依埃夫人，然而对斯鸠德里小姐则弹多于赞："她太喜欢说教，太学究，而且文字太沉闷，缺乏作为女性的魅力和优雅。"⑤ 可是，德·布赫神甫对斯鸠德里小姐却不吝誉美之词："她可称当代之缪斯，女性之瑰宝。不仅因为她的美德和温柔，而且因为她既富有才学又很谦逊，感情细腻但不泛滥，谈吐谨慎，见解合

---

　　① ［美］艾米丽亚·基尔·梅森：《法国沙龙女人》，郭小言译，中国社会科学出版社2003年版，第124—125页。

　　② 同上书，第124页。

　　③ 同上。

　　④ 柳鸣九、郑克鲁、张英伦主编：《法国文学史》（上），人民文学出版社1979年版，第154页。

　　⑤ ［美］艾米丽亚·基尔·梅森：《法国沙龙女人》，郭小言译，中国社会科学出版社2003年版，第54页。

理理智，令人不禁又慕又爱。"① 库辛亦为其正名，说她是"精神浪漫派的开创者"。②

客观地说，不加辨析地贬谪宫廷—骑士之爱，那是因为没有看到其中蕴涵的合理的人性因素。究其实，宫廷—骑士之爱是对封建夫妇之间出于政治经济利益考虑的无爱婚姻的一种反叛；是圣母崇拜心理的曲折体现，显示了此种文化心理的宗教文化根基。对具体的优雅女子或贵妇的崇拜，多少是这种情感的转移。有意思的是，圭多·圭尼泽利就曾将宗教虔诚与爱情激情进行对比，进而对美好爱情进行了辩护：

> 正如太阳般宝石放射灿烂的光辉，
> 女子使男子高尚的心灵产生爱情，
> 假如有朝一日上帝只问我的灵魂：
> "你怎敢？怎敢将我同世俗女子相比，
> 将我同爱情相比？"
> 尊贵的主——我将回答说——
> 她像天使一样，我怎么能不爱她？
> 这绝不是罪过。

即便对上帝的爱是至爱与完全的爱，是爱的终极表现形式，但是在诗人笔下，纯洁热烈如"太阳宝石般放射光辉"的男女情爱，是足可与神性的光辉之爱相媲美的，恋人就像"天使"，爱上帝与爱天使是一样神圣的，当然不是罪过。这就大胆地将世俗之爱提升到了神性之爱的高度，表现了对世俗情感的肯定与赞美。③

如前所述，典雅爱情的一个层面就是强调精神之恋的神圣性，像贝雅特丽齐之于但丁，劳拉之于彼特拉克，她们成为作家诗篇和心灵世界

---

① ［美］艾米丽亚·基尔·梅森：《法国沙龙女人》，郭小言译，中国社会科学出版社 2003 年版，第 54 页。

② 同上书，第 47 页。

③ 诗歌与相关评论参见徐葆耕《西方文学：心灵的历史》，清华大学出版社 2006 年版，第 59 页。

里的永恒。贝雅特丽齐甚至成为但丁走向天堂之路的爱与信仰的引导人，一个"人间的爱"与"天界的爱"的结合体。但丁以世俗的情爱为出发点，将贝雅特丽齐进行移位，置于圣洁的人类之爱的神圣光环之下，把对她的爱恋脱离生理上的欲望而上升为一种纯净、宁馨、和谐的道德化、理性化的精神之爱。正如伯特兰·罗素说："浪漫之爱的基本要素是，认为被爱者即使很难被占有，也是弥足珍贵的。"① 典雅之爱一直竭力渲染的正是这种超越男女性爱的精神恋，并把其精神上的净化与引导作用强化到极致。其实，但丁也并非完全泯灭了情爱自身，在《神曲》的结束语中，他坦陈："我的欲望和意志，像车轮转运均一，这都由于那爱的调节，是爱也，动太阳而移群星。"② 显而易见，但丁没有避讳自己的"欲望"，只是特意用上了"均一"二字，来显示他的"欲望"和"意志"被"爱"推动时，是均衡发展没有偏离正道的，否则，爱为欲所操控，便会误入歧途。

瓦西列夫认为"爱情是同一定社会结构中人的道德意识，同人的善恶观，同他对道德和不道德的认识联系在一起的。……当一个人体验到真正的爱情时，他就会表现出自我牺牲的精神和巨大的道德力量"。③ 克莱芙王妃对德·内穆尔的爱情虽真挚热烈但回避抗拒，因为这违背婚姻道德，也违背宗教精神。作家以克制的文笔叙写感情的滋生、发展、转折和毁灭。在巴洛克文学夸饰之风盛行的法国保持一种清新优雅的明丽，将一段纯洁激烈、缠绵忧伤的感情演绎得丝丝入扣，的确堪称是一个"奇迹"。最后以女主人公悲剧性的抑郁而终作为结局，算是对浮靡放诞的宫廷风气的一种反动，具有醒世警世的意味和功效。

（二）"牧歌情结"与田园理想

如果说巴洛克文学文本中的典雅爱情描写，揭示了现实生活中的爱

---

① 参见李鹏《解读骑士文学中"典雅爱情"描写的宗教情结》，《江西社会科学》2005年第7期。

② ［意］但丁：《神曲》，王维克译，徐嘉康校注，长江文艺出版社、湖北人民出版社2009年版，第491页。

③ ［保加利亚］基·瓦西列夫：《情爱论》，赵永穆、范国恩、陈行慧译，生活·读书·新知三联书店1984年版，第32—33页。

情所具有的多重矛盾冲突特征，那么，田园牧歌体的纯真浪漫的爱情抒写，则恰恰显露了一个理想情爱世界的低吟浅唱、意态缠绵。这种田园牧歌回避了情与理、宗教与世俗、政治经济与真实情感之间激烈冲突的现实因素，揭示的矛盾是由误会、巧合、偶然等因素所致，而且集中产生在当事人之间，超越了世俗因素的左右和控制，体现了贵族情感世界的另一端。

牧歌中优美宁静的情感世界，与典雅爱情追求中的现实处境形成了一种相互映衬，构成了巴洛克文学张力之一极，即宫廷贵族文化体系内部的矛盾冲突。这其实也构成了一种理想与现实的矛盾：宁静优雅与喧嚣狂乱，爱情实现与真情毁灭。……巴洛克作家从对现实生活的叙写进入到对田园理想的讴歌，在虚幻的乌托邦世界里，寻求精神的慰藉，作品中显示出清新雅致、缠绵悠远的"牧歌情结"。

所谓"牧歌情结"，是指中外历代文人墨客在对远离宫廷朝政的农村田园生活的向往，对纯真自然的爱情的讴歌中体现的一种心理积淀，表现出超脱世俗功利追求而"守拙归园田"的人生道德理想。当然，在中国侧重于对寄情山水和禅心雅意的抒怀与感悟，在西方则偏重于对男女情爱的讴歌与赞美。可以说，虚化现实，回避爱情与世俗功利的冲突，致力于构想一种自由、本真、浪漫的爱情，这就是田园牧歌的特征。

1. 牧歌体与 17 世纪的骑士田园牧歌

在西方，田园牧歌是"一个上溯到公元前 3 世纪的诗歌形式。田园诗经常——但不是必然——描述牧羊人和牧羊女，歌颂简朴生活的价值。……文艺复兴晚期和巴洛克时代是田园诗和绘画密切相联的杰出的时代。普桑、克劳德·洛兰、布歇、弗拉戈纳尔、华托和威尔逊都在绘画中使用了田园诗的规则。16 世纪和 17 世纪的诗人塔索、阿里奥斯托、斯宾塞、莎士比亚和密尔顿都写过田园诗歌，就像他们正在努力用语言来绘画"。① "牧歌近似田园诗，西方从公元前 3 世纪西西里出生的牧歌诗人忒俄克利特斯和罗马诗人维吉尔起，经过文艺复兴时期再度成为时髦

---

① ［美］温尼·海德·米奈：《巴洛克与洛可可：艺术与文化》，孙小金译，广西师范大学出版社 2004 年版，第 315—316 页。

（如斯宾塞），经过十七八世纪（如弥尔顿、德莱登、蒲伯）直到 19 世纪后期（如阿诺德）连绵不绝。"① 可以说，这种题材的文学作品注重的是简朴、诗意、自由、理想的生活状态，带有避世的乌托邦性质。牧歌"最早也确实是歌颂理想中的牧羊人的淳朴、天真、幸福和黄金时代。恐怕不论古今中外，牧歌总有这两方面：对现实的不满和想象中的理想境界"。②

在 17 世纪欧洲政事飘摇、风雨如晦的时代大背景下，在各种哲学思想观念、文学艺术观念互相冲突斗争，人们的思想意识空前矛盾多元的情势下，遁世思想也自然而然地产生了。随之而来的是大量牧歌体作品相继问世。这与杨先生说的"牧歌是一种精神的度假，或径称逃避主义"相合。不过，这类题材的作品在 17 世纪的巴洛克文学中并非成就非凡，而是平庸之作居多。比较耐人寻味的是，有些无病呻吟的牧歌体作品，篇幅冗长、情节拖沓、人物矫饰、情感虚浮，但是却对上层社会的心理、行为，乃至整个社会心态产生了巨大影响，在短时期内甚嚣尘上，令人趋之若鹜、争相效仿。只是经过时间检验、淘洗，经典名篇屈指可数。18 世纪的英国评论家塞缪尔·约翰逊便表现了他对田园诗的不满："在这个诗歌里没有自然，因为没有真理；那里没有艺术，因为那里没有新鲜的东西。它的形式是田园诗的形式，简易、庸俗，因此是令人讨厌的。"在绘画中，新古典主义的到来标志着田园诗传统的结束。③

巴洛克作家对田园牧歌情有独钟，其作品的格调也大不相同。当时，法国最有名的田园牧歌小说是奥诺莱·德·杜尔非的《阿丝特蕾》，该小说所写故事虚浮老套：牧羊人塞拉东因为情人牧羊女阿丝特蕾的猜忌愤而投水自杀，后被仙女搭救并施以魔法，塞拉东化身"牧羊女"来到情人身边，做了牧羊女的"女友"。牧羊女向伪装的密友暴露了自己的心思，表达了自己的热切思恋与哀伤之意，终于使得情人恢复原形，有情

---

① 杨周翰：《十七世纪英国文学》，北京大学出版社 1996 年版，第 198 页。
② 同上。
③ ［美］温尼·海德·米奈：《巴洛克与洛可可：艺术与文化》，孙小金译，广西师范大学出版社 2004 年版，第 316 页。

人终成眷属。这一虚构的田园爱情故事整整写了 20 年（1607—1627 年），共 5 大卷 60 册，风靡整个法国上流社会达 30 年之久，与斯鸠德里小姐的"巨著" 10 卷本的《伟大的西律斯》在"冗长"和"乏味"方面可以媲美。① 亚历山大·阿尔迪的田园剧也是叙写牧羊人追求自己的爱人，最后以大团圆收场。贡戈拉的《波吕斐摩斯和伽拉苔亚的寓言》（1613 年），则叙述了水仙伽拉苔亚和牧人阿客斯相爱，巨人波吕斐摩斯也爱上了仙女，因嫉恨而推倒山头将情敌压死。波吕斐摩斯的神话曾在维吉尔、奥维德等古罗马和文艺复兴时期的众多作家笔下得到展现，而贡戈拉更使其具有了绚烂流丽的巴洛克色彩。②

2. 田园诗意与乌托邦理想

此类作品尽管充斥着廉价的爱情追逐游戏，在爱情的真挚和热烈方面不能与"典雅爱情"同日而语，但是这种在田园背景下发生的爱情，毕竟不是政治经济利益的附属物，而是受纯粹情感的驱动，摆脱了世俗利害关系的纠缠，回避了邪恶势力介入的纯真爱情。因此，人物之间的爱情挫折几乎都是由误会、嫉妒或者是偶然造成的，与人性邪恶与社会黑暗关涉不大。也因此，这种爱情描写在情感纯粹性、背景虚拟性和语言诗意性方面，具有明显的特色和优势。

此类作品虽然在思想格调和艺术成就上大都乏善可陈，但也有可取之处，即它们从一个侧面曲折地反映了当时上流社会直至宫廷社会对宗教纷争、战争苦难、宫廷权利斗争的某种程度的厌倦心理，抒写了贵族阶层对于宁静、平和、幸福的田园生活的向往，营造了一种远离尘嚣、诗意浓郁的乌托邦世界。对此，阿兰·克鲁瓦、让·凯尼亚曾有较客观的评价：

这些出众的上流社会绅士热衷于机智风趣的游戏，喜欢卖弄诗

---

① 参见柳鸣九、郑克鲁、张英伦主编《法国文学史》（上），人民文学出版社 1979 年版，第 153—154 页。另据陈振尧先生主编的《法国文学史》，外语教学与研究出版社 1989 年版第 101—102 页中称此书长达 5000 页，分 10 册出版，基本情节来自西班牙作家蒙特玛约尔的小说《狄安娜》（1559）。

② 参见陈众议《西班牙文学：黄金世纪研究》，译林出版社 2007 年版，第 261 页。

才，给自己起个骑士小说里的人名作雅号，也试图培养一种理想的社交关系，即奥诺莱·德·杜尔非在 1607 年后陆续发表的《阿丝特蕾》中所描写的那种关系。这部描写福莱斯地区男女牧民们的爱情故事的小说，其价值可能主要在于它表达了对一去不复返的黄金时代的幻想：故事发生在 5 世纪，正是骑士之风的神秘渊源，虽是在谈恋爱，但他们更多的是在谈"友情"。[①]

也就是说，作者其实只是借作品表达一种对优雅细腻的情感的追寻，是在做一个精神上的还乡之梦。

因此，此类作品中尽管充斥着乔装打扮的、滑稽可笑的爱情纠葛，可书中的理想世界远离粗鲁的言行举止和低级趣味，女主人公温雅和顺、行为得体，男主人公温文尔雅、深情款款，致使这些作品深受女性读者喜爱。

当然，此类作品描绘的浪漫爱情之所以让人感到虚假、肤浅，缺乏真切、深挚、丰富的情感内涵，与作家们缺乏应有的生活体验，只能在他们自身经历、生活感受和心灵缺憾的基础上去浮想联翩有关。他们既厌倦于本阶层那种附着于政治经济利益之上的婚恋，又排斥下层百姓那种平淡无奇的婚恋，于是只能脱离现实依赖幻想去编造一些不切实际的爱情牧歌。因此，这样的牧歌自然缺乏感人至深的艺术力量，甚至沦为对真实、美好爱情的反讽。

（三）宫廷叙事与时代景观

在巴洛克的贵族文学文本中还不时可见对人物具体生存环境的精描细绘，诸如人物服饰、家居陈设（包括雕塑、绘画作品）、建筑式样、音乐品味等等，不一而足。这些描绘从不同方面见证了巴洛克的时代风尚和文化心理。

首先，最直观的要算人物服饰了。贵族服饰的最大特点是布料考究、装饰繁复和色彩华丽。在巴洛克文学中，诗人"描述服装的目的不是为

---

① ［法］阿兰·克鲁瓦、让·凯尼亚：《从文艺复兴到启蒙前夜》（法国文化史丛书），傅绍梅、钱林森译，华东师范大学出版社 2006 年版，第 238 页。

了逐一列举流行服饰的细节，而更多的是为了把女性服装所显示的优雅面貌与宫廷贵妇的新形象联系起来"，"描述服装是为了煞费苦心地赞美女性"，进而把"优美的身体"、"宫廷的服饰"和"高贵的举止"完美结合起来。①

贵族服饰体现的是贵族阶层的审美情趣，它实际上涉及衣食住行和社交的各个方面，并因为时人的追慕效仿而成为一种时尚。例如 16 世纪上半叶，风靡的"意大利模式"，就曾对服饰时尚观念及其他方面具有决定性意义，尤其是在法国，"意大利式的品味已经使奢华之风渗透到了各个方面：从服装上的金银刺绣和珠宝镶嵌到烹饪技艺，从餐具到园艺，这一切曾让到过意大利的法国人如此着迷，现在则整个改变了富人的生活环境，从精神上，也从物质上"。②

这种情形在《克莱芙王妃》中就有不厌其繁的展示。在公主订婚仪式上，各色贵族服饰粲然毕陈：

衣着一向朴素的德·阿尔伯公爵戴上帽形王冠，换了一身缀满宝石的、火红与黑黄色相间的金丝锦缎衣服。德·奥兰治王子也穿上同样华丽的礼服。所有带着随从的西班牙人，都到德·阿尔伯公爵下榻的维尔鲁瓦公馆接他，然后四人一排，朝主教府进发。公爵一到达，大家就按秩序走进教堂。国王引着公主走在前面；公主头戴帽形凤冠，裙摆由德·蒙庞西埃和龙格维尔两位小姐提着。随后是没有凤冠的王后。跟随王后的有太子妃、御妹长公主、德·洛林夫人和纳瓦尔王后，她们的裙摆都是由王妃提着。各位王后与王妃的女儿们全都衣着华丽，同各自母亲的衣着颜色一致，这样容易让人辨识是哪家府上的千金。……

---

① [德] 约阿希姆·布姆克：《宫廷文化：中世纪盛期的文学与社会》，何珊、刘华新译，生活·读书·新知三联书店 2006 年版，第 182 页。

② [法] 阿兰·克鲁瓦、让·凯尼亚：《从文艺复兴到启蒙前夜》（法国文化史丛书），傅绍梅、钱林森译，华东师范大学出版社 2006 年版，第 103 页。

随后，在提到国王亲自参加的大比武中，参赛者的旗号也分为不同的颜色，分别代表不同的情感寄托：国王的是黑白两色，那是因为公爵夫人还在孀居的缘故；德·吉兹先生是浅红色和白色，是为了表达对一位美人儿的隐秘的爱恋；德·内穆尔选用黄黑两色，是为了取悦克莱芙王妃。因为他偶然听到克莱芙王妃说喜欢黄色，但因为有一头金发，惋惜自己无法穿黄色服装。可以想见，精致而美感的服饰、旗号，不仅显示了排场、华美、尊贵和隐私，也从视觉上提供了感官的愉悦，体现了巴洛克文学作品美感与享乐的精神内质。

其次，作为宫廷爱情故事的范本，《克莱芙王妃》还对宫廷外交、气派、围猎、比武、宴饮、游艺等都有出色的描绘，展现了纷繁复杂的社会政治气候和现实生活情状，足见作家细致绵密的观察力和表现力。当然，作者没有忘记赞扬贵族们的审美趣味和高雅情调，他们爱好文学和艺术，有的人还对诗歌情有独钟。克莱芙王妃复制收藏的多幅油画中就有一幅《麦茨之围》，那是描绘 1552 年法国国王亨利二世战胜德国查理五世后夺取了麦茨等三个主教区的战绩的油画，画中就有德·内穆尔先生。而其他的油画也是描摹宫廷历次辉煌战绩的，以此多少可以看出当时贵族女子的英雄崇拜心理，不独关注俊逸倜傥的外表。

可以说，从服饰到使用的物品，从宫廷建筑到配设的雕塑、绘画作品，以至流行的音乐和歌剧，共同营建了巴洛克时代的物质与精神文化氛围。不错，这些正是贵族奢华享乐和生活腐朽的明证，但是不能否认的是，这些物质与精神文化的呈现也从一个侧面印证了社会审美态度和时尚观念的变迁。

（四）宗教意识与世俗情感

宗教意识是整个人类共有的意识形态，自然并非贵族上层社会独享的精神财富，可是官方教会和僧侣人员无疑更多地服务于上层贵族阶级。另外，在封建时代，掌握文化资源的人首先就是神职人员，后来是宫廷贵族，然后才是其他人。在 16—18 世纪，文学服务的主要对象就是宫廷、上层贵族，以及新兴资产阶级。

由于教士阶层掌握着更多的文化教育资源，他们自然首先是利用知识和文化使神学思想得以发扬光大，而从事文学活动的人员中，神职人员占有相当的比例，由此构成了一个不容小觑的创作团体。巴洛克文学作品中很大一部分就是体现宗教情感与宗教意识的，而且是保守的宗教意识。这一方面自然与巴洛克文学生成的历史文化语境密切相关，另一方面也因为从事文学创作的人员中，例如卡尔德隆和约翰·但恩等人，都是从教人员或牧师。

另外，面对宗教纷争和战乱频仍，贵族阶层的幻灭意识和消极情绪日益严重，许多作品显示出宗教意识与世俗情感的矛盾冲突，一方面乞灵于上帝来拯救世道人心，对"三位一体"、圣迹圣徒所代表的宗教力量充满幻想和渴望；另一方面当现实与理想发生尖锐冲突而无法达成最后的平衡时，则不可避免地沉耽于奢华与享乐，并由此而陷入怀疑主义的深渊，留下诸多享乐主义的颓声靡音与虚无主义的人生喟叹。

1. 宗教情感的矛盾多极

16 世纪初，由马丁·路德发起的挑战教皇权威、否定教会特权以纯洁天主教会的宗教改革运动，在欧洲各国风起云涌。参与宗教改革的三大教派，分别是德国的路德宗、英国的安立甘宗以及对欧洲各国影响巨大的加尔文宗。路德宗宣称要废止罗马天主教繁琐的宗教仪式，信徒只要心中有上帝，信仰上帝，就可以获得上帝的恩赐，不需要教会教士作为上帝与基督徒之间的中间人和信使。基督徒可以根据自己的认知来理解《圣经》，因信称义，罗马天主教会不拥有对《圣经》的唯一解释权。这就从根本上动摇了天主教会和教士阶层存在的价值与合法性，对罗马天主教会是致命的一击。为了挽救日益衰颓的教会势力、笼络教徒，天主教会进行了内部的宗教改革。其中最直观的改革，就是教会教士不再以严肃刻板的形象和枯燥做作的教义示人，开始关注宗教中的人性因素，而宗教建筑、绘画、雕塑、音乐等，则一反文艺复兴以来的严肃、均衡、和谐的风格，代之以激情、动感、奢华的格调，把对宗教的虔诚和世俗的享乐采用粗暴激烈的方式糅合在一起，既强化宗教信仰的力量，又传达世俗的气息。一时间，大量的巴洛克宗教建筑，如教堂与宫殿在欧洲各国涌现。

（1）对宗教的绝对崇仰

如前所述，宗教神秘主义是巴洛克文学产生的一个源头。神秘的宗教信仰的高峰体验曾艺术化为修女教士们笔下优美精致、情意绵邈的文学作品。这可以从西班牙16世纪末的圣女特蕾莎·德·赫苏斯和修士圣胡安·德·拉·克鲁斯的创作中找到踪迹。尽管他们两人都不是严格意义上的巴洛克诗人，但是他们作为神秘主义诗歌的代表人物，对巴洛克文学创作产生了巨大影响。其作品中矛盾对立情感的夸张表达和矛盾修辞手法的广泛运用，都带有明显的巴洛克色彩。他们甚至毫不犹豫地把对上帝的景仰和无尽的爱具体化、世俗化为男女情爱，在缠绵深邃的情爱体验中与对上帝的大爱融合为一体，精神上升到天国的荣耀与完美之境。期间的隐晦曲折和微言大义非一般的理解和阐释可以尽意，唯有从神学哲学的角度才能解开其中包含的秘密。

陈众议先生在其《西班牙文学：黄金世纪研究》的《神秘主义诗人》一节里认为西班牙的神秘主义诗派除了继承源远流长的欧洲神秘主义传统，还从东方引入了苏菲神秘主义和犹太神秘主义思想。苏菲神秘主义强调"人神合一"，犹太神秘教则主张通过神秘的感悟亲近上帝。西班牙神秘主义诗歌是"用神秘主义调和甚至逃避禁欲主义和纵欲主义"。①圣特蕾莎的散文《人生》就把这种迷狂渲染到了极致，她复述自己梦见一个身量娇小的天使用铁枪刺中了她的心脏，当他抽出铁枪时：

　　我只感到浑身沸腾着对上帝的伟大而真挚的爱。痛苦如此快慰，以至于我不禁失声，呼唤这伟大的而温柔之至的痛苦。我要唯一的要，我想唯一的想：灵魂和上帝同在。这痛苦并非来自肉体（尽管它多余而渺小地存在于一旁），而是精神所至。这是灵魂和上帝之间的一种温柔的触碰，它使灵魂快乐地粉碎。我真诚地祈望那些以为我妄语骗人的人经历同样的奇迹。②

① 陈众议：《西班牙文学：黄金世纪研究》，译林出版社2007年版，第110—113页。
② 同上书，第114页。

这里无疑将自己对上帝的爱描绘得温柔甜美而又忧伤痛楚，在一种极端朴素的矛盾修辞方式中实现了玄之又玄的宗教体验。"伟大的而温柔之至的痛苦"、"温柔的触碰"、"灵魂快乐地粉碎"……这些语言类似情语，而且是表达至情时的情语，"温柔的痛苦"、"快乐地粉碎"，明显在矛盾修辞的组合下具有话语的张力，把对立、冲突着的不同的感觉和体验糅合在一处，形成对特殊情境下双重或多重情感体验的完美呈现。有学者曾对意大利雕塑大师贝尼尼的雕塑作品《圣特瑞莎》（即特蕾莎——引者注）作过这样切中肯綮的解释：

> 特瑞莎的面部表情暴露了更为激烈的情感，而天使那纯真的微笑则展现了内在的平静。……贝尼尼使我们看到的不只是躯体的空间状态，而且也是精神的可见形态。①

这些诠释语言自身也传达了一种信息，就是巴洛克文学艺术作品具有冲突对立或灵动多极的张力特质。

圣胡安·德·拉·克鲁斯的创作延续了圣特蕾莎的方式，将上帝隐喻为情人，不过其更世俗、更香艳的描写，却让人感到并非人神之爱而简直就是男女情爱：

> ……
> 我抚摸你的秀发
> 手指如梳，似风儿穿过柏林。
> 凉风刺透了脖子，
> 我浑身酥麻颤栗，
> 无知无觉，心儿也不再跳动。
> 忘却自己的存在，
> 全身贯注，凝望情人的脸庞。

---

① 转引自耿幼壮《论巴罗克艺术的时空结构》，《文艺研究》2000 年第 3 期。

静悄悄万籁俱寂，

忘记谨慎和一切。

完完全全，把自己埋进百合。

灵魂升华的最高境界：和上帝结合。①

这首诗歌其实可看作是宗教诗歌将凡俗、世俗情感杂糅进神圣情感的一种抒情策略，因为枯燥刻板的宗教教义的灵魂导向作用在宗教改革后已经处境尴尬，而圣女特蕾莎·德·赫苏斯、修士圣胡安·德·拉·克鲁斯正是西班牙天主教宗教改革的重要人物，目的就是为了清除教会内部的腐败，引导人们走向宗教的虔诚、与上帝精神合一。

他还有一首精致的宗教诗《在一个漆黑的夜晚》：

……

在我如花似玉的胸怀

一切都是为了将他等待

他在那里安睡

我在将他抚爱

折扇将雪松的风扇来。

……

就这样我将自己遗忘

将脸庞斜倚在情人身上；

一切都已停滞，我任凭自己将忘却了的情意

留在洁白的百合花旁。②

诗歌将对上帝的爱类比为世俗的情爱，为了不至引起误解，诗人作了一番解说，在标题下写道："达到完美的最高境界，即通过精神否定之路与

---

① 陈众议：《西班牙文学：黄金世纪研究》，译林出版社 2007 年版，第 122 页。

② ［西班牙］卡斯蒂耶霍等：《西班牙黄金世纪诗选》，赵振江译，昆仑出版社 2000 年版，第 86—88 页。着重号为引者所加。

上帝会合的灵魂之爱。"这种宗教文学作品的人性色彩，应该是调和禁欲主义的一种手段，使得上帝成为一个可亲近的温柔的、宽宏大量的上帝，而不只是正统神学家们描绘的那个宗教裁判所里高高在上的，合法处罚甚至处死他的子民的那个最初的立法者。

贡戈拉的《埃斯科里亚尔的圣罗伦索皇家修道院》，也表现出对宗教的激情和崇仰：

> 一个个尖塔，神圣、雄伟、辉煌，
> 遮住了云朵红润的脸庞，
> 蓝天害怕你们更加残酷的巨大，
> 太阳害怕你们更加耀眼的光芒。
>
> 朱庇特，撒下你的光线；太阳神
> 不要将光线隐藏：它们是寺庙的灯亮，
> 对西班牙最伟大的殉教者
> 和忠诚者最伟大的国王
>
> 为他建立了君主宗教的伟业，
> 这君主用自己的右手将新大陆执掌
> 并使东方变得暗淡无光。
>
> 在所罗门第二的岁月里
> 对这第八奇迹的俊美端庄
> 命运之神表示尊崇，时间也将她原谅。①

在这首诗作中，作者极力赞美圣罗伦索皇家修道院的"神圣、雄伟、辉煌"、"俊美端庄"，"蓝天"与"太阳"在这座华美庄严的建筑面前也会

---

① ［西班牙］卡斯蒂耶霍等著：《西班牙黄金世纪诗选》，赵振江译，昆仑出版社2000年版，第105—106页。

自惭形秽，害怕其"巨大"与"光芒"，并不吝夸饰之词称之为"第八奇迹"。而后对伟大的殉教者圣罗伦索充满崇敬，极力颂扬，称他建立了"君主宗教的伟业"，引得诗人尊崇景仰。当然，诗歌最后还不忘对世俗权力的代表国王腓力二世进行歌功颂德，暗示他就是以色列大卫之子所罗门，像所罗门最后使以色列走向繁荣富强一样，他也带来了西班牙的黄金世纪，誉美之词溢于言表。

（2）对宗教的深度怀疑

正如我们所知，矛盾对立的思想意识同时呈现，一直是巴洛克文学艺术鲜明的特点。这一特点既可表现在同一部作品或同一首诗歌里，也可在不同的作品中揭示矛盾意识的不同侧面，共同构建巴洛克文学作品的张力。显而易见，在巴洛克作家那里，既然有对宗教的笃信，也就不乏对宗教的怀疑甚至反叛。德国警句主义诗人弗里德里希·封·洛高的一首《信仰》就表达了对宗教纷争的明显怀疑：

> 路德教、天主教和加尔文教，
> 有这三种信仰
> 一起存在；可是，令人怀疑的是：
> 那么，何处有基督教信仰？①

这种怀疑在英国玄学派鼻祖约翰·但恩笔下则得到了最丰富多彩的体现。但恩出生在天主教徒家庭，在英国国教占主导地位的社会环境下，当务之急就是改宗国教以获得升迁的机会，也正是改宗让但恩陷入了宗教怀疑主义的深渊。格瑞厄森认为："但恩的头脑天生是严肃的、具有宗教气质的；但不是天生虔诚或禁欲的，而是世俗的和野心勃勃的。但是进入牧师界，对于但恩及其时代所有严肃的人士来说，即进入一种其基本条件为虔诚和禁欲生活的职业。"② 所以但恩时刻觉得自己在上帝与撒旦之

---

① 《德国抒情诗选》，钱春绮、顾正祥译，陕西人民出版社1988年版，第17页。
② 傅浩：《译者序》，［英］约翰·但恩：《英国玄学诗鼻祖约翰·但恩诗集》，傅浩译，北京十月文艺出版社2006年版，第13页。

间徘徊，无法接近上帝，更无法远离撒旦。

他的神学诗表达了深切的悔罪，并在悔罪中交织着怀疑和无奈：

> ……
> 我的悔罪之心变幻反复不定，一如
> 我的渎圣的爱，且同样很快被忘却：
> 时而谜也似的失去常态，忽冷忽热，
> 或祈祷，或哑然；或万有，或虚无。
> 昨日，我不曾敢于窥望天国；今日，
> 在祈祷和谄媚的演说中我追求上帝；
> 明日我因真诚畏惧他的权杖而颤栗。……①

悔罪/渎圣，追求/退缩（畏惧），祈祷/哑然，万有/虚无……但恩总也无法全身心地投入神圣的虔诚之中，又总是在努力涤除自己的心魔，罪恶与德行、俗念与超脱、情感与理性的龃龉常常构成其诗歌中对宗教的追随与规避、虔信与怀疑、敬奉与鄙弃的双向逆动，总处在一种交锋与搏斗状态，进而构成了诗歌所表达的宗教意识的矛盾性、张力感。

这种怀疑在其挚爱的妻子安·莫尔过世之后依然纠结于心，无法安宁：

> 一
> 您会饶恕那些罪过吗？我生命从中开端，
> 虽然它早已犯下，也还是我的罪过。
> 您会饶恕那些罪过吗？我在其中滚翻，
> 而且不断在滚翻：虽然我不断悔过。
> 当您完事之时，您并未完善，
> 因为我还有更多。

---

① ［英］约翰·但恩：《敬神十四行诗19》，《英国玄学诗鼻祖约翰·但恩诗集》，傅浩译，北京十月文艺出版社2006年版，第249页。

二

您会饶恕那些罪过吗？我曾经借它劝诱

别的人去犯罪，窃以我的罪为楷模。

您会饶恕那些罪过吗？我确曾有一两年

避开了它：却在其中翻滚了廿年多。

在您做过之后，您并未做完，

因为我还有更多。

三

我有一种恐惧之罪，恐怕我一旦缠完

我最后一缕线时，我将在此岸逝灭；

但以您自身起誓：您的儿子在我死前

将一如既往普照，将普照一如此刻；

做过这事之后，您才算做完，

我不再疑惧更多。①

其实，在他 1615 年接受圣职后的布道途中就经常有人诘问他年轻时写过艳情诗，如今侍奉上帝是否虔诚。诗人不断追问"您会饶恕那些罪过吗？"那些罪过都是"早已犯下"的，可是毕竟还是"我的罪过"。难道要成为永久的污点吗？其实未必，因为宗教改革后的一条教义就是悔罪忏悔即可获得主的宽恕。但恩恐怕并非只是为以往的罪过而不停忏悔，而是因为目前的自己仍然"不断在滚翻"。矛盾以及怀疑都一如既往地存在着。而最后两句"当您完事之时，您并未完善/因为我还有更多"，显示了作为以才智和机敏取胜的诗人的调侃天赋：

When thou hast done, thou hast not done, /For I have more.

---

① ［英］约翰·但恩：《天父上帝赞》，《英国玄学诗鼻祖约翰·但恩诗集》，傅浩译，北京十月文艺出版社 2006 年版，第 267 页。

这两句诗里包含着作者自己和妻子的名字，done 即暗示 Donne（但恩），more 即暗指 More（莫尔）。言外之意，也就是说，是指上帝仍然没能获得但恩，而我还有莫尔；或者上帝并未完善，因为我还有"更多的罪过"。这里利用人名喻指的双关就显示了但恩的巧智。① 此外，"儿子"（sonne）与"太阳"（sunne）谐音双关，故而有"普照"一说，"祈祷上帝的慈悲之光能把犯罪的诗人从地狱的黑暗中解救出来"。② 这些双关手法的运用，体现出语词的表与里、能指与所指的张力感。

2. 人生无常的哀感顽艳

卡尔德隆的宗教剧中所体现的宗教狂热是毋庸置疑的，《人生如梦》中王子齐格蒙特即便因为对命运的不公进行反叛，但到戏剧的结局却由衷地赞美上帝，披枷戴锁的叛神者成了虔诚的忏悔者、悔罪者，最后言明放弃反抗，表达对上帝的无限尊崇。这就是宗教精神的威慑力，就是信仰的伟大。但是，作品一方面表现宗教信仰的感化作用，另一方面却渗透着深重的悲观主义哲学思想：人生如梦，虚幻无常。

贡戈拉的父亲是世家子弟，曾在宗教裁判所当法官，舅父是科尔多瓦大教堂的授俸教士，而其表舅是腓力二世的私人秘书，他自己也成了授俸教士，后成为宫廷诗人。故而他写作了许多宗教赞美诗，也极力歌颂王权。然而，从精神实质上说，他更是一个抒情王子，一个酒仙诗仙。神职人员的身份并未能使他管束自己的行为，反而因为职位之便而云游四方，呼酒买醉，风流倜傥。他的许多作品又流露出对世俗生活的热情讴歌，其谣曲、短歌、十四行诗中就有很多爱情诗，既有享乐主义的精神内核又夹杂着对人生的深度失望和虚无之感。《为了与你的秀发媲美》就是这样一首哀感顽艳之作。③

在这篇诗作中，作家用华美香艳的语言雕饰女子的美貌：秀发、洁

---

① 傅浩译：《译者序》，[英] 约翰·但恩：《英国玄学诗鼻祖约翰·但恩诗集》，傅浩译，北京十月文艺出版社 2006 年版，第 17 页。

② [英] 约翰·但恩：《英国玄学诗鼻祖约翰·但恩诗集》，傅浩译，北京十月文艺出版社 2006 年版，第 268 页。

③ 诗歌见 [西班牙] 卡斯蒂耶霍等《西班牙黄金世纪诗选》，赵振江译，昆仑出版社 2000 年版，第 103—104 页。

白的前额、樱唇、潇洒高傲的脖颈，在作家笔下被比喻成"黄金"、"百合"、"麝香石竹"、"光芒四射的水晶"，这些喻体高贵华艳、气味清芬而又色彩明丽。黄金、水晶的质感，百合、麝香的芬芳，还有各种耀眼炫目的色彩，共同建构了雍容华贵的美人形象。一句"莫辜负了你金色的年华"，流露出作者的"莫待无花空折枝"的及时行乐的思想意识，而末了一句："你也会和它们一起变成黄土、烟云、尘埃、虚无、阴影"，则流露出深重的虚空之感和死亡意识。这一点与德国17世纪代表性的剧作家和抒情诗人格吕菲乌斯（1616—1664年）《重病中的哀叹》殊途同归，都超脱不了对世事人生的悲观喟叹：

> 我们干吗在空想！我们干吗要妄求？
> 我们现在很显赫，明天就进入坟丘：
> 好花转瞬付春泥，我们是浮沫，是轻风，
> 是烟雾，是溪河，是霜，是露，又是幻影。
> 今天的一切，明天皆成空，我们的所行，
> 无非是一场混杂着痛苦的恐惧之梦。①

诗中弥漫着一种无处不在的无奈和悲哀，它向人们预示，一切的努力都是徒然，最终都会化成"烟雾"、"溪河"、"霜"、"露"和"幻影"，"我们的所有，我们所见者，也都要消逝"。②

可以说，巴洛克作家的作品中宗教意识的狂热与悲观绝望的逃遁，往往是非常奇异地纠结在一起的。但恩的极度的献身激情与极度的怀疑情绪，消融在对人生的困惑与戏谑中。他在《哀歌10 梦》中就这样写道：

> 我所爱的她的影像，比她本人更真实；
> 她在我忠实的心里的美好印象
> 把我造成她的徽章，把我造成她的爱，

---

① 《德国抒情诗选》，钱春绮、顾正祥译，陕西人民出版社1988年版，第25页。
② 同上书，第26页。

犹如国王铸造钱币，玺印给钱币

赋予价值：去，把我的心从此拿去，

它现在对于我来说已长得太大太好。

荣誉压迫孱弱的灵魂，强大的客体

使我们感觉迟钝；越强，我们所见越少。

……

所以，如果我梦见拥有你，我就拥有你，

因为，我们的一切欢乐都不过是虚幻。

于是我逃避痛苦，因为痛苦即真实；

锁闭感觉的睡眠把一切都锁在外面。

……

咳，真正的欢乐至多只是充足的梦；

虽说你暂留在此，但你逝去得太匆促：

甚至最初，生命之烛就是燃过的烛芯。①

影像比本人更真实，"痛苦即真实"，"一切欢乐都不过是虚幻"，直至将"生命之烛"比作"燃过的烛芯"，剩下的只是灰烬和烟尘，化为尘土化为烟雾化为无。无一例外的，在巴洛克文学重要作家的笔下都有对人生易逝、万物皆空的咏叹和哀婉，一方面固然是因为个人经历的影响，另一方面自然是身处动荡、怀疑、骚乱的年代的文化心态使然。

与典雅爱情中对女性的崇拜和颂扬不同，但恩的确有某种程度的厌憎，甚至敌视女子的倾向。他常常纠结于理性与情感的矛盾中，在某种程度上，或许是因为面对情欲和诱惑总是难以全身而退、无力自拔而最终导致了对女性的恐惧、抗拒甚至是厌弃。《哀歌8 比较》中赫然表现了对女子的极端厌憎和鄙薄心理，流露出浓厚的玩世不恭和纵情享乐的气息。在这首诗里，但恩把恋爱中的两个女子形象做了一番"比较"，充斥于诗歌的是叠加的让人充满惊异感的意象群，弥漫着病态、臃肿、衰

---

① ［英］约翰·但恩：《英国玄学诗鼻祖约翰·但恩诗集》，傅浩译，北京十月文艺出版社2006年版，第179页。

颓、腐朽、纵欲和虚空，显示他对女性的厌憎情感和对爱情的虚无态度。另外，其中还涉及了教派之间的残酷斗争。

法国宗教战争期间，中部城市桑塞尔的新教徒居民曾被天主教徒围困于城中达九个月之久。据史料记载，他们曾煮食皮革、衣物和书籍等充饥。① 但恩正是令人惊讶地用"桑瑟尔的饥民……从皮鞋、皮靴以及一切其他/幸好含有任何营养脂肪的东西里/熬煮出来的浮沫渣滓"，用"镶在涂金铅锡中的毫无价值的石头/或赘疣/或脓包"来喻指情人"恶臭的汗沫"；用"纤长的茎柄，顶端立有/颤悠悠的忍冬花"来喻指"她的臂和手"；用"粗皮的榆树枝，或因发疯，或犯罪/而新近遭受鞭打之人的赤褐痂皮"以及"挂在城门上被太阳烤焦的肢解尸骸"来暗喻"晒黑的皮肤的可悲状态"；用"一捆参差不齐的胡萝卜"喻指女子"患痛风的手翘立着肿胀粗短的指头"……连篇累牍的比喻的集束，不仅是对女子外在形象的赤裸裸地丑化，也是对她们灵魂的干瘪、轻浮、肮脏、沉沦的一种鞭笞。难怪有人认为但恩其实有着某种程度的"厌女症"，能够集中所有鄙陋和低俗的意象来把女子的罪与丑强化到极致。从某种意义上讲，这又与很多巴洛克作家笔下所谓的典雅爱情形成了鲜明的对照，在那些作品里，女子是高贵典雅的代名词，她们耸立在高高的云端里，供人景仰与膜拜；而这里，女子却成了形容恶俗、精神空虚的替代物，令人厌憎与唾弃。

综上所述，巴洛克文学作品思想意识上呈现出不同维度不同程度上的矛盾与冲突，弥足珍贵的典雅爱情追求里浮动着贵族宫廷的浮躁奢华气息，矫揉造作的田园牧歌情结中弥散着黄金时代乌托邦理想的影迹，宗教意识的虔信盲从与怀疑主义则纠结着哀感顽艳的人生喟叹和享乐情调。一切显得如此地不和谐，如此地突兀和令人惊异，又是如此地契合时代精神中的动荡感、冲突性和开放性。

巴洛克文学中的贵族思想意识与时尚品位，显示了它的复杂多极和包罗万象，也显示出它所具有的某些合理进步的思想内蕴，并非一无是

---

① ［英］约翰·但恩：《英国玄学诗鼻祖约翰·但恩诗集》，傅浩译，北京十月文艺出版社2006年版，第175页。书中注释9中罗列了相关史料。

处、全为糟粕。辩证地考察其创作实绩，可以见证巴洛克时代风云变幻的时代脉搏，精致优雅的情感形态，隐秘沉重的宗教沉思，可以感触这些作品中扭结的诸多紧张对立的冲突与斗争以及由此而形成的巴洛克文学特有的张力特质。

二 巴洛克文学的民间意识与狂欢精神

巴洛克文学文本的张力在思想内容层面的一个重要表现就是，它不仅反映了贵族思想意识和巴洛克时尚品位，同样也承载了丰富的民间意识和狂欢化精神。所谓"民间意识"，在此是指作者在文本中有意无意流露出来的一种不同于官方文化的民间审美意趣；而"狂欢精神"，则"是一种自由的肯定生命的世界感受"，① 它消弭等级，异质共融，颠覆习见，自由宣泄，并充满创新精神。② 17 世纪欧洲各国的巴洛克文学均不同程度地带有民间意识和狂欢精神，它不仅显在地表现为文学形象的狂欢化，也潜在地表现在作家的美学观念和哲学意识上。

（一）行动范围上：从宫廷到世界

贵族巴洛克文学文本的风雅人物活动的场地就是有限的宫廷、沙龙以及贵族宅邸，时空是限定的、自足的，几乎是个封闭的场域。《克莱芙王妃》的宫廷叙事，《人生如梦》的宫廷密谋与争斗，牧歌里的虚幻山林与臆想田园，单一狭窄的生活环境局限了人物的活动范围与活动力，也限制了情节的跳跃和变换，除了贡戈拉极富创造力的想象给予其牧歌以非凡的空间延展性、跳跃性和思想情感的双重性外，多数作品空间拘囿，加之作者的身份局限，或多或少地限制了故事思想情感表达的空间。而民间意识浓厚的巴洛克文学文本则显示出开阔的、解放的、自由的活动空间和场地。正像莎士比亚给予其戏剧以包罗万象的"五光十色的平民生活背景"即福斯塔夫式背景一样，巴洛克文学的舞台也是包罗万象的，

---

① 参见程正民《巴赫金的文化诗学》，第四章《陀斯妥耶夫斯基的复调小说和民间狂欢化文化》中对"狂欢精神"的相关论述，北京师范大学出版社 2001 年版，第 117—131 页。

② 参见黄世权《两种美学乌托邦：酒神精神与狂欢精神——论尼采美学与巴赫金美学的对话关系》，《辽宁师范大学学报》（哲学社会科学版）2007 年第 4 期。

不仅有帝王将相、贵族上层人物的生活写照，也有平民百姓、草根底层的生动描摹，真正成为一个时代的缩影。

我们知道，"福斯塔夫式背景"是恩格斯 1895 年 5 月 18 日在《致斐·拉萨尔》的信中提出的。福斯塔夫是莎士比亚在其历史剧《亨利四世》和喜剧《温莎的风流娘儿们》中塑造的形象，是封建社会没落和资本主义原始积累时期的一个破落贵族骑士形象。他出入宫廷与贵族社会，联结平民社会，与哈利太子是朋友，又与强盗、小偷、流氓、妓女打得火热。通过他的活动，莎士比亚展示了上至宫廷下至野猪头酒店、妓院等广阔的社会背景，即"五光十色的平民社会"。也就是说，莎士比亚戏剧的时代特色就在于他的舞台是整个世界与人生，他的目的就是"显示善恶的本来面目，给它的时代看一看它自己演变发展的模型"。[①]

无独有偶，《痴儿西木传》就展示了这样的广阔丰富的社会生活背景。西木的活动空间遍及人间/地狱/天界，陆地/海洋/天空，宫廷/社会，人生际遇也是千差万别、跌宕起伏而又变幻莫测、精彩纷呈。痴儿/智者西木在巴洛克时空中自由穿梭，完成了奇特的隐居、流浪、发迹、潦倒、神游，重回隐居的一生，期间遍游德国、法国、俄国，经由日本到达澳门，莫名其妙地被土耳其人掳走，后被威尼斯人解救，经过罗马穿越瑞士中南部，最后回到黑林山区自己的出生地德国。在战争乌云笼罩的欧洲，风雨如晦，西木过着流浪汉的生活，"时而身居高位，时而跌落尘埃，时而显贵，时而卑微，时而富有，时而穷困，时而快乐，时而忧伤，时而受人爱戴，时而被人嫉恨，时而享受尊重，时而遭受歧视"，拼命追求得到的是"罪孽累累，污点斑斑"。西木痛悔自己的堕落："我曾经是那样地天真、纯洁、正直、诚实、真挚、谦卑、矜持、节制、无邪、羞涩、虔诚而敬神；转眼之间，我却变得如此恶毒、虚伪、奸诈、狂妄、烦躁、目无上帝，种种罪行我都不教自会了。"[②] 西木的感叹其实

---

① [英] 威廉·莎士比亚：《哈姆莱特》，《莎士比亚全集 5》（增订本），朱生豪译，沈林校，译林出版社 1998 年版，第 334 页。

② [德] 格里美尔斯豪森：《痴儿西木传》，李淑、潘再平译，人民文学出版社 2004 年版，第 467—468 页。

喻指社会是一个不断运动着、变换着的"广场",人物从封闭的空间走向了开阔的"广场",走向了一个充满狂欢精神的现实世界,一个巴洛克丰富多极的世界。人性中对立的两极就在变动不居的现实土壤中很快找到了适宜其生存的环境和温床,各得其所,双管齐下,一起对西木的心灵进行拷问,最终使得西木对世界"产生了彻底厌倦的心理"。西木的漫游流浪生活,实际上生动地演绎了一个人生的寓言。

(二)形象表现上:从风雅人物到怪诞形象

巴洛克文学显示的贵族倾向和时尚品位,也体现在它所塑造的贵族风雅人物及其高贵典雅的行为举止上。这些风雅人物的行为举止自然遵循严格的宫廷范式。

首先,是女性社交礼仪。T. V. 齐尔克拉尔制定了一系列贵族女子在社交中应该遵循的礼节:"女子不得直视陌生男子。""礼仪禁止所有女人翘二郎腿。""女子走路时脚步不能太重,步子不得过大。""假如没人问话,少女不能多言。""成年女子也不得饶舌,尤应做到食不言。"① R. D. 布卢瓦在其《贵族女子教育》中给贵族女子提出了21条应该遵循的行为准则。不过准则第六条和第十条耐人寻味:"不得过多袒露自己的身体,否则遭人指责。"贵族女子可以露出来的是她"白皙的脖颈、洁白的面容和细白的双手"。"贵族女子只有去教堂的时候,或骑马从街上走过的时候需要蒙上面纱。面容丑陋的女子才经常蒙着面纱,而美貌的女子则不然。"② 这里的贵族女子的行为规范中隐藏着对女性美的一种尊崇心理,美貌是可以外露的。因为美与善是一体的,美即善的外在表现,因而我们不难理解何以在男性品质中亦将体格健美当作一个标准。

其次,是男性美的标准。安德烈神甫认为最值得称道的男性的五种品质为:俊美的体格、优雅的举止、雄辩的口才、丰厚的财富和慷慨的性格。而只有"讲究的礼节"可以使他在宫廷的意义上变得受人

---

① [德] 约阿希姆·布姆克:《宫廷文化:中世纪盛期的文学与社会》,何珊、刘华新译,生活·读书·新知三联书店2006年版,第427页。

② 同上书,第428页。

欢迎和仰慕。①

再次，安德烈神甫认为："高贵的气质（curialitas）、优雅的举止（urbanitas）和讲究的礼节（probitas morum）是宫廷——骑士爱情的标志。"② 在这样的标准要求之下，那些宫廷贵族、达官显要、王子公主个个潇洒俊逸、风华绝代，不仅拥有高贵显赫的出身，更拥有温柔细腻的情感，具备风雅得体的举止，彬彬有礼的风度，在宫廷—骑士爱情浪漫传奇的温柔乡里穿行，在田园牧歌的优美情境中忘忧，在宗教虔诚的迷狂中体验接近上帝的欣悦，在人生虚无的无奈喟叹里伤逝。

可以说，在贵族、宫廷的巴洛克文学文本中，我们见到的多是这样一些风雅人物，尽管不乏具有优雅情致和高贵情怀之人，亦有不少心灵空虚、矫揉造作之徒，当然还有骄奢淫逸、腐化堕落、残酷虚伪、道貌岸然的败类，只是在贵族倾向浓厚的巴洛克文学文本中，后两类形象均被美化和粉饰了。

而在另一类带有浓厚民间色彩的巴洛克文学文本中，则塑造了具有狂欢精神的人物形象，他们殊异于上述那些风雅人物，从某种程度上可以说这些形象正是典雅形象的颠覆与反叛，他们往往形容丑陋畸形，言语粗俗狂野，行为乖僻荒诞，涵盖了巴赫金所总结的几种基本类型③，从而颠覆了以往对巴洛克文学的习见。在以往的巴洛克文学研究中，往往片面强调其贵族思想意识和形式主义特质，而对其精神内蕴上同时还兼具的民间意识和自由平等意识有所忽视。

1. "小丑式国王"形象

巴赫金认为，民间狂欢节日中最具有狂欢化精神的，就是"小丑式国王形象"。在狂欢氛围中的加冕与脱冕仪式，可以看作是人生、社会的悲喜与苦乐、兴盛与衰颓的操演。《人生如梦》中的王子齐格蒙特就经历

---

① ［德］约阿希姆·布姆克：《宫廷文化：中世纪盛期的文学与社会》，何珊、刘华新译，生活·读书·新知三联书店2006年版，第471页。
② 同上。
③ 参见沈华柱《对话的妙语：巴赫金哲学美学和文艺思想研究》第二节《狂欢化语言的形象体系及其文化和意识形态内涵》中相关分类。上海三联书店2005年版。类似的论述见于程正民先生的《巴赫金的文化诗学》。

了这样的脱冕加冕仪式。王子齐格蒙特一生下来就被囚禁在荒郊外的塔楼里。因为他懂得占星术的国王父亲，认定他生下来便是"人面之蛇"，长大后是一个残忍的怪物。在塔楼里，他被野蛮的囚禁折磨成了"人形兽"。后因国王想证实一下星相的显示是否真实而做了个实验：将齐格蒙特麻醉后带进宫廷，让他恢复王子的身份地位以检验他是否是怪物。结果，齐格蒙特一旦发现自己原来是血统高贵的王子，就兽性大发，后被其父用药水灌倒再次送回塔楼。最后，民众拥戴齐格蒙特为王，但是他却勘破人世纷争，无意王位，并总结出人生哲理："人生如梦"，善为根本。这里，从循环往复的加冕与脱冕仪式中，作者表明了他的世界观与苦乐观，加冕本身就意味着脱冕，在互相转换与轮替中彰显狂欢的本质——事物的相对性。在《痴儿西木传》中，主人公的人生际遇也处在不停的升降沉浮中，一会儿是宠侍，一会儿是跟班；一会儿是风流场中的得意者，一会儿是遭人唾弃的流浪汉；一会儿是丰衣足食的猎兵，一会儿又是忍饥挨饿的游民；一会儿仪表非凡，一会儿丑陋变形；一会儿是命运的宠儿，一会儿是时运的倒霉鬼……总之，是在不断的"加冕"与"脱冕"的仪式中完成其人生的悲剧性与喜剧性的。

2. "肉体收割"形象

"肉体收割"形象来自民间节日形象体系。巴赫金认为"民间节日大都有着各种狂欢化殴打场面，挨打者往往作为狂欢节上的牺牲者或被献祭，而民间节日上的狂欢节祭品，如公牛等，都要给剁碎和解剖，做成灌肠和馅饼"。[①] 因此"肉体收割形象"具有民间狂欢渊源。《西木》中经常出现斗殴与殴打行为，也多次写到战争中的屠戮场面。在第一卷第三十二章《西木看到众人醉后狂态，教士只能临阵脱逃》中，我们看到了斗殴场景：

> 他们的全部所作所为都是那样的滑稽可笑和稀奇古怪，堪称罪孽和渎神。……最后，酒席旁边发生了意外的格斗：只见杯盘碗碟

---

① 沈华柱：《对话的妙悟——巴赫金语言哲学思想研究》，上海三联书店 2005 年版，第95 页。

飞来扔去，人们不仅挥拳相殴，还拿起椅子，抡起椅腿，挥刀弄剑，甚至把屋子里所有的东西都当成了武器，竟打得几个家伙鼻青眼肿，血流满面。……①

在第二卷第五章《群魔带领西木下地狱，在鹅圈里用西班牙美酒款待他》里，提到了对肉体的极端摧残：

他们用一张床单把我裹上，一阵毒打，几乎打烂了我的五脏六腑，连灵魂也几乎出了窍，我终于失去了知觉，晕了过去，像死人那样躺在那儿。②

第二卷第二十七章《西木亲眼目睹维特斯托克战役，以及小海尔茨布鲁德如何惩治了狱吏》，我们还看到了残酷的战争屠戮场景：

那习惯于掩埋死者的土地，此刻却被表情各异的死者所掩埋。脑袋滚在一边，他们已离开了天然的主人；另一边是躯体，他们已失去了脑袋。有的人肠子惨不忍睹地流了出来，而另一些人则脑袋开花，脑浆四溅。人们可以看到，那失去了灵魂的躯壳流尽了自身的血液，而那些活着的人则溅上他人的鲜血。这儿有些被枪炮打断了的胳膊，那上面的手指还在蠕动，仿佛它们还想参加战斗；但也有一些家伙未曾流过一滴血，就临阵逃脱了。那儿是一条条断离的大腿，它们虽然已经摆脱了全身的负担，却比以前沉重多了。……③

格里美尔斯豪森并没有以明显的道德感来完成对斗殴场面以及战争屠戮的描写，而是极力隐藏自己的情感倾向与价值判断。作品中对肉体的摧

① ［德］格里美尔斯豪森：《痴儿西木传》，李淑、潘再平译，人民文学出版社2004年版，第93页。
② 同上书，第143页。
③ 同上书，第188页。

残、伤害、切割、辱骂、诅咒、殴打甚至杀戮，与生命重生和世界重建密切关联。作家浓墨重彩的描摹，使得毁灭与重建，旧世界与新生活的更替，在寓言的意义上得以辩证诠释。

3. 筵席舞会形象

狂欢形象还包括酒宴和舞会中的怪诞形象。如《痴儿西木传》就对筵席上的吃、喝、吸纳、呕吐等进行直观描写，把饮食男女的面目塑造得穷形尽相，这种吃喝形象尽管并不具有拉伯雷笔下人物的"巨人"特质，以变形的吃喝而隐喻文艺复兴时期的人的解放与自由，但无疑让我们看到原生态的动物般的吃喝形态。

> 我目睹这些宾客的盛宴，其声像猪，其饮如牛，其状像驴，到最后呕吐起来就像癞皮狗。他们用圆桶般的杯子往肚子里灌下那霍赫哈埃姆、巴赫拉赫和克林根贝尔格产的名酒，这些酒也就立即在他们的头脑里施展出自己的威力。……在这样做的时候，有些人泪如泉涌，冷汗直冒，然而照旧狂饮不止。到最后他们又打鼓，又吹哨，又拉琴，把东西四处乱扔，闹得沸沸扬扬，无疑是酒在向他们的肠胃发起了攻势。……①

在这里，人们是放松、自由、任情恣性的，没有任何顾忌和避讳，没有贵族阶层的饮食礼仪，更没有温雅节制的社交性礼貌文明语的插入，饮食的盛宴与飨宴降格为动物般单纯的吃喝、吸纳与呕吐，而这也正是使尚且单纯无知的痴儿西木深表担心、不解和厌恶的地方，因而痴儿西木背后（西木有时候仿佛就是一个双面人）那个睿智的西木，就发出了"他们的灵魂——那上帝的映像——怎么能够在宛如饱食的猪猡般的躯体内待下去呢？……他们那原该受灵魂支配的思想，不是好像埋进了那毫无理性的野兽的脏腑里去了吗？"②并且，他还悲天悯人地在心底里谴责

---

① ［德］格里美尔斯豪森：《痴儿西木传》，李淑、潘再平译，人民文学出版社2004年版，第89—90页。

② 同上书，第91页。

这些"猛吃滥喝"、"任意挥霍"之徒，不去怜悯那些背井离乡的可怜的数百名"拉撒路"饥饿的肚子（拉撒路系《圣经》故事中的穷人，他进了天堂而富人入了地狱）。

此外，格里美尔斯豪森还极力将舞会形象漫画化，传达了一种深切的怪诞感与荒谬感，对此笔者将在本章第二节第三部分《典雅形象、怪诞形象与角色张力》一节进行详细论述。

4. 怪诞人体形象

《痴儿西木传》封面上的怪人形象令人迷惑不解：上半身半男半女，头上长角，身上有翅，身后拖着一条海豚尾巴。双脚甚是怪异：一为鸭蹼，一为牛脚。怪人作陶醉状，自得其乐地看着一本书。整个儿一个"人形兽"或"兽形人"。书的封面集中了各式各样的日常用品、武器、动物，如酒杯、鞭炮、皇冠、利剑、碉楼、大炮、鱼，还有各种小昆虫。他的脚下踩着各种各样的假面具。西木本人也是一个令人惊异的不合日常生活原则的"怪物"、小丑、傻瓜。作者笔下的西木，全名是"德意志的富有冒险生涯的西木卜里其西木斯"，西木的名字本身就有象征意味，既单纯无知，又绝顶聪明。显然，在"怪人"与西木之间，存在着内在的精神联系。文本但凡涉及西木，大都极力描写他的稀奇古怪、不合时宜的穿着打扮，强调他与环境的格格不入，一派痴傻愚顽。

作者还抓住上层人物放浪形骸的丑态，采用陌生化的笔法，以扭曲变形的荒诞语言和调笑态度，嘲弄他们的淫欲放浪行为，取得了意想不到的艺术效果。[①]

（三）精神实质上：从贵族情趣到民间狂欢

与贵族巴洛克文学文本殊异，民间意识浓厚的巴洛克文学文本使读者不必滞重于动荡世纪带给时人的焦灼矛盾心态，也不必沉湎于忧伤爱情的缠绵悱恻和田园情趣的轻飘散漫，更不会有宗教的极端迷狂与痛苦思索来拷问灵魂，它们带给读者的是一种自由和疏放的视野与心境。从

---

① 参见金琼《一颗"形状不规则的珍珠"——巴洛克文学的审美价值与文化意义探微》，《外国文学研究》2008 年第 6 期。

上述分析可以看出，《痴儿西木传》、贡戈拉诗歌、《人生如梦》等作品中狂欢化人物形象的塑造，可以让读者感受到纷繁复杂的原生态生活和多重价值观念的交锋与杂陈，体悟到民间自由疏放、自然野性的语言的活力生机以及欲望宣泄式的快乐。而狂欢形象所体现的两重性特征，则恰恰显示了巴洛克文学所表达的情感心理与意识形态的变异、冲突、扭结等内涵，情感心理与意识形态冲突的直接后果就是文学张力的形成，与这种狂欢化精神具有内在精神上的同一性。这种狂欢精神具体体现在：

1. 全民性的狂欢与乌托邦理想世界的构建

狂欢自然涉及民间节日庆典以及其他一些群体活动，也只有在全民性的狂欢中才会真正实现个体所寻求的自由。因此，作品必然要揭示的就是广场化情境中的群体活动。《痴儿西木传》中这样的群体活动比比皆是。最有意味的是格里美尔斯豪森描绘的德国民间传说中布罗肯峰上的妖魔聚会。西木梦见自己骑到一条板凳上，连人带凳子倏地飞出窗外，看到了奇特的舞蹈。最里面一圈七八个人，里里外外很多圆圈，最外面的一圈超过二百人。

> 他们的脑袋像小丑一般地乱摇乱晃，显得那样怪诞可憎。……他们当中有几个人用蝮蛇、蝰蛇和蜥蜴代替笛子、横笛和长箫，快乐地吹着曲子。有几个人在猫的屁股上吹奏，在它们的尾巴上弹拨，那声音如同风笛一般。另外一些人在马头上拉奏，就好像拉着动听的小提琴，再有一些人把屠宰场上的牛骨骼当作竖琴……魔鬼们用鼻子吹着喇叭，声音在整片树林里回荡；当这场舞蹈快要结束时，所有这些地狱里的喽啰们开始呼天抢地地狂吼怒号起来，一个个都像发了疯似的。①

这里无疑打破了双重界限：人与动物的界限，人与魔鬼的界限，实现

---

① ［德］格里美尔斯豪森：《痴儿西木传》，李淑、潘再平译，人民文学出版社2004年版，第151页。

了人、兽、鬼的和谐舞蹈，展现了一个暂时的人与人、人与兽、人与自然的大同世界幻景。西木甚至觉得音乐、舞蹈和歌唱，还有在他听来是他们各自按自己的舞蹈所配的曲子，都"具有一种奇妙的谐音"。为了证明这妖魔聚会的真实性，作品还为西木找出了多个民间的例证：有丹麦皇帝借助日尔曼神俄底的精灵飞跃重洋回到自己的王国，有波西米亚的妇女让她们的情人骑着山羊来和她们幽会，有16世纪那不勒斯法学家基尔仑多斯和他的老婆一起参加妖魔聚会的情景，还有浮士德博士的飞翔技能，薄伽丘《十日谈》中的富绅隆巴底的梦中飞行……[①]这些民间喜庆节日或奇特传说传达了一种纵情恣肆的享乐和欢快气氛，一种充满神奇想象和超越现实的快感，共同营建了一种迥异于现实晦暗世界和官方教条世界的新的世界图景，带来全民享乐和欢聚一堂的轻松感、解放感，生活进而涌现了斑斓的色彩和激情的节奏。

2. 形而下之欲望叙事与形而上之哲学美学追求

在不少巴洛克文本中，充斥着赌咒与骂人话，脏话与粗话，还有"肉体收割"形象与怪诞筵席舞会形象。究其实，就是走向形而下，并且在这种形而下中解除禁忌，施行放纵。不难发现，文本中的狂欢语言遮蔽的是对官方、专制、宗教、雅文学等的拆解与反动。例如，《痴儿西木传》第一卷第三十一章《西木初试本领，却挨了一顿狠揍》和第三十四章《西木参加了一个舞会，在那儿又一次惹下了大祸》，作者之所以围绕西木的臭屁和大便，来制造一些令人捧腹的恶作剧，显然是"别有用心"。西木因为在宴会上口念"放屁放屁放屁"的咒语、旁若无人地打屁（被书记官愚弄，说这种方式才可以掩人耳目）和在舞会上因为恐惧和害怕，"出于生理本能"而在裤裆里拉屎而搅乱了整个宴会和舞会，两次都被主人叫人狠狠地揍了一顿。第三次是被当作小丑，受伪装的魔鬼们捉弄，忍无可忍时"屙了一裤子，吐了一背心，用不堪忍受的臭气付了他们的酒钱，使得那些魔鬼们也几乎不能和我呆在一

---

① ［德］格里美尔斯豪森：《痴儿西木传》，李淑、潘再平译，人民文学出版社2004年版，第155页。

起了"。① 自然，结局仍然是一顿暴打。这三次生理本能的形而下描写，涉及恶人的教唆、舞会的怪诞、宾客的俗相、残暴的殴打以及自我嘲弄。对西木的臭屁、大便的直接描写是环绕着对瑞典司令官、书记官、各色宾客的反响来展开的，书记官的奸诈险恶、仆人们的为虎作伥、各色宾客的空虚无聊，都在这些中心事件的边沿发展着、蔓延着、暴露着，因而从情节结构上看，也是揭示人性乖戾和反常的有效安排与合理铺衍。至于西木调侃式的道白：

> 因为费了九牛二虎之力也未能管住一个屁而被绑在饲料槽里，被揍得死去活来，致使我至今不能忘怀。这就是自从我第一次呼吸到被我败坏了的空气（我们都必须在这种空气里共同生活）以来所遭受的第一次鞭笞。②

> 打那以后，我常常回想起这件事来，也从而知道了这样一个道理：由于惊骇和害怕而产生的排泄物，比起因服用了烈性泻药而屙出的要臭得多了。③

这些道白则说明了整个事件的荒诞感、玩笑性、宣泄性和狂欢性。因为一个臭屁而被殴打的情节，不能不说是虚构加玩笑，生理机能的描写即是宣泄，而惹人嫌恶和遭遇殴打后依然是"添酒回灯重开宴"，以一种民间特有的喜庆气氛重回现实人生，便是一种狂欢式"肉体收割"程式的演化。因此，对滑稽、粗俗等"丑"的审美态度决定了认知的拓展与深化，至此，粗俗的人类行为描写就获得了美学与诗学意义上的深层意味。最典范的例证就是《西木》中贵族小姐的肖像画：

---

① ［德］格里美尔斯豪森：《痴儿西木传》，李淑、潘再平译，人民文学出版社 2004 年版，第 144 页。

② 同上书，第 92 页。

③ 同上书，第 98 页。

这位小姐头发黄黄的，如同小孩子的粪便；她的头路又白又直，好像用猪毛刷子在上面刷过一般；当然，她的头发卷得很漂亮，看起来好像空心的笛子，或者说好像两旁挂了几磅蜡烛，或是一打烤肠。啊，你看，她那鼓鼓的额头多么漂亮，多么光滑啊，难道它不是比一个光滑的屁股更好看，比一个风干多年的死人面孔更白吗？十分遗憾的是，她细嫩的皮肤被发粉弄得太脏了，如果让不知道发粉的人看到，一定以为这位小姐得了疥癣病了，头上才有那么多的头皮屑呢！……哦，主人，你看看她的手和手指，是那样纤细，那样修长，那样灵活，那样柔软，那样灵巧，活像吉普赛女人；如果她们想偷点儿什么，就可以用这样的手伸进别人的口袋。然而这比起她的整个身体来，又算得了什么呢？！她的身体是那样纤巧、苗条和优美，好像她拉了整整八个星期的肚子似的。①

文本中，先是明白无误的赞美语、吹嘘语，紧接着就是调侃嘲弄、粗鄙放诞、讽刺挖苦的颠覆语言。看起来褒贬相依，实际上明褒实贬，贬是重心。更有意思的是相貌描写中充斥着食欲、色欲和人性其他方面的贪欲，不雅不洁的语词一再出现。

综上，这种彰显欲望叙事的狂欢化语言具有三重功效。

其一，展开民间最富有生命力和原始气息的欲望叙事，目的无非是显示从 17 世纪的专制制度束缚、宗教束缚和典雅语言束缚中脱离的解放和超越。不得不提及的是文中还有大量的性描写，人体下部、宇宙下部（地狱和魔界）的描写，以及大量的饮酒醉酒场景、死人形象甚至大便描写……简直就是赤裸裸的生活原生态，令读者在惊讶之余不由涌起难受感、紧张感甚至隔阂感、厌弃感，然而这些感觉又终于被其谐谑调笑的语言化解和稀释。

其二，欲望叙事遮蔽的是对官方、专制、宗教、雅文学等的拆解与反动，仿佛一把天然的保护伞，嬉笑怒骂皆成文章，既可以躲避官方的检查

---

① ［德］格里美尔斯豪森：《痴儿西木传》，李淑、潘再平译，人民文学出版社 2004 年版，第 124 页。

与责难，又随心所欲、逞情尽兴地宣泄了自己的不满、厌弃、嗜好与幻想。

其三，作品既贴近了现实又紧贴了民间，以其放诞粗俗、谐谑双关和矛盾修辞而具有底层民众的气息和温度，颠覆了巴洛克时期文学语言的精致典雅原则，这种标新立异也正是巴洛克文学的美学追求之一。

3. 双重或多重情感态度与价值标准的冲突与融合

其实，巴赫金一个非常有价值的发现是他从中世纪的骑士文学中考证出对后世欧洲文学创作有深远影响的三类人物：骗子、傻瓜和小丑，并把这作为打破人与人一切关系之成规的一个窗口，认为"这些人物进入小说后，一定程度上恢复了文学与民主广场之间的联系"。① 的确，此类人物形象的出现具有三方面的意义：（1）把广场、戏台、广场游艺假面带给文学；（2）人物形象表里不一，产生外在形式与内在精神的脱节，为言语和形象的狂欢奠定基础；（3）正因为形象的张力性质，可能还寓意着另一种生命的存在。②

我们检视欧洲 17 世纪的文学作品，发现这类骗子、傻瓜和小丑形象蔚为大观，西木（《痴儿西木传》）、克拉林（《人生如梦》）、"流动戏班子"中插科打诨的丑角……他们无疑把文学描摹的对象放在了开阔民主的场地，不仅是共时态中人类生活的切入，也是历时态中类型化人物形象的再生和变异。而形象自身具有的"脱节"感，正是源于对人类本质的认知与体悟。人物外在形象的陌生化描写，使得人物的滑稽外观得以夸张呈现（如西木的半人半魔肖像），而内在的多重可能性则在故事中缓慢地被挖掘、被释放并最终被圈定：单纯无知—隐匿智慧（扮作小丑）—追求享乐—灵魂归隐，完成作家关于成长的主题构想，完成"原罪"与"救赎"的神学思想探索。Janet Bertsch 认为：格里美尔斯豪森表现了一种不同于其他作者的"原罪"与"救赎"观念，而这影响了有关西木的不断变化的体验和生活故事的结构。③ 也就是说，西木生活的变迁

---

① 梅兰：《巴赫金哲学美学和文艺思想研究》，华中科技大学出版社 2005 年版，第 178 页。

② 同上书，第 180 页。着重号为引者所加。

③ Janet Bertsch, *Storytelling in the Works of Bunyan, Grimmelshausen, Defoe, and Schnabel*, Rochester: Canden House, 2004, p. 52.

和沉浮，实际上与作家深层的对宗教意识的探索紧密相关，而并非任意地罗列怪诞情节和假想故事。作者让西木在历经世事艰辛后对宗教发表了一番见解与看法：

> 归根结底，在我所涉猎到的艺术和科学中，我觉得没有比神学更好的学问了，如果人们借助于它去热爱上帝、侍奉上帝的话。①

并表达对"再洗礼派"教义社会的无限憧憬与向往。再洗礼派是 16 世纪欧洲宗教改革中在德国、瑞士、荷兰等地出现的一个非正统教派，反对西欧封建专制制度和天主教会，主要成员是农民和城市平民。这或许可以看作是作者的宗教认同感，显示了进步的宗教意识。然而不容乐观的是，紧接着，西木又表示不妨加入"多明我"或"方济各"等天主教托钵修会教派，一下子又回到了官方教会的怀抱。因而关于西木也好作者也罢，仅从文本出发，有关宗教意识的最后的结论即是没有结论。

当然，如果上升到人物形象塑造的美学思想层面，或许可以对这类狂欢化人物及其语言的存在作出更理性和诗学的诠释。单就语言和人物在文本中的某次呈现或三两次呈现来看，读者似乎会感到一种人物与环境、人物与语言的割裂感，我们会因为西木突发的机智与狡黠、偶然的残暴与堕落而无所适从，觉得他的性格一如水银总在不断地随着盛放他的容器的变化而变化，他是不定形的，断裂的，贯穿无道德的道德感（因为他犯错后会忏悔），无宗教的宗教意识（既不信奉天主教也不信奉新教），他处在一个开放的场地，具有未定型感、未完成性。巴洛克文学艺术的审美标准正好契合了这种狂欢的本质。

> 巴洛克的目的不是要再现完美的状态，而是暗示一个未完成的过程和趋于圆满的运动。……巴洛克艺术大胆地将和谐转变为不和谐。……这种手法的美学魅力在于对不和谐的分解。越往上（指宗

---

① ［德］格里美尔斯豪森：《痴儿西木传》，李淑、潘再平译，人民文学出版社 2004 年版，第 452 页。

教建筑或绘画升向空中的趋向）不和谐的因素就越微弱，进而使得所有关系都和谐融洽。①

巴洛克文学也就是要在文本中打破文艺复兴中提倡的完整、和谐、严肃、均衡的美学范式。

尽管 Peter N. Skrine 在其《巴洛克》（The Baroque）中认为"是否是在一种几乎是传奇般的高度巴洛克化的情况下，试图融合具有神话因素的现实，以期称颂一种兼具两种互相冲突的情感特征和价值意义之效能的生活方式，这一点还很难说"。②

但是，我们却真实地看到了文本中的确存在两种相互矛盾的情感态度和价值观念的龃龉，这种狂欢化叙事显示出了官能享乐/宗教诉求，怪诞人体/睿智谈吐，懵懂人生/哲理观照之间的极端不和谐，总是让人感到一种紧张感、压迫感、惊异感。然而"部分"最后还是通过"整体"而获得和谐的结局，这应该也是巴洛克文学艺术的张力之呈现。阿瑟·许布施尔就首先指出"巴罗克是互相对立的生活感受"。爱弥尔·爱尔马丁格也把巴洛克说成是"禁欲与俗念、精神与肉体之间的冲突"。西查尔茨则致力于探究巴洛克文学中"古典形式与基督教精神和情感之间的张力"。③ 由此看来，狂欢化精神的实质从一个特定的视角诠释了巴洛克文学艺术具有的张力属性，而巴洛克文学艺术的张力特质在某些具体的文学时空体中也恰好体现着一种狂欢精神。

（四）一种追问：巴洛克文学之狂欢精神形成的原因

基于什么样的原因，使得宫廷色彩与贵族倾向浓厚的巴洛克文学具有上述这种民间意识与狂欢精神呢？其实，文学自身就包含有这种民间意识与狂欢精神，只不过在不同的历史时代氛围里，时强时弱罢

---

① ［瑞士］海因里希·沃尔夫林：《文艺复兴与巴洛克》，沈莹译，上海人民出版社 2007 年版，第 65—66 页。

② Peter N. Skrine, The Baroque: Literature and Culture in Seventeenth-century Europe, London: Methuen Publishing Ltd, 1978, p. 118.

③ ［美］雷内·韦勒克：《批评的概念》，张今言译，中国美术学院出版社 1999 年版，第 102 页。

了。从以下几方面进行综合考察，或许可让我们对此问题获得一个比较清晰的认识。

1. 社会历史现状的催化

17 世纪的西班牙政治黑暗，经济凋敝，王室与贵族奢靡颓废，昔日辉煌难继，人文主义的理想色彩在现实中跌落，怀疑主义与神秘主义思想蔓延。在德国，君主专制政体变异为诸侯的垄断专权，割据加剧了国家的分裂和人民的苦难。这样的政治经济情势无疑刺激了文学艺术的分野：一方面，政治、宗教、伦理道德等问题受到了普遍关注和反映，注重民生疾苦、探求人生价值与意义、剖析宗教意识矛盾与纷争的严肃主题与题材，仍然占据了重要地位。与此相反，德国三十年战争的阴影笼罩朝野（三十年战争是指 1618—1648 年发生在"新教联盟"与"天主教联盟"之间的长期争战），百业凋敝、流离颠沛的现实令贵族阶层的享乐主义与及时行乐思想潜滋暗长。而针对法国的社会现状，意大利诗人马里诺曾写道："整个法国都充满着不匀称和不协调……奇怪的风习，炽烈的人情，接连不断的政变，连绵不绝的国内战争，混乱的骚扰，过分的极端……总之，一切本都应当消灭的东西，却奇迹般地维持着！"① 反映在文学作品的内容上就是思想意识矛盾驳杂，形式上则表现为标新立异、炫博耀奇，巴洛克风格盛行。也就是说体现战争灾难、反官方文化、体现宗教等意识形态领域的矛盾复杂性（当然这涉及新教与天主教会的反宗教改革倾向之间的矛盾）本身就是这一时期巴洛克文学具有的思想内涵，这也就不难理解巴洛克文学作品中既有关注民生疾苦的题材，也有体现宫廷趣味和享乐思想的双重特性了。

2. 自然科学发展与哲学美学思想观念的激发

"从社会思想来说，巴洛克艺术代表的是当时自然科学的宇宙观与宗教思想的调和，在自然科学的世界观中渗透着宗教思想，造成宗教思想与人文主义、自然科学与唯心主义的混杂。"② 而这种混杂本身就意味着杂语共生的局面，就意味着双重或多重价值标准的存在，因而，巴洛克

---

① Tumis：《外国造园艺术》，2012 年 11 月，http：//book. douban. com/annotation/22508473/。

② 李平民：《德意志文化》，上海财经大学出版社 2005 年版，第 111 页。

文学具有狂欢化精神产生的自然科学观与哲学美学观背景。

17 世纪战争阴影、宗教纷争中物质世界的毁灭和精神世界的坍塌反向刺激人们的是对知识的极大需求，这一现象其实延续了文艺复兴时期的人文主义观念和价值取向：对人智的启迪和对知识的渴求。约翰·但恩的玄学诗、格里美尔斯豪森《痴儿西木传》中古代文学、历史学、医学和化学知识的炫博耀奇式的"知识的盛宴"，知识与智慧的重建意味着在毁灭的现实世界里重塑一个道德与精神家园的乌托邦理想。莱布尼茨的哲学思想、沃尔夫林的美学观念，都是为了迎接一个新的价值世界的到来。狂欢精神是一种对官方文化与教会思想束缚的超越，走向一种开放性和未完成性，而这恰恰是巴洛克文学最重要的特征之一，具有逆向而动的思想行为特征。

3. 民间文学因子的渗透

在德国，尽管雅文化与俗文化（贱民文化）的分野被强调到了极致，但不能否认的是雅文化吸收了民间文学与文化的养分——其活泼自由的形式、其健康自然的精神等。在德国巴洛克戏剧的分类中有一类与教学剧、耶稣会剧等相对立的剧种叫"流动戏班子"。

　　　　流动戏班子的演出虽然遭到那些坚持高雅文学的文人学者的批判和反对，被认为是低俗、粗野，但在一般民众中，甚至在宫廷贵族中，他们还是很受欢迎的，是这些人的精神粮食。①

在西班牙，15 世纪朴素自然的民间抒情谣曲的"宫廷化"是对宫廷和教士诗歌的一种反动。许多宫廷诗人创作的谣曲甚至以隐姓埋名的方式（当其时，他们依然以民间性为耻）被编入了 16 世纪初的《谣曲总集》。"胡安·博斯坎和加尔西拉索·德·拉·维加是最先大胆地将民歌民谣风格'冠冕堂皇'地引入宫廷的诗人。"② 究其原因有二：一是他们

---

① 安书祉：《德国文学史》，译林出版社 2006 年版，第 276 页。
② 陈众议：《总序》，［西班牙］卡尔德隆：《卡尔德隆戏剧选》，吕臣重译，昆仑出版社 2000 年版，第 7 页。

创作田园诗歌，题材自身的民间性质；二是他们兼采众长，形式上不拘一格。因而，其诗歌具有鲜明的民族文化底蕴，在民歌民谣中汲取了丰富的营养。

4. 读者接受、出版业运作的推动

在文艺复兴精神的催化下，不仅宫廷贵族及有教养的文人雅士需要用文学来装扮自己，下层民众也有了学习文化知识和满足自身审美趣味的需求。德国的"匠人歌曲"就是专门为新兴资产阶级和市民而创作的，自然具有广阔的民间受众基础。《痴儿西木传》出版时，三十年战争已经结束，上层社会都喜欢所谓的高雅文学，对作品的民间意识和气息并不赏识。"反倒是一般民众很喜欢这类朴实的作品，所以小说一出版就销售一空，再版势在必行，同年又出了包括第六卷在内的《痴儿西木传》第二版。"[1] 因此，作品中的民间性与狂欢式世界感受则是一般的底层民众最喜闻乐见的体验方式、娱乐方式和文化接受方式，契合的是底层大众的期待视野。

另外，值得注意的是，《痴儿西木传》出版后，因深受读者欢迎，于是为了媚俗牟利，有很多模仿之作问世，尽管这些模仿之作在思想内涵和艺术形式上都不可能与《痴儿西木传》同日而语，可是仿作依然非常畅销。"一类是突出《痴儿西木传》的冒险奇遇部分，主要是供人娱乐；另一类是突出讽刺批评部分，为的是对人进行教育。"[2] 由此可见，作家作品民间意识的明显体现，就是把阅读对象扩大到了一般的普通民众和底层受众，为了教育或娱乐大众服务，自然具有民间的鲜活语言和民间的活生生的形象；反之，这种狂欢精神的具备又刺激了公众的阅读欲望，并进而促成更多同类风格特色的作品问世。

5. 作家道德价值取向的映射

考察巴洛克作家的出身情形会发现一个不争的事实，就是大部分作家来自上层社会，而且都受过正规的高等教育，是具有文化学养的知识分子群体，如贡戈拉、克维多、卡尔德隆等。当然，出身平民的作家以

---

① 安书祉：《德国文学史》，译林出版社 2006 年版，第 298 页。
② 同上。

维加和格里美尔斯豪森成就显著。西班牙戏剧杰出代表洛佩·德·维加的父亲只是一个刺绣匠。他幼年即对文学有浓厚兴趣，父亲去世后辍学从军，参加了西班牙无敌舰队对英国的作战。一生坎坷，才华盖世，最终成为"天才中的凤凰"。格里美尔斯豪森出身不祥，十岁父母双亡，进入军队。他的知识来自1622年他做了一位医生的管家，完全是自学成才。

　　巴洛克作家大多出身上层或官宦家庭而且大部分受过良好的高等教育，这就为巴洛克文学的宫廷色彩和贵族气息找到了最好的文化身份诠释。然而毋庸讳言，并非出身贵族就一定会使其文学作品全都打上贵族烙印，就完全决定了其文学作品的服务对象，贡戈拉的诗歌就超越了纯粹贵族文化的樊篱而具有鲜活的民间文化气息。格里美尔斯豪森的身份地位则正好有利于他肆无忌惮、汪洋恣肆地表现其民间意识与狂欢精神。他在洋洋洒洒的极端张扬粗鄙、极端睿智多才的狂欢化语言的使用和极端放诞夸张、极端陌生化世俗化的狂欢化形象系列的塑造中，把德国三十战争的灾难后果，把人生变幻无常的命运与际遇，把理想与现实纠结形成的双重记忆与残损的乌托邦幻想，把反叛官方文化压制和教会钳制的自由精神，一一呈现、一一隐喻，从而完成了对民间狂欢语言体系的构建、对古典审美传统的超越。在《痴儿西木传》这一不可多得的巴洛克经典文本里，蕴藏着巴洛克文学的精神裂变与灵魂律动，究其实，是不再局限在所谓的形式主义技巧和悲观颓丧的内涵之间的那点有限的张力空间，而是明白无误地昭示了一个风云变幻、乾坤轮转的立体时空，一个具有巨大兼容性、变异性和延展性的巴洛克时空。也就是说，巴洛克文学是兼具贵族高雅品质和民间自由秉性的一个复合体，狂欢精神特质的形成正好与贵族典雅趣尚形成鲜明对比，亦由此产生了文学张力。

第二节　文学形式上的"张力场"

　　巴洛克文学文本思想意识上的矛盾冲突和情感意绪上的纠结，无疑会促使巴洛克作家们在文学形式上大胆地探索，积极地尝试，甚至是刻意地标新立异，以便能充分地呈现其矛盾、对立、多极的思想意识，这便形成了巴洛克文学形式上的"张力场"。本节主要以巴洛克叙事文学为例,兼及抒情性作品,来揭示巴洛克文学文本在文学形式方面的张力构建。

巴洛克叙事文本的张力构建,涉及视角选择、情节安排、语言运用和人物设置等多个层面,以下我们着重从叙事视角、叙事结构与叙述张力,雕琢语言、广场语言与话语张力,典雅形象、怪诞形象与角色张力等几个方面进行探析,亦即考察:(1)视角选择、事件安排上体现出的变化、转折、延宕、陌生化等造成的叙述张力,形成视角与情节上的新鲜感和变异感;(2)贵族形式主义的典雅语言追求,民间大众俗语的活泼呈现以及二者在典范文本中形成的对立、矛盾与并存、杂糅中显现出的话语张力;(3)在传统文学作品中,语言的使用和情节的编织必然凸显人物的精神品性,典雅语言和宫廷叙事塑造的典雅形象无疑具有贵族思想意识和情感态度,而狂欢语言和魔幻情节交织的文本则把怪诞形象以令人讶异的方式推送到读者面前,从而构成读者审美接受中的新体认、新感受。

一 叙事视角、叙事结构与叙述张力

所谓叙述视角是叙述学家和文体学家都关注的一个范畴。"视角"(point of view)具有两个常用的所指:"一是叙事时的视觉或感觉角度,重视的是对所观察事物的立足点与观察点;二是从文体角度考察的叙事时表现出来的立场观点、心理态度等。"据弗里德曼在《小说的视角》中的区分,叙事有四大类型的视角:编辑性的全知、中性的全知、第一人称见证人叙述和第一人称主人公叙述。① 前两种全知叙事的区别在于:编辑性的全知中叙述者会站出来发表自身对社会人生的见解和道德伦理判断,后者则相反。

俄国批评家乌斯宾斯基则为我们提供了观察的立足点,他指出叙事视角涵盖立场观点、措辞用语、时空安排和对事件的观察等诸方面。英

---

① 转引自申丹《叙述学与小说文体学研究》,北京大学出版社 2004 年版,第 207 页。

国文体学家福勒在此基础上提出视角或眼光的三重涵义：（1）心理眼光；（2）意识形态眼光；（3）时间与空间眼光。① 尽管福勒以作者的眼光取代了叙述者的眼光，也混淆了作者与叙述者之间的界限，但无疑他的区分维度还是非常有效的，便于我们从各个层面考察叙事立场、措辞和读者的接受。② 以此观照巴洛克叙事作品，即可发现其叙事视角确立的内在心理机制、意识形态特征以及时空叙事的"情感结构"。即作品体现出来的"最初被用来描述某一特定时代人们对现实生活的普遍感受。这种感受饱含着人们共享的价值观和社会心理，并能明显体现在文学作品中。因此，一个时期的情感结构，就是这个时期的文化"。③

（一）全知视角、限制视角与情感结构

不同叙事视角的选择必然造成叙事结构上的不同特征，全知视角决定文本对人物、事件和时间的无所不知、无所不能的立场；而限制视角则表明叙述者视域所受到的限制与局限。不同的选择意味着作者不同的社会认知手段和理性观照角度。下面，本书主要从叙述与文体两个层面，来观照巴洛克文学文本的叙事策略和意识形态眼光，以期揭示巴洛克文学文本中包含的叙述张力和形式力量。可供选择研究的叙事性文学文本，主要有《克莱芙王妃》《痴儿西木传》《人生如梦》和《神奇的魔术师》等。

1. 全知视角的运用

考察《克莱芙王妃》的叙事视角，不难发现它基本上采用的是全知视角。叙述者一开头就以概括性的介绍将宫廷中的重要人物和重要事件一一列出，仿佛一出华美戏剧的开幕典礼：

> 历代宫廷，也没有汇聚这么多尤物，男儿女子仪容都那么修美，
> 就好像大自然一时心血来潮，将其最美的东西赐给了最尊贵的公主

---

① 参见申丹《叙述学与小说文体学研究》，北京大学出版社 2004 年版，第 204 页。
② 参见金琼《试论勃朗特三姐妹小说的叙事视角及其情感结构》，《名作欣赏》2008 年第 20 期。
③ 赵国新：《情感结构》，《外国文学》2002 年第 5 期。

王妃、最尊贵的王子王孙。法兰西公主伊丽莎白，当时就开始显露
了惊人的智慧和绝代的美色，后来成为西班牙王后，只可惜红颜薄
命。玛丽·斯图亚特，苏格兰女王，当时刚刚嫁给法国太子，故称
女王太子妃；她美貌出众，才智过人，在法国宫廷里长大，熟谙宫
廷礼仪。……她的公婆王后和御妹公主，也喜爱诗歌、戏剧和音乐。
还是弗朗索瓦一世开风气之先，对诗歌和文学的这种兴趣，至今仍
主宰着法国。……①

这段话中的语词无疑隐含了叙述者褒扬的眼光："尤物"、"修美"、"最尊
贵"、"惊人的智慧"和"绝代的美色"、"美貌出众"、"才智过人"……虽
然叙述者没有跳出来直接评价，但是其话语却颇具倾向性和暗示性，从
中不难发现"隐含的作者"的情感态度和价值判断。叙述者对宫廷事件、
宫廷人物、宫廷礼仪及派系争斗等，全都了然于心，并能娓娓道来。特
别是对女主人公基于真正爱情的隐藏与逃避心理，进行抽丝剥茧式的分
析、评判，熟稔与赞美之情跃然纸上，而贵族阶级的思想意趣也由此昭
然若揭。

2. 限制视角的运用

与《克莱芙王妃》迥然不同，《痴儿西木传》不仅采用了限制叙事视
角，以第一人称主人公的口吻叙事，而且还不时在第一人称追忆事件眼
光与第一人称经验往事眼光之间频繁位移，眼光显现出矛盾性和双重性
特征。这实际上也是该作品思想意识上的矛盾与冲突，透过叙事视角所
表现出来的外在特征。作家在德国三十年战争的大背景下展开痴儿西木
"我"的冒险流浪故事，将人生的苦难和厚重悉数纳入西木的眼界。西木
眼中的世界是陌生的、荒唐的、丑陋的，他沉溺其中被同化，又反抗同
化而遭嘲弄，最终在极度失望后皈依宗教而灵魂获救。这一视角的选择，
无疑让人物贴近了现实，增强了故事的真实可感性。同时，这一视角数
度超越人物自身的心智，天马行空式地反观世界与人生，又让视角选择

---

① ［法］拉法耶特夫人：《克莱芙王妃》，李玉民译，北京燕山出版社2000年版，第1—2页。

具有了某种张力，而由此散发的思想意识，与之相应，也就具有了审美意蕴的多重性和复杂性。例如，书中的这一段叙述：

> 　　有些人，当然是很有学问的人——并不相信有妖魔鬼怪，更谈不上它们能够来无踪去无影了。因此我并不怀疑这些人会认为，西木是在大吹牛皮。我现在不想和这种人去辩论，因为吹牛皮不再是一种什么本领，而几乎成了现时最普通的一种行当了。所以我不能否认自己也会吹牛，否则我真是一个十足的大笨蛋了。①

　　这段话就包含了叙事视角的转换，从潜在的全知叙述者的视角转换到限制叙述者即虚拟的作家"我"的视角。首先从全知视角来谈论"有些人"、"很有学问的人"对妖魔鬼怪的怀疑，然后是虚拟的作者"我"的视角，以旁观者的声音说：我觉得其他的怀疑者会认为"西木是在大吹牛皮"，"我"却认为"不会吹牛就是大笨蛋"。这里的"我"的第一人称叙事视角具有了双重性：虚拟的作者西木（明显是智者的口吻）和经历事件的西木（懵懂无知的声气）。也就是说存在着经历事件的西木和已经成为一名作家的西木之间的对立对照。并通过虚拟的作者"我"罗列了一大串妖魔鬼怪大显身手的具体事例，接着写道：

> 　　我自己也认识了一个妇人和一个使女（我在写这件事时，她们两人都已亡故，但使女的父亲仍然健在），这个使女曾经有一次……②

> 　　因为不管信与不信，我都不在乎；但如果谁不愿意相信，那就请他为我设想出另外一条道路来，沿着这条道路能够使我在这样短的时间内从希尔施菲尔德或者富尔达修道院——因为连我自己也搞不清楚，我转悠过的那些树林究竟是什么地方——一直走到马格德

---

① ［德］格里美尔斯豪森：《痴儿西木传》，李淑、潘再平译，人民文学出版社 2004 年版，第 153 页。
② 同上书，第 156 页。

堡大主教的管辖地区。①

第二段的视角又从第一段的作家的西木转换成经历事件的西木了。似乎是为了一个终极的目标即证实妖魔鬼怪的存在，作者对两个"我"——"经验自我"和"追忆自我"间不遗余力地进行穿插叙写。而实际的意义远不止于此，或许正是这些不同声音的交替出现，恰恰证实的就是妖魔鬼怪是否存在很值得"怀疑"。因此，这种叙事策略增强了话语的张力性质，使得文本具有了一种戏拟、玩笑的喜剧性格调。

小说第十九章《西木重操旧业，再度充当小丑》，开章便说："现在我重新开始讲我的故事。我要告诉读者的是：……我还在怀疑，我说到的这些事情到底是不是梦。虽然我非常害怕……"虚拟的作家的"我"的叙述眼光告诉读者，西木的"怀疑"；正在经历事件的西木的眼光则告诉读者，那时的他很"害怕"。

这样的眼光的双重性自然形成了阅读中的观察和体验的双重感，使得历时的经验的叙述者与事件结合紧密，显出"彼时"的情状声态，而现时的追忆事件的叙述者则与事件疏离，显出"此时"的反省与超脱。因此，叙述声音是双重的，而且往往是相互矛盾的、冲突的。虚拟的作者"我"方才振振有词地批判媚俗的新贵，而彼时的"我"马上就欢欣鼓舞地效法那些被批得一无是处的媚俗伎俩，还自命不凡、陶醉不已，明显具有反讽意味。

3. 视角运用与情感结构

如果从情感结构方面来考察叙事视角的运用的话，这自然是由于作者身份地位的不同构成了迥异的情感认同和价值取向。《克莱芙王妃》的作者虽采用全知叙述者口吻，但带有明显主观色彩，因而作品中漫溢着她对那些宫廷显贵的由衷赞美，一切所能用来形容人间完美男性和女性的词汇无所不用其极。这自然涉及拉法耶特夫人的贵族身份，可以说对宫廷生活方方面面的肯定和认同与作者的意识形态眼光密切相关，隐含

---

① ［德］格里美尔斯豪森：《痴儿西木传》，李淑、潘再平译，人民文学出版社 2004 年版，第 156 页。

的作者在某种程度上也与作者合而为一。

《痴儿西木传》则不同，虚拟的作者（成为作家的西木）经常站出来进行主观评价，大谈宗教纷争、讽刺抨击时政、炫耀百科全书式的知识与文化储备，与痴傻愚顽的主人公西木大相径庭。第一章《西木讲述自己的农民出身和他所受的道德教育》给我们留下了深刻印象：

> 我们现在看到和生活着的这个时代实在已是日暮途穷、无药可救了。——在那些卑微的小人物中间流行着一种瘟疫；染得此病，即成痼疾：他们或东搜西刮，蝇营狗苟，攒得了几个银钱，塞进腰包，又滑稽可笑地穿上饰以千百条丝带的摩登服装；或偶尔交上好运暴发起来，逞势争名，总想和骑士老爷及门第显赫的贵族大人们分庭抗礼。……可是事实上，不管你如何费心考证，也只能得出如下结论……这些新贵们，他们本身就往往是这样黑，就像他们生在几内亚，长在几内亚一样。①

虚拟的作者西木就对德国三十年战争所造成的世风日下，人人蝇营狗苟，见利忘义的作派进行了讽刺挖苦，并毫不容情地讥笑他们永远也洗不掉出身的卑微：或是通烟囱的、打短工的、拉车子的、干苦力的，或是赶脚的、变戏法的、玩杂耍的、走钢丝的，或是差役、皂隶，甚至是拉皮条的、巫婆……总之是不干不净的，像布拉格盗窃集团的"小流氓"。评判过后明确表示"我可不愿意把自己和这些小丑们相提并论"。

然而，虚拟的作者显然是在向读者虚晃一枪，他一方面表示和读者站在同一个阵营里共同俯瞰世事人生，可是滑向了主人公西木的视角后，马上开始了广场吹嘘和炫耀，一如那些削尖脑袋向上爬的"新贵们"，明显的是一丘之貉、同流合污。而且，出乎意料的是，本章临了，又话锋一转高声喧哗道："哦，高贵的生活——你完全可以把它叫做驴的生活。"（二者谐音）然后不忘自我调侃："我在无知方面是如此完美无缺，因此

---

① ［德］格里美尔斯豪森：《痴儿西木传》，李淑、潘再平译，人民文学出版社2004年版，第3页。

我也就不可能知道，我是这样的一无所知。"① 这又似乎可以看作西木对自己的故作高雅姿态的拆解和反讽，否定了自己的所作所为，因而是一种智慧的顿悟。视角的转换，通过叙述者不同观察点的眼光，传达了互相对立的思想观念和意识，最终造成了文本的张力。

（二）现实情节、魔幻情节与情节张力

众所周知，俄国形式主义文论家什克洛夫斯基提出了"故事"与"情节"的区分，"故事"就是叙事作品中按时间先后顺序、因果顺序排列的所有事件。"情节"则指对这些事件的艺术处理。他关注的是作者在话语这一层次上对故事素材进行的各种加工处理。"在某种意义上，他完全把叙事作品当作一种建筑艺术，注意分析其中的框架、平行或并置结构、阶梯式多层结构、延迟结构、重复或节外生枝等各种建构技巧。"② 从故事情节安排的维度考察巴洛克文学文本就会发现，作家致力的焦点正是情节的陌生化处理技巧。

以《痴儿西木传》为例，作家的情节建构意识是非常明晰的。在历史的真实与文学的虚构之间，即在德国战争的历史真实与梦幻情节、魔幻情节还有百科全书式狂欢炫耀情节的交叉起伏中，构成了一种文本内在的张力，这是一种虚实相生、相辅相成的魅力，扩大了文本反映生活的广度和力度。

在安排西木的冒险流浪生涯时，作者有意识地加入了许多梦幻、梦游、梦想以及游离于故事情节发展之外的插入性事件和繁复庞大的炫耀知识环节，在现实情节中融入魔幻情节，形成了情节上的张力。《痴儿西木传》的故事情节并不复杂，按惯常的思维方式和解读方式，我们不难做出如下的解析评判：在书的开头部分，西木是个如痴似愚、天真未凿的人，生活在农村，过着与世隔绝的宁静日子。后来参加战争，沦落成放纵淫欲的无耻之徒，被迫成为打家劫舍的强盗，沉沦在生活的泥坑里不能自拔。最后看破红尘，重归山林，过上隐居的生活。作者借主

---

① ［德］格里美尔斯豪森：《痴儿西木传》，李淑、潘再平译，人民文学出版社 2004 年版，第 6 页。

② 申丹：《叙述学与小说文体学研究》，北京大学出版社 2004 年版，第 37 页。

人公西木隐世—入世—出世的人生经历，批判了德国境内穷兵黩武的残酷现实，也表达了皈依宗教寻求灵魂安宁的消极愿望。然而，认真分析格里美尔斯豪森安排情节的艺术技巧，却让人感受到其形式张力几乎无处不在。

作品的情节结构安排，显示了文艺复兴之后人文主义学者式观照世界的思维方式和方法态度，带有百科全书式的包罗万象原则，且充满现实生活本身所具有的矛盾对立色彩。最明显的表现是作品中梦幻、魔幻情节的设置。作品中的梦幻和魔幻情节主要有第一卷第十五章《西木遭士兵抢劫，梦见了战争情景》、第十六章《西木继续梦见战争生活，懂得小人物向上爬的艰难》，第二卷第五章《群魔带领西木下地狱，在鹅圈里用西班牙美酒款待他》、第六章《西木讲述他怎样进入天堂，饮酒后变成一头牛》、第七章《西木初当牛犊，大显身手不同凡俗》、第十七章《西木看到了妖魔聚会，自己也加入了妖魔的行列》、第十八章《西木请求大家不要以为他是在吹牛皮》，第五卷第二章《西木虔诚忏悔，魔鬼却来纠缠》、第十二章《西木与精灵们遨游地球中心》、第十三章《西木听魔魔湖王子谈论人、兽、天使和精灵之间的区别》、第十四章《西木与王子继续谈天说地》、第十五章《西木和湖王交谈了什么》及第十六章《西木被领进海洋深处，看到了稀罕的事物》等。此类情节具有如下特征：

1. 叙写精细，亦幻亦真

之所以不厌其烦地引用这些情节所处的章节名称，是因为从中可以看到梦幻、魔幻情节在整个文本中所占的比重，也可以明晰人物上天入地、荒诞神奇的经历。第十七章《西木看到了妖魔聚会，自己也加入了妖魔的行列》、第十八章《西木请求大家不要以为他是在吹牛皮》，就有对梦幻情节的精细描写，它将德国民间传说中布罗肯峰上的妖魔聚会写得惟妙惟肖，趣味盎然，并罗列了《圣经》故事、尼·莱密基乌斯的神鬼故事、意大利主教马约鲁斯所举的实例，还有瑞典制地图者和历史学家昂·马格努斯的《北方民族史》、西班牙学者托克文马迪乌斯的《六日谈》、意大利那不勒斯法学家基尔仑多斯的女巫审判以及薄伽丘的

《十日谈》等书中都涉及过的妖魔鬼怪，以此来充分证明妖魔聚会的真实性。

然而，作者言之凿凿后，马上又进行解构："此外，我还在怀疑，我说到的这些事情到底是不是梦。"① 第十六章是西木获得赃物和饭食，第十九章是再度充当小丑，在西木流浪的逻辑情节中插入的第十七、第十八章妖魔聚会情节就形成了真实与梦幻之间的对比和疏离，产生脱离具体时代和现实的游离感和游戏感，这是一种"伪装"。前文提到妖魔聚会除了故事自身的虚幻感还传达了一种人、兽、鬼和谐共处的乌托邦理想，可以说假借梦幻情节达到了对现实的反抗和超越。因此，在此意义上，梦幻魔幻情节的出现具有抚慰现实创伤的平衡作用。

更明显的例证是，作品第一卷第十五章《西木遭士兵抢劫，梦见了战争情景》中，西木梦见了一棵大枯树，形形色色的人布列了整棵树。

> 每棵树的顶上都坐着一个骑士，树枝上长的不是树叶，而是装饰着各式各样的士兵：他们或持长矛、或拿火枪、或短铳、或短刀、或小旗、或鼓、或号、或笛。都那么井井有条地渐次分列两边，煞是好看有趣。树根周围是些微不足道的小人物，像手工业者、雇工，大半是农民以及诸如此类的人。他们尽管地位低贱，却给大树增添了力量。②

显然，位于大树底层的是雇工、农民、手工业者等穷苦人民，他们尽管出身微贱，穷愁潦倒，却承担着整棵大树的重量，消耗着自己的能量以"弥补大树的空乏"。倘若他们不干，就会遭到树上人的"军法处置"，因此，只能默默"从心底里发出叹息"，"从眼睛里淌出泪水"，"从指甲里渗出鲜血"，"从骨头里流出骨髓"，用血泪汗水给大树增添养料。处于他们之下的还有"滑稽小丑者"，以"冷嘲热讽"聊以慰藉不幸的境遇。比

---

① ［德］格里美尔斯豪森：《痴儿西木传》，李淑、潘再平译，人民文学出版社 2004 年版，第 156 页。

② 同上书，第 45 页。

雇工、农民、手工业者等穷苦人民高一层的是雇佣兵，再往上是"偷鸡摸狗者"、"拍衣人"（他们常用棍棒或戟敲打那些持矛小兵或步兵）、贿赂者、军需官、收税人……位居树冠的则是贵族高官。在这棵树上的人们都"无休止地奋力往上爬"，要么"乘人之危"，要么把他人当做"蹬脚石"，都觊觎着"坐到更高一层的福地上去"。

毫无疑问，这里梦境的设置是具有鲜明的现实意义的，似真还幻，亦幻亦真。作家对"兵祸"的揭露尤其尖锐深刻，正是德国的连年战争导致了雇佣兵阶层"谋害别人又为人所害，虐杀别人又被人所杀，折磨别人而又受人折磨，追捕别人而又被人追捕……""总而言之，毁灭和伤害别人，反过来自己又遭受毁灭和伤害，这便是他们的一生"，他们"最好的归宿也就是乞丐和流浪汉了"。① 自然，雇佣兵阶层存在的直接祸首就是驱使他们为其卖命的当政者。

整棵树（即整个德国社会）因此而充满了怀疑、猜忌、忌妒、傲慢、贪婪、享乐、淫欲、野心与仇恨；凛冽的北风袭击它（国外敌对势力的煽风点火）；它不断地碰撞、颤抖、呻吟（硝烟弥漫的国土）；枯枝败叶，飘坠零落（国势衰颓）；肢体残缺，横尸满地（德国人民大量死亡）。显而易见，作者对这棵树上之人至下而上不同身份变化的揭示，对底层人残酷境遇的生动描摹，就是 17 世纪德国封建社会等级列差以及战乱频仍、民不聊生的历史真实的传神写照。

2. 节外生枝，以幻写实

第五卷中，作者用了整整四章篇幅写西木的魔魔湖之旅，整个情节的构想自然是与远离战争、寻求心灵慰藉有关，然而具体的情节过程则显示了一种随心所欲的铺排和奇想。魔魔湖王子博物学知识的卖弄，实在与西木的漫游目的较少有必然的联系，如题目所言只是一种"谈天说地"。天马行空的自由疏放显示出情节的静止和延宕。第五卷第二章《西木虔诚忏悔，魔鬼却来纠缠》，作者指出西木在此之前"从未想过要忏悔"，"到目前为止没有属于哪一个教派"，并公开皈依了天主教。然而，

---

① ［德］格里美尔斯豪森：《痴儿西木传》，李淑、潘再平译，人民文学出版社 2004 年版，第 47—48 页。

作者马上又说明皈依不是对上帝的爱，而是出于恐惧，一旦恐惧之感消失，就马上"冷淡"和"懒散"。① 这一方面显示出当时人们宗教观念的矛盾，另一方面明显是主人公玩世不恭思想意识的流露。

这种情节的人为铺排、变幻莫测，在西班牙戏剧家卡尔德隆的《人生如梦》中更是被运用到极致。"梦"与"现实"交替出现，对梦即现实、现实即梦的轮回人生进行了象征式预演。其主要戏剧冲突，是国王巴西利奥与王子齐格蒙特之间的专制与反专制、禁锢与争自由的斗争。辅线是罗萨乌拉与阿斯托尔夫、阿斯托尔夫与埃斯特莱娅的爱情纠葛。其间还穿插着国王与王子、莫斯科公爵阿斯托尔夫与公主埃斯特莱娅、国王的外甥与王子的王位之争以及罗萨乌拉的身世之谜。因而，罗萨乌拉之父克洛塔尔多感叹这是一个"话语的迷宫"。情节一度扑朔迷离，云山雾罩。而最核心的情节又是"梦"。基本的情节线，就是王子齐格蒙特被囚—回到宫廷（通过麻醉"被梦"，即被国王及其廷臣伪装为梦境以考察王子的人性善恶）—被囚—回到现实。王子回到宫廷的所见所闻、所作所为，都被当政者谋划解释为"梦"。

王子慨叹自己原来黄粱一梦，居然梦里荣华富贵。"在如此不寻常的世界上/生活只是做梦/经验告诉我/活着的人，醒来之前/都在做自己的梦。"② 而当平民和"强盗"真的拥戴他为王，以此抵御王权旁落时，他依然认为是南柯一梦。"我不再信假象/我已经醒悟/我清楚地知道/人生是梦。"并说："我现在看到的/和梦中看到的/全是一样/清晰可辨。"③ 梦如人生，人生如梦的感觉，弥漫在情节发展的各处。在剧中，"梦"字出现的频率之高，令人咋舌！

可见，"梦"的出现是转捩点，利用迷药、塔楼、荒郊、铁链的非人情境造梦，最后表现"戏梦人生"的虚幻感，将现实情节与非现实情节纠结在一处，分不清现实还是梦境，情节设置上的艺术处理一方面使得

① ［德］格里美尔斯豪森：《痴儿西木传》，李淑、潘再平译，人民文学出版社 2004 年版，第 392 页。
② ［西班牙］卡尔德隆：《卡尔德隆戏剧选》，吕臣重译，昆仑出版社 2000 年版，第 106 页。
③ 同上书，第 115 页。

文本自身充满紧张感和冲突性，另一方面无疑刺激了接受者的破谜心理和解读欲望。

《神奇的魔术师》更是加入了神秘奇幻的魔鬼显灵和宗教皈依情节，以人自身的魔性与神性的交锋、罗马帝国时代对基督徒的迫害、宗教教派纷争为现实依据，却将其纳入一个魔幻故事的框架之中，寓意爱情、荣誉的幻灭和基督教最后的灵魂救赎，整个故事构架完全是象征性的。作品中的魔术师即魔鬼，他与西普里亚诺签订带血的字据，魔鬼满足西普里亚诺将他心爱的人胡斯蒂娜带到他面前，作为交换，西普里亚诺将灵魂押给魔鬼。可是，西普里亚诺依据魔鬼的显灵见到的心爱的女人居然是具骷髅，是具死尸！① 西普里亚诺在理念中对胡斯蒂娜充满了赞美，而他见到的实际的恋人却是"一具尸体/化作灰尘和烟雾/飘然而去，/留下了它携带的/华丽的装饰"。② 失望万分的西普里亚诺感叹道：

> 美丽的她
> 竟是一个骷髅、
> 一樽雕像、
> 一个形象、
> 一个死人的写照。
> 并用各种不同的声音
> 对我说（啊，那是多么可怕！）：
> "西普里亚诺，世上的一切
> 荣耀都是如此。"③

魔鬼给予西普里亚诺的承诺其实只是让他"在寻找美人的地方，仅仅发现了鬼怪"。④ 生活就是这样虚幻、反常和事与愿违的。

---

① ［西班牙］卡尔德隆：《卡尔德隆戏剧选》，吕臣重译，昆仑出版社 2000 年版，第 390—391 页。

② 同上书，第 426—427 页。

③ 同上书，第 428—429 页。

④ 同上书，第 429 页。

因此，这些情节的融入，建构了一个真假莫辨、亦真亦幻的叙事时空；百科全书式的情节拓延，又扩大了小说的思想内涵，赋予情节一种张弛有度、百转千回的艺术魅力，其达到的效果自然是，巴洛克式的繁复与流溢，以及陌生化叙事方式所带来的惊异感和冲击力。"陌生化"理论的着眼点在于读者的认知与接受，通过艺术技巧的变形夸张，增大事物被感知与理解的难度，延缓并强化感知的过程，从而达到丰富特殊的审美体验。情节的陌生化是由事件的怪诞、荒唐、违背常情常理引发的，从而形成了现实情节与梦幻、魔幻情节在文本中的参差互照、相辅相成，梦幻、魔幻情节貌似远离尘俗世事，其目的却在于借幻写真，最终形成了情节发展上的张力感。

二 雕琢语言、广场语言与话语张力

雕琢藻饰、善于用典、奇谲冷僻，是巴洛克文学文本历来被界定的最明显的语言风格，也是评论家对之颇多微辞的原发点。而广场语言的运用，虽是巴洛克文学一个非常重要的特征，但却遭到了目前学者不应有的忽视。事实上，巴洛克文学大家卡尔德隆、格里美尔斯豪森以及约翰·但恩等，在其作品中将广场语言运用得淋漓酣畅、极具活力与表现力。因此，我们可以说巴洛克文学的语言在高雅与鄙俗之间、雕琢讲究与随心所欲之间、奇谲冷僻的学究气与放诞乖张的平民化之间，形成了一个耐人寻味的弹性空间，充分地显示了巴洛克文学语言风格的多样统一。自然，两种极端明显对立的语言倾向，在具体作家作品中同时出现的情形并不十分频繁，但就笔者发现的实例，亦可显示：其一，作家语言上的独特驾驭能力；其二，作者有意营建的话语张力。

（一）雕琢语言：巴洛克华丽繁复、意象奇特的语言盛宴

如前所述，巴洛克文学文本一方面注重修饰和辞藻，语言华美典雅；另一方面强调修辞和新异，意象奇特，创意迭出。尽管同时亦造成了欣赏和理解的难度，甚至落入堆砌芜杂、刻意造奇的境地，但是这一特色却越来越为时人宽容、理解，以至在某种程度上加以肯定，显示了时代文化接受层面新的评判眼光和巨大容受力。

1. 精雕细琢，华丽繁复

《痴儿西木传》在第八章的《西木聆听关于神奇的"记忆力和忘却"的故事》一节中，就采用了这种繁复、雕琢，极尽夸张的手法。作者借教士之口，将西方古代有关记忆力与忘却的奇人异事娓娓道来，涉及了一大批国王、执政官、贵族、教士、政治家、哲学家、诗人、隐士、奴隶主。记忆与忘却的内容也是千奇百怪，充满想象力。同样的情形，还在书记官卖弄历史、军事和艺术知识①、西木卖弄吹嘘动物学知识②、魔魔湖王子卖弄矿物知识③等情节中一再出现。

许多时候，这种繁复的百科全书式的展览和呈现，具有一种雄辩的气势和恢弘的美感，具有很强的说服力和感染力。在第二卷第十一章《西木数落一位统治者的辛劳》中，我们还见识了西木的非凡记忆力和雄辩术。他口若悬河、旁征博引，历数历史上受到不公正待遇的名人轶事：

> 狄摩西尼在他忠诚地促进和维护了人民的利益和雅典人的统治之后，人们竟践踏正义和公理，视他为十恶不赦的歹徒，将他逐出国土，置他于困境之中。苏格拉底被授以毒药。哈尼巴利受到了他手下人的恶报，落得个背井离乡、四处流浪的悲惨结局。同样的事还发生在罗马的卡密洛斯身上。希腊人也如此酬报了吕库尔戈和索伦，其中一个被施以投石之刑，另一个被剜出一只眼睛后，作为杀人犯放逐他乡。摩西和其他圣人也常常经受平民的骚乱。……④

一番话语过后，让那些把他视为"小丑"的人大惑不解、目瞪口呆。一方面人们对他的博学诧异万分，另一方面又对他的古怪言行不屑一顾，

---

① ［德］格里美尔斯豪森：《痴儿西木传》，李淑、潘再平译，人民文学出版社 2004 年版，第 128—129 页。

② 同上书，第 136 页。

③ 同上书，第 434 页。

④ 同上书，第 135 页。

从而更加确定他是一个"傻子似的会发长篇大论的怪人"。

这些语段明显可以看出巴洛克时代的华丽繁复、汪洋恣肆的语言风格。《克莱芙王妃》中对宫廷聚会场面的工笔画式的描摹，也渲染出非同一般的贵族气派和奢华景象。更难能可贵的是，作者通过这些"尊贵人物"细小的动作和表情显示了不同人物的精神风貌，或纯洁、严谨、自爱，或浪荡、轻率、虚浮，俨然一幅宫廷风俗画。

2. 奇喻象征，意蕴丰厚

所谓"奇喻"，即 conceit，原义为"意象"或"概念"，是指本体与喻体之间的距离超乎寻常的一种比喻手法。亚里士多德就曾在其《诗学》第二十二章中论及了"风格的美在于明晰而不流于平淡。……使用奇字，风格显得高雅而不平凡；所谓奇字，指借用字、隐喻字、衍体字以及其他一切不普通的字"。并明确指出："尤其重要的是善于使用隐喻字，惟独此中奥妙无法向别人领教；善于使用隐喻字表示有天才，因为要想出一个好的隐喻字，须能看出事物的相似之点。"① 由此可见，在亚里士多德的时代，善用隐喻字被认为是天才的表现。② 奇喻是指"在修辞上指把两个似乎不相干的事物或情景，以或经明示或不经明示的词句建立意外的类似"。③ 苏联美学家舍斯塔科夫认为："'机智'对于巴罗克理论家来说，这就是用譬喻、隐喻来思考，在一瞬间把彼此相距很远的概念结合起来，很快地透过现象深入本质的一种能力。""至于'玄学派'诗人，更在使用精心推敲的'奇喻'发挥复杂的推理方面走火入魔。华丽而冗长的修饰一时充满了书写式文体……"④

"玄学诗"之所以被称为"玄学"，在某种程度上是因为："所谓玄学诗是具有相当学问或哲学成分的诗。"据傅浩的溯源："玄学"一词原文为 Metaphysics 亦可译为"形而上学"，来自亚里士多德一部著作的标题，后指哲学的一个分支，包括本体论和认识论等。玄学诗派正是在某

---

① ［古希腊］亚理斯多德：《诗学》，罗念生译，人民文学出版社 2008 年版，第 74—77 页。
② ［苏］舍斯塔科夫：《美学史纲》，上海译文出版社 1986 年版，第 150 页。
③ 饶芃子等：《中西比较文艺学》，中国社会科学出版社 1999 年版，第 282 页。
④ 同上书，第 287 页。

个玄学问题的语境中表现爱情、死亡、上帝等题材。① 有人认为："但恩的奇喻是受经院辩证法影响的中古诗中流行的'玄学奇喻'，但被赋予了他自己的个性和他那个时代对科学的兴趣的特点。"② 奇喻在玄学诗人笔下，多用于诡辩术，且追求"语不惊人死不休"的效果。因而反讽、悖论、奇喻、矛盾修辞等都是其常用的艺术手法。

英国玄学诗代表作家约翰·但恩在《哀歌13　朱丽娅》中提到了古希腊前苏格拉底的物理学、古希腊传说、古罗马诗人维吉尔，描写了情人朱丽娅"腐朽的心思、畸形的挑剔、无法避免的错误、自我指控的厌憎"，"这些，就像集在太阳里的原子，拥挤在她的胸中等待着被造就出来。……没有什么毒药有朱丽娅一半凶恶"。③ "喀迈拉"（希腊神话中喷火的妖怪——引者注）、"原子"、"毒药"等奇喻、奇论的成功运用，使得诗歌意象尽管突兀怪异，倒也令人耳目一新。④ 在其《赠别：禁止悲伤》中就有为人们津津乐道的奇喻，这种比喻的新奇之处还因为其中融入了文艺复兴以来人们普遍接受的科学知识。

> 我们被爱情提炼得纯净，
> 自己都不知道存什么念头
> 互相在心灵上得到了保证，
> 再不愁碰不到眼睛、嘴和手。
>
> 两个灵魂打成了一片，
> 虽说我得走，却并不变成
> 破裂，而只是向外延伸，
> 像金子打到薄薄的一层。

---

① 傅浩：《总序》，［英］约翰·但恩：《英国玄学诗鼻祖约翰·但恩诗集》，傅浩译，北京十月文艺出版社2006年版，第4页。

② 同上书，第5—6页。

③ 同上书，第193页。

④ 参见金琼《一颗"形状不规则的珍珠"——巴洛克文学的审美价值与文化意义探微》，《外国文学研究》2008年第6期。

就还算两个吧，两个却这样

和一副两脚规情况相同；

你的灵魂是定脚，并不像

移动，另一只脚一移，它也动。

虽然它一直是坐在中心，

可是另一个去天涯海角，

它就侧了身，倾听八埏；

那一个一回家，它马上挺腰。

你对我就会这样子，我一生

像另外那一脚，得侧身打转；

你坚定，我的圆圈才会准

我才会终结在开始的地点。①

综观人们对这首广为传诵的爱情诗里的奇喻意象"黄金"和"圆规"的阐释与分析，我们可以明晰诗歌的张力特质。相爱的两个人被喻为一副圆规的两只脚，一个坚定地站在圆心耳听八埏，一个去到海角天涯但是心朝圆心，并最终回到出发的原地，回归神圣的爱情。而"爱的延伸"，则被喻之为"金子打到薄薄的一层"，即便变形，但爱是同质的，不会断裂、消失。黄金的有限的外在形象与这个形象所表现的内涵意义（延展的无限性）在逻辑上是矛盾对立的；而灵肉一体、不能分离的爱情则契合了黄金的这种内涵上的无限性、延展性。这种比喻意义的获得的确是"从字面表述开始逐步发展的复杂意义"，在"终极外延"和"终极内涵"之间选择我们可能获得的一种意义。② 这样，"黄金"和

---

① ［英］约翰·但恩《赠别：禁止悲伤》，卡之琳译，转引自常耀信《英国文学大观园》，湖北教育出版社 2007 年版，第 36 页。

② ［美］艾伦·退特：《论诗的张力》（1937），赵毅衡：《"新批评"文集》，中国社会科学出版社 1988 年版，第 116 页。

"圆规"意象的植入及其生动传神的活动情状描绘，就让读者耳目一新：具象与抽象的远距离，能指与所指的跳跃性，统一在整体意象之中，使语言获得了奇异的力量，从而形成了张力感，丰富了人们对爱情本质的理解。

又如，贡戈拉的一首广为流传的情诗 1584（M238），这样写道：

> 甜蜜的双唇多么诱人
> 在珍珠中蒸馏出滋润，
> 与那仙酿相比毫不逊色
> 尽管它是由侍酒童子捧给朱庇特主神，
>
> 情人啊，不要碰它们，如果你想活命，
> 因为爱神就在涂红的双唇当中，
> 她带着自己的毒素，
> 宛似毒蛇盘绕在花丛。
>
> 不要让玫瑰花将你们欺骗，要告诉
> 曙光女神，从她紫红色的胸脯
> 曾落下芬芳晶莹的露珠；
>
> 那是坦塔罗斯的苹果，而不是玫瑰，
> 因为对人的诱惑以后会逃脱
> 而爱神留下的只是毒药。①

在贡戈拉的笔下，爱情既有非凡的魔力，又是致命的毒药与陷阱。"珍珠中蒸馏出滋润"，爱神"宛似毒蛇盘绕在花丛"，爱情就像"坦塔罗斯的苹果"……诸如此类，可谓奇喻迭出，意象独特。"坦塔罗斯"，本来是

---

① ［西班牙］卡斯蒂耶霍等著：《西班牙黄金世纪诗选》，赵振江译，昆仑出版社 2000 年版，第 102—103 页。

希腊神话中的人物，因为残忍杀子以献诸神而触怒宙斯。宙斯令其面对低头喝水而水位降低，抬头吃苹果而苹果随树上升的窘境，陷入永劫的惩罚。

　　诗人将历来被他人颂扬的美妙的爱情比作无法企及的诱惑甚至灾难，道出了爱情中的沉重、残忍抑或非理性。如"双唇""蒸馏出滋润"，"爱神""宛似毒蛇盘绕在花丛"就明显打破了语法规范，而互相矛盾的意象通过文字的并置被强扭在一处，如仙酿/毒素、毒药，爱神/毒蛇，玫瑰花/坦塔罗斯的苹果，诗歌语言具有了非同寻常的冲击力和张力感，整个诗作可以看作对深陷情网的人们的忠告，爱情如醇酒芳香醉人，可是亦如毒蛇和毒药，要警惕"毒蛇"的纠缠，警防毒药的侵害。诗作以出人意料又在情理之中的比喻将爱情的诸多特征形象化地加以呈现，取得了新奇刺激又令人回味咀嚼的艺术效果。

　　还有，一封贵族沙龙里的调侃信件也可以带给我们些许的新奇感受，令人忍俊不禁。在17世纪法国贵族宫廷里，巧智和诙谐的语言风格颇为流行，大家皆以奇论、奇喻为荣。朗布伊埃夫人的女儿曾送给诗人图瓦贺一只猫作为礼物，诗人回信道：

　　　　夫人，我已经如此为您倾倒，料想您一定也知道无须再赠送我礼物也早已赢得我的心，更无须把我当成老鼠送只猫来。不过，倘若我心中尚有一丝一毫未曾奉献与您，您送来的这只猫也替您逮住了。①

此类语言自然是风雅遣兴和诗意理想的例证，不可否认，沙龙圈子里的玄虚和拘谨也确有矫揉造作、华媚纤巧之态，难怪被莫里哀写喜剧讽刺挖苦，被后人嘲笑针砭。当然，沙龙中亦不乏严辞厉句来品评时政和习俗，科纽埃夫人目光敏锐、言辞犀利，在当时的社交界颇受欢迎。她曾批评德·费斯克伯爵夫人："她的美貌因为用愚蠢浸泡所以持久不变。"

---

　　① ［美］艾米丽亚·基尔·梅森：《法国沙龙女人》，郭小言译，中国社会科学出版社2003年版，第26页。

讥嘲英格兰国王詹姆士二世"圣灵早已把他的理解力吞噬"。① 她的犀利的洞察力和大胆真率的批评，迥异于当时轻巧纤柔、矫揉造作的风气，如一股清新明丽的和风，刮过喧闹、世俗与宁静、温馨杂陈的沙龙客厅。

3. "反讽"暗示，着意造奇

所谓"反讽"即言在此而意在彼，"嘴说的和意所指的正好相反。这里我们已经能够看到一个贯穿所有反讽的规定，即现象不是本质，而是和本质相反"。"反讽最流行的形式是，说严肃的话，但并不把它当真。另一种形式，即开玩笑地说话，但把它当真，是不太常见的。"反讽的修辞格意图营建一种不能直截了当被理解的"高贵"的言谈，通过一种"对立关系"出现，特别在上流社会流行，类似于一种"贵人口吻"。② "反讽"手法常常会令语言显示出丰富的蕴涵和张力感，在其他类型的文学文本中亦大量出现。在巴洛克文学文本中，此种表现手法获得了前所未有的关注和巧妙运用，读者能从不同的层面领悟到作品丰赡的内涵和底蕴，从而获取更深刻多极的审美享受。但恩的"玄学诗"就善用反讽、双关等修辞手段，蕴涵哲理与学问，成为传诵一时的"学问诗"。他广受欢迎的一首艳情诗《跳蚤》就运用了反讽、诡辩等手法：

> 呆着吧，三个生命共存在一只跳蚤里，
> 在其中我们几乎，不，更甚于婚配。
> 这跳蚤就是你和我，它的腹腔
> 就是我们的婚床，和婚庆礼堂；
> 尽管父母怨恨，你也不从，我们照样相会
> 且隐居在这活生生墨玉般的四壁之内。
> 虽说出于习惯你总是捕杀我，
> 可是，别再给这加上自我毁灭

---

① ［美］艾米丽亚·基尔·梅森：《法国沙龙女人》，郭小言译，中国社会科学出版社 2003 年版，第 51 页。

② ［丹麦］索伦·奥碧·克尔凯郭尔：《论反讽的概念——以苏格拉底为主线》，汤晨溪译，中国社会科学出版社 2005 年版，第 213 页。

　　和渎圣——杀死三命的三重罪孽。①

16 世纪流行一种以跳蚤为题材的色情诗，诗人们羡慕跳蚤可以自由地在自己与情人之间来往穿梭。跳蚤本是世间最肮脏、丑恶的寄生虫，是人们厌弃唾骂的对象，诗人们却反其道而行之，羡慕它们的自由，为他们吟诗作赋，不能不说有轻浮无聊之嫌。但恩的超越众人之处在于不仅仅以跳蚤映射了情人间的隐秘感情、情欲，还寓意一种渴望结合的复杂心理，女子打死跳蚤寓意男子的求婚被拒。这首爱情诗就把跳蚤的腹腔说成"活生生墨玉般的四壁"，当作男女的"婚床和婚庆礼堂"，即通过跳蚤作为爱情的使者，将双方的血液融合在一起，颠覆了跳蚤这一形象意义，牵强地将三者（情人、跳蚤、我）以文字的暴力捆绑在一处，并危言耸听地谴责情人杀死了三条生命：诗人"我"、跳蚤还有情人自己，完全悖反了日常生活的逻辑。看似严肃地谈及了爱情、婚姻和生死，但又似乎并不把这一切当真，只是以诡辩来调侃对方的拒绝和矫情的徒然，跳蚤已经完成了婚配，何必再拒绝呢！一首卖弄巧智的调侃之作，却因为诗中的似是而非的爱情与"结合"而获得了时人的高度评价，成为玄学诗派中独辟蹊径、影响巨大而备受欢迎的一首诗，既不合理又似乎合理地传达了爱的信息，吸引了人们对它的关注，这本身亦不能不说是一个悖论。

　　安德鲁·马维尔的《致他的羞怯的女友》中的语言也具有强烈的反讽意味。

　　……

　　我的植物般的爱情可以发展，
　　发展得比那些帝国还寥廓，还缓慢。
　　我要用一百个年头来赞美
　　你的眼睛，凝视你的蛾眉；

---

① ［英］约翰·但恩：《英国玄学诗鼻祖约翰·但恩诗集》，傅浩译，北京十月文艺出版社 2006 年版，第 77 页。

128

用两百年来膜拜你的酥胸，

其余部分要用三万个春冬。

每一部分至少要一个时代，

最后的时代才把你的心展开。

只有这样的气派，小姐，才配你，

我的爱的代价也不应比这还低。

……

但是在我背后我总听到

时间的战车插翅飞奔，逼近了；

而在那前方，在我们面前，却展现

一片永恒沙漠，寥廓、无限。

在那里再也找不到你的美，

在你的汉白玉的寝宫里再也不会

回荡着我的歌声；蛆虫们将要

染指于你长期保存的贞操，

你那古怪的荣誉将化作尘埃，

而我的情欲也将变成一堆灰。

坟墓固然是很隐蔽的去处，也很好，

但是我看谁也没有在那儿拥抱。

……①

对这首诗歌的解读一直有很多不同的声音。有人认为游戏轻狎，有人认为巧思隽永，亦有人认为亦庄亦谐，"够不上认真，超过了游戏"。② 姑且不论诗歌主旨的倾向性到底如何，因为反讽，诗中的矛盾对立元素是显而易见的。正如克尔凯郭尔所说：

反讽是个形而上学领域里面的问题，反讽者时时刻刻所关心的

---

① 转引自杨周翰《十七世纪英国文学》，北京大学出版社 1996 年版，第 182—183 页。

② 同上书，第 184—185 页。

是不以自己真正的面貌出现，正如他的严肃中隐藏着玩笑，他的玩笑里也隐藏着严肃。①

　　　反讽也指一种主观的享受，因为主体通过反讽把自己从日常生活的连续性对它的束缚中解脱了出来，因此我们可以说反讽者是无所顾忌一身轻。②

在这首诗中，我们可以看到：爱情的缓慢绵延/时间的稍纵即逝，肉体的美/坟墓的阴冷，荣誉/尘埃，情欲/灰烬，作者在对立比照中强调"植物般的爱情"荒谬可笑，暗示、劝诫对方享受现在、赶快相爱，"严肃中隐藏着玩笑，玩笑里也隐藏着严肃"。杨周翰先生联系马维尔其他的爱情诗来寻找互文性，认为在诗人心中一直萦绕着清教思想与人文主义、出世和入世、灵与欲的深层斗争，这首诗也曲折地体现了诗人的矛盾心理。③而其中涵盖的诡辩痕迹与但恩一样，十分显著。时间易逝，青春难再，并不必然得出姑娘一定要向"诗人"本人献出爱情的结论，其中的反讽意味是很明显的。

（二）广场语言：巴洛克文学的狂欢化语言世界

所谓"狂欢化语言"，就是指"建立在狂欢节世界感受基础上的一种不拘行迹的语言"。这种语言与官方文学语言，与教会、宫廷、法庭、衙门语言大相径庭。它以广场吆喝、赌咒、发誓、骂人话、粗话、双关语等各种明显的狂欢节话语形式，打破了一切束缚和假正经，嘲弄、颠覆正统、秩序与等级，致使肯定的遭到否定，创造了一种让人预料不到的民间狂欢节式的"笑"。巴赫金在阐释拉伯雷《巨人传》的民间狂欢化精神时就分析了这种狂欢化语言。④

---

①　[丹麦] 索伦·奥碧·克尔凯郭尔：《论反讽的概念——以苏格拉底为主线》，中国社会科学出版社 2005 年版，第 220 页。

②　同上。

③　杨周翰：《十七世纪英国文学》，北京大学出版社 1996 年版，第 191 页。

④　参见沈华柱《对话的妙语：巴赫金哲学美学和文艺思想研究》，上海三联书店 2005 年版，第 80 页。

一个应该注意的事实是，狂欢化语言在不少巴洛克文学文本中亦屡见不鲜，这既是作家民间意识的具体体现，也是文本具有审美张力的重要因素。下面，且以格里美尔斯豪森的《痴儿西木传》以及贡戈拉的一首诗歌《勒安得耳与赫罗》为例，来观照巴洛克文学狂欢化的语言世界。

1. 广场吆喝与吹嘘

巴赫金在研究拉伯雷《巨人传》的中世纪民间狂欢文化因素时发现，拉伯雷的小说营造了一种"广场言语气氛"，其过分的颂扬和赞美沾染了商人与小贩的廉价吹嘘口吻，呈现一种快乐、自由、谐谑和游戏的精神内核。① 其实，这种情形也同样见于《痴儿西木传》。如《痴儿西木传》开篇就有这样的吹嘘口吻，他毫不犹豫地把父亲的茅草屋直接赞美成漂亮的宫殿：

> 我敢说，任何一位皇帝，即使他比亚历山大大帝更有权力，也不可能盖成这样一座宫殿，他不半途而废才怪呢。

他还一本正经地把父亲的农事农活美化成贵族骑士的要务和职责：

> 在兵器和盔甲库里，各种犁耙、钉耙、锄头、斧子、铲子、粪叉、草权塞得满满的，装饰得漂漂亮亮的。我的阿爸每天都摆弄这些兵器。锄地、垦荒是他进行的军事演习，就像古罗马人在和平时期所干的那样。给牛套车是他作为司令员所下的命令，运粪是他的防御加固措施，耕种土地是他进行的战役，劈木柴是他每天进行的体格锻炼，同样，清除厩肥是他贵族式的消遣、骑士式的比武游戏。②

> 就像阿爸家中的一切都打上了贵族的印记那样，我的成长和教

---

① 程正民：《巴赫金的文化诗学》，北京师范大学出版社 2001 年版，第 117—119 页。
② ［德］格里美尔斯豪森：《痴儿西木传》，李淑、潘再平译，人民文学出版社 2004 年版，第 4 页。

养也受到了类似的熏陶。①

这里的故作高雅和自吹自擂就是一种明显的广场吆喝语言。这种吹嘘，是有意以贵族的典雅气派来戏拟卑贱的农事活动，以实现粗俗向典雅的"伪装性"过渡和逆向运动，从而造成一种能指与所指之间的语言张力。

在格里美尔斯豪森的小说中，还赤裸裸地出现了医学的广场赞美和吹嘘：

> （教士）大大地夸奖了一番他的药物，告诉我西蒙尼得斯·梅立科斯发明了一种技能，后来梅特罗杜罗斯·斯赛泼蒂乌斯费了很大力气使它更加完美了，掌握了这种技能，只要凭一个字就能复述听到过或者读到过的一切事情；而要掌握这种本领，如果没有他给过的那种药物起主要作用，那是办不到的。②

这番话语就是江湖郎中吹嘘药性药力的翻版，具有很强的广场语言色彩。更其精妙的是，紧接着教士娓娓道来，一口气罗列了 15 个历史上著名的超凡记忆力的鲜活事例，涉及政治家、哲学家、国王、诗人、奴隶主、名将、隐士等人的逸事趣闻，一方面显示出这种广场言语的不拘形迹，夸饰炫耀，另一方面也显示了作者自身的医学、历史、文学、神学方面的造诣。

2. 赌咒发誓与骂人话

《痴儿西木传》还揭示了赌场（狂欢化广场的变形）中赌咒和发誓语言的盛行："那里人们正在掷色子赌博，各种各样的诅咒声、谩骂声此起彼伏，闹得沸反盈天。"③ 管家向西木发誓：

---

① ［德］格里美尔斯豪森：《痴儿西木传》，李淑、潘再平译，人民文学出版社 2004 年版，第 6 页。
② 同上书，第 120 页。
③ 同上书，第 159 页。

　　我向你保证，西木，只要我平安地回到老家，我就要把这些材料写成一整本书；我要描写人们怎样在赌博中虚度年华，更要描写那些在赌博中用来亵渎上帝的可怕诅咒。……我要这样向全体基督徒证实，那仁慈的上帝遭到一小伙赌徒的亵渎远远超过了整个军队对他的侍奉。①

作品揭示了一旦陷入赌博深渊就会不断地践踏上帝戒律的可悲可怖图景，也借此对赌博的危害进行了渲染和铺排，劝善说教意味浓厚。

　　这类狂欢化语言也同样出现在同处于巴洛克时代的人文主义作家塞万提斯的《训诫小说集》自序中：

　　我斗胆告诉你一件事情：如果这些作品的故事通过诸如此类的方式使读者产生邪念，那就砍掉我的这只书写的手，也不要出版这些作品……我已将自己的才华悉数奉献……此外，我还明白我是第一个用西班牙语创作小说的人。此前人们见到的小说多为译作。而这些小说却是我的杰作，它们既非模仿，更非剽窃。我用我的才智孕育这些小说，我以我的妙笔写下这些小说，经验和素养使它们茁壮成长。②

由此可见，作家自身在日常生活范畴内亦未能"免俗"。

　　在第二十四章，西木借西班牙16世纪神学家古瓦拉的宗教性论文《对宫廷生活的蔑视和对平民生活的歌颂》中的告别语来宣布与世界的诀别：

　　你该诅咒的世界，我因为你的教唆而忘记了上帝和自己，我一生在骄奢淫逸、为非作歹、罪愆和耻辱中追随了你！我要诅咒上帝创造我的那个时辰！我要诅咒我被降生到你这丑恶的世界上来的日

─────────────

① ［德］格里美尔斯豪森：《痴儿西木传》，李淑、潘再平译，人民文学出版社2004年版，第165页。

② 转引自陈众议《西班牙文学：黄金世纪研究》，译林出版社2007年版，第243页。

子！哦，山岳，冈峦和岩石啊，压到我身上来吧，在基督的恕容面前，在那端坐于审判椅上的人面前，把我掩埋起来吧！啊，无穷无尽的痛苦哟！①

这是一种大彻大悟后的反省和自励。西木在经历了三十年战争的洗礼后，在诸多的灾难、走运、失宠、偷盗、抢劫、流浪和迷幻旅行中意识到人世间的繁华与纷扰、钻营与落魄通通没有意义，他一心遁世，并说："我们共同最希冀的一件事：便是一个有福的死。"② 这番诅咒便是对"世界"的弃绝，怀有一种对上帝的大不敬。在宗教教义里，人是没有权利自行弃绝人世的，人的生命不是自己而是上帝的，这种激扬的对世界和上帝的责难，无疑传达了作者自由的宗教思想信息，是冲破宗教禁忌的狂欢化精神的直接表露。

　　3. 粗话与脏话

　　巴洛克文学最典范的西班牙代表作家贡戈拉的诗作就经常"破格"，打破传统古典范式，挖掘西班牙民歌资源作为自己创作的源头活水。谣曲是西班牙最古老的文学形式。贡戈拉乐此不疲地演绎"摩尔谣"、"神话谣"、"骑士谣"、"牧人谣"、"讽刺谣"等等，对这一题材的发展产生了很大的影响。③ 他往往颠覆传统谣曲中的英雄主义、浪漫主义、理想主义描写，而还之以世俗、讽刺甚至调笑的面孔，在其《勒安得耳与赫罗》中，他把这个哀伤缠绵的爱情悲剧演绎成了民间笑话的样式：

　　　　年轻人跳下了
　　　　那个金枪鱼池，
　　　　仿佛面前的海
　　　　不过升把的水。

---

① ［德］格里美尔斯豪森：《痴儿西木传》，李淑、潘再平译，人民文学出版社 2004 年版，第 474 页。
② 同上。
③ 陈众议：《西班牙文学：黄金世纪研究》，译林出版社 2007 年版，第 253 页。

海岸渐渐远去，
还有蓝色响屁。
以及阿彼多斯
上千糖醋女孩。

顺利泅过半程，
端的波澜不惊；
眼望塔上明灯，
对他闪烁不停。

岂知老天作对，
忽然狂轰大炮；
黑夜顿时反击，
云彩尽情撒尿。①

难以置信的是一个特别讲究形式、节奏、韵律之美的人，一个异常追逐典雅庄严、华美繁复、风雅灵动的人，会在自己重要的诗歌中如此放诞不羁、俗语调笑，极尽恣肆鄙俗之能事。蔚蓝的大海萎缩成"升把水"的"金枪鱼池"，温柔海浪的吟哦声降格为"蓝色的响屁"，美丽的姑娘丑化为"糖醋女孩"，云彩的深情流泪谐谑为"尽情撒尿"……雅俗的轮转在贡戈拉的笔下翻云覆雨、任性由情，让人对这种胡闹式处理古希腊题材的做法、这种极端自我意识的彰显方式产生惊异与质疑。

究其实，贡戈拉目的是为了营造多极多层面的意蕴空间，寻求惊异与反差的审美效果。而如果从巴洛克文学的民间意识与狂欢精神视角对此加以诠释，就不难发现，原来西班牙贡戈拉的追求与遥远的德国同行格里美尔斯豪森有着异曲同工之妙呢！难怪时人认为贡戈拉是一个"矛

---

① 转引自陈众议《西班牙文学：黄金世纪研究》，译林出版社 2007 年版，第 253—254 页。

盾的统一体"，既是讽刺诗人又是宫廷诗人，既具有古典特质又兼具现代意识，既具有人文主义色彩又难逃虚无主义气息，这种矛盾对立性集中于一个作家身上，的确诠释了巴洛克诗人的精神特征。

粗话与脏话还充斥在《痴儿西木传》文本中：

狗日的！我们整得那些农民真够厉害的，那些流氓！

他乖乖地受了我的骗，让他见鬼去吧！

我给他使绊子，让他完蛋吧！

我们要用上帝的名义成群结队，抢、拿、毙、杀、攻、掳、烧，样样都干！①

如果父母的品质能遗传给子女，那么我不得不认为，你的父亲是条干鱼，你的母亲是条鲽鱼。(意指蠢人)②

那些鸡鸣狗盗之徒居然要"用上帝的名义成群结队，抢、拿、毙、杀、攻、掳、烧"！公然蔑视上帝，亵渎宗教！这里自然一方面显示了语言的无限自由和自在的特质，另一方面也可看作是一种颇含深意的反讽，是一种语词的"扩张和侵略"。联系盗贼们的狂乱叫嚣和文书对牧师的评价语言，我们或可找到其互文意义，盗贼和牧师的言行正好构成对比反讽。借用这种对比反讽，作者毫不容情地指斥牧师即是蠢贼，他们亵渎上帝，口是心非。

4. 双关语与矛盾修辞

卡尔德隆的《人生如梦》就使用了双关语来增加语言的张力感。贵

---

① ［德］格里美尔斯豪森：《痴儿西木传》，李淑、潘再平译，人民文学出版社2004年版，第78页。

② 同上书，第127页。

族小姐罗萨乌拉的侍从名叫克拉林，在剧中是一个小丑。克拉林既是他的名字，本意又是"号角"，因此克拉林说："划破清晨的号角，并不十分动听。""我要当喇叭/那是低级乐器/我不再作声了。"① 这一语词的能指与所指发生了偏移，形成了意义上的不对等，既是谐谑又是一种语义的绵延。《痴儿西木传》中的双关语就更多，显示了主人公性格的二重性。格里美尔斯豪森总是让西木只能领会双关语中粗俗、形而下的那层意义，而造成他作为"小丑"的幻象，借机对嘲弄者进行反嘲弄。例如在第八章《西木用痴愚的回答表明他有个什么样的头脑》中就一再将问话人隐士（其实就是西木的生父，由于战乱分散而最终互不相识）的意思弄错：

　　隐士：你真是一个不开窍的糊涂蛋，你既不知道自己父母的名字，也不知道你自己的名字！

　　西木：嗳，那你也不知道它们呀！

　　隐士：你会祈祷吗？

　　西木：不，那是我们的安娜和阿妈铺好的。

　　隐士：我问的不是这个，而是问，你会不会背主祷文。

　　西木：我会。

　　……

　　隐士：你从来没进过教堂吗？

　　西木：嗯，我敢大胆爬上去，常常打下一大兜的樱桃呢！

　　隐士：我说的不是樱桃，是教堂。

　　西木：哈哈，野李子！对了，就是那种很小的李子，对吗？你说。

　　……

在这里西木的愚昧无知通过双关语显露无余。他把"祈祷"当作"床"，把"教堂"听成"樱桃"和"野李子"。当隐士说："你究竟是傻呢还是

---

① ［西班牙］卡尔德隆：《卡尔德隆戏剧选》，吕臣重译，昆仑出版社2000年版，第101页。

聪明呢?"西木竟然天真淳朴地回答:"不,我是我阿爸和阿妈的小子,不是'傻',也不是'聪明'。"弄得隐士对西木出奇的单纯和无知竟自叹息不止、深感忧虑。至于后来西木的装傻扮痴,就是一种生存策略了。他假装听不懂拉丁语,对"学习"一词不明所以,明知故问:"你大概就是指滚木球吧?"故意将"学习"和"滚木球"混为一谈,让人对他不加提防。(祈祷/铺好,教堂/樱桃,学习/滚木球等几组词在德语中分别发音相似。)然而,西木的主人——哈瑙宫廷的司令官还是对他心存芥蒂,认为他的睿智和从容竟像是一位上帝派来的使者。双关语的使用让人物在痴愚与睿智之间自由穿梭,以智者的眼光打量欺凌与左右他的大千世界,获得了一种超越感和疏离感。

小说还大量使用矛盾修辞手法,最典范的例证就是漫画化地处理贵族小姐的肖像画。[①] 在这里,语言在高雅与低俗两极之间游走、错位、交锋:"漂亮"/"空心的笛子"、"蜡烛"、"烤肠","光滑"/"屁股"、"死人面孔","细嫩的皮肤"/"疥癣病","灵活"、"纤细"、"修长"、"柔软"、"灵巧"/"偷窃","纤巧"、"苗条"、"优美"/"拉肚子"……格里美尔斯豪森使用了明显的降格技法,前一组语词是高贵典雅的,后一组语词则消解、颠覆这种高贵典雅,还原其粗俗、卑污的本来面目,利用矛盾修辞,达到了意想不到的审美效应。

细心研读文本,我们还会发现,在这些谐谑言语出现的同时,亦时常穿插着西木清醒时的反省与智慧的言语,有时候还相当睿智狡黠:

> 我悟出了这样一个道理:只要有那么一个不幸的片刻,便可以夺走一个人全部的福祉,让他终生过上那不幸的生活。[②]

当西木被恶作剧变为"牛犊"后,伪装成小丑供贵人们取乐,他一言不

---

① 参见前文第二章 (《巴洛克文学的张力构建》) 第一节 (《思想意识上的冲突与融合》) 之 "精神实质上:从贵族情趣到民间狂欢" 相关内容。

② [德] 格里美尔斯豪森:《痴儿西木传》,李淑、潘再平译,人民文学出版社 2004 年版,第 143 页。

发。一位贵妇人说，人家告诉她，这头牛会说话，可是现在她知道了，原来这是假的。西木反击的言语异常精彩尖刻，他回敬道：

> 而我本来以为猴子不会说话，现在却听见它说话了，可见事情也并非我原来所想的那样。①

而他对宗教信仰的一番话则显示出德国三十年战争中天主教联盟与新教联盟尖锐对立的社会历史现状。西木反对信奉任何一种宗教的辩驳，其实表达了对宗教信仰的怀疑。另外，奥利弗的抢劫有理言论，大有中国俗语中所说的"窃铢者诛，窃国者侯"的意味。其中使用了一连串排比，振振有词，气势如虹，显示了巴洛克文学夸张、繁复的修辞技巧所能营建的逻辑力量和理论气势，正如沃尔夫林赞扬巴洛克风格的文学语言时所说的，巴洛克语言"能够创造出排山倒海之气势"和"令人沉醉的繁缛细节"。②

此类欲望叙事语言具有放诞粗鄙、谐谑双关的特点，又因为使用了矛盾修辞等技巧而收到了出乎意料的效果。谚语、双关语、矛盾修辞、反语、插科打诨、讽刺手段的运用，使得作品的语言具有了轻松幽默色彩和戏谑玩笑的成分。特别是矛盾修辞技法，褒贬相依、抑扬互换，是一种动态冲突中的拆解与融合——突破了等级、价值两极之间的界限，一面建构一面解构，反之亦然。在打破与重建的边沿游走滑动，构成了话语张力世界的两极。

三　典雅形象、怪诞形象与角色张力

贵族巴洛克文学文本中塑造了很多尊贵典雅的男女主人公形象，民间意识浓厚的巴洛克文学文本则致力于怪诞形象的塑造。有时候，贵族

---

① ［德］格里美尔斯豪森：《痴儿西木传》，李淑、潘再平译，人民文学出版社2004年版，第123页。
② ［瑞士］海因里希·沃尔夫林：《文艺复兴与巴洛克》，沈莹译，上海人民出版社2007年版，第62页。

巴洛克文本中亦穿插着怪诞人物形象。这些形象因为内在精神的丰富复杂，形成了角色的张力感。

（一）典雅形象

如前文所述，典雅形象集中表现为形貌的端庄优雅、举止的高贵得体、语言的温雅有礼和情感的丰富纯正。在拉法耶特夫人、斯鸠德里小姐及同时代的文人墨客笔下这类形象比比皆是，具有了类型化的特点，堪为一类时代标志性形象。此类形象有庄重得体的贵族男女青年、牧歌体文本中的牧羊人与牧女、虔诚的修士修女、睿智多才的沙龙雅男雅女……如前所述，其角色的张力来自人物自身情感与理性的矛盾、宗教信仰与虚无怀疑的龃龉，以及牧歌情结与虚幻田园的错位。

（二）怪诞形象

与此相对，在一些巴洛克文学文本中，一类具有特殊审美意趣和品格的人物形象——怪诞形象，则具有更为明显的张力特质，其角色的外在的怪异与内在的暗示与象征造成了形象蕴涵的多极性，也造成了接受者感受形象时多重的美感体验和理性认知。以下主要论述作为语言直接的物质现实的怪诞人物形象所具有的类型、象征意义。正如本书第二章第一节《思想意识上的冲突与融合》中所论及，这类形象涵盖了巴赫金所总结的四种基本类型：（1）"小丑式国王"形象；（2）"肉体收割"形象；（3）筵席舞会形象；（4）怪诞人体形象，共同构成了怪诞人物形象群。在此，笔者将从人物塑造的艺术技巧层面对之加以评述，主要阐明怪诞人物的塑造与角色张力的形成。

1. "脱冕"与"加冕"交替行为中的"小丑式国王"形象

作者抓住的是这一形象的两个主要行动环节：加冕与脱冕。因而在作品中，作家会竭力渲染造成"突变"的缘由和突变后的情境叙写。在《人生如梦》中，王子齐格蒙特就被动地在预设的情境中沉浮，先后两次被自己的生父用迷药迷晕，送往郊外荒蛮的禁闭地塔楼，伪装成"梦境"。第一次，王子被迫接受了自己是下等人、"怪人"的事实；第二次，则产生了极端的虚幻感，因为短暂的荣华富贵生活的影像还不时在心底脑海闪现，可是历历在目的富贵却是"幻梦"。第一次的迷幻之旅决定了王子的晦暗人生和阴鸷性格；第二次则令王子幡然悔悟，从善如流。因而，戏剧是以"梦"为情节线的关节点，以主人公思想意识的变化为中心来安排"脱冕"与"加冕"转换过程的。"脱冕"与"加冕"恰恰是作者在人物形象身上寄寓的象征性意义：人生如梦，旦夕祸福。格里美尔斯豪森对西木的塑造也是让其如逐波的浪花在德国三十战争的阴云中起起伏伏、飘飘摇摇，历经人世难言的低贱惨烈和如梦的享乐畅意，人物性格也是难以琢磨，一时善良天真、质朴憨傻；一时勾心斗角、狂诞乖张；一时惺惺相惜，对弱者、善者拔刀相助、一身正气；一时又道德泯灭，对他人情感淡薄、玩世不恭……在际遇的升沉跌宕中赋予角色以包孕丰厚的张力。作者在设计人物的人生历程时无疑把"西木"这一角色与封面中的"怪人"作为对应，赋予人物更复杂和多变的解读空间。

2. 斗殴与鲜血交响曲中的"肉体收割形象"

此类形象更是一种对既往有着丰富喻指形象的颠覆，仿佛是失去了思考与明辨是非能力的躯体的沉溺与沦陷。

在作品中殴打、混战、流血、死亡，都是常态中的事象，在人生的各个场景中一再复现，战争尽管残酷，必须时刻面对死亡的阴影。可是日常生活中也根本看不到对人的尊重和对生命的珍惜，总是平淡到麻木的生生死死，在几乎一成不变的交替中完成死亡与再生的自然过渡。正如关懿珉先生评论余华写作中的欲望叙事时说的："他时刻关注着人们的欺诈与残杀，在倾听着世界崩溃的声音，他对世界的忠告在穿过了世俗的人群后显得如此苍白无力，就如同希腊神殿的钟声一样遥远，他只有冷漠平静地等待着肢解的荒芜。他在讲述着一个人们无法逃离的厄运，仿佛是一个诡秘的先知。"[①]

格里美尔斯豪森并不干预生活，只是将这种人性的本相揭示出来，其叙事节奏表明，新生活的页面很快翻开，似乎根本没有必要进行任何清醒的反思或伤感的回味。这些"肉体收割形象"是好勇斗狠、思维简

---

① 卢凤荣、李晓：《余华小说欲望叙事中的文化意蕴》，《北京教育学院学报》2009 年第 4 期。

单而被动承受人世的忧惧苦乐的生灵，是作者在作品中展现的一种人生世相，与西木形象之间又构成了冲突和距离，清醒和明智时的西木对他们的行为表示了极大的忧虑和不满。

3. 酒宴与舞会中丑态毕露的"猴子"

酒宴中的"猛吃滥喝"、"任意挥霍"形象，被作者讥嘲为"其声像猪，其饮如牛，其状像驴，到最后呕吐起来就像癞皮狗"。[①] 人已经降格为动物，像猪、牛、驴、癞皮狗，就是不像人自身。如果说塑造筵席形象，作者采用的是直接描写其丑态的工笔细描，那么对于舞会形象塑造，格里美尔斯豪森则运用陌生化的手段来凸显舞会的滑稽、怪诞和无聊。

> 在里面的大厅里，我看到许多男人、女人和单身汉，东一群，西一堆地在互相飞快地旋转着。他们发出细碎的步履声和叫喊声，我还以为他们全都发疯了。……唉，我觉得这一片景象是如此残暴，如此可怕，如此恐怖，致使我毛骨悚然，只能认定是他们丧失了理智。……或许是地狱里的妖魔在驱赶着他们如此癫狂地奔跑和装出猴子般的丑态，以嘲弄整个人类吧！……当我的主人走进门廊并向大厅走去时，这种疯狂正好停止，但是他们点点头、拱拱腰或者用脚在地上擦一擦，拖一拖，似乎要把他们在疯狂之时踩出来的足迹重新抹掉。……[②]

懵懂的西木以有限的智力看到舞会旋转中的"疯狂"、"恐怖"、"残暴"以及"猴子般的丑态"：贵族、司令官、书记、士兵在剧烈扭动，一如"地狱里的妖魔在驱赶着他们如此癫狂地奔跑"。无疑，这是对这一庆典自身的滑稽模仿和嘲弄。一般而言，舞会是社交的"广场"，集优雅、情致、欣悦和美妙旋律于一体。然而在西木眼中，舞会却只不过是不明所

---

① [德] 格里美尔斯豪森：《痴儿西木传》，李淑、潘再平译，人民文学出版社 2004 年版，第 88 页。

② 同上书，第 96 页。着重号为引者所加。

以的"猴子的丑态"。筵席形象也好，舞会形象也罢，都只让人看到了脱离思想与情感的沉重的肉身，在纷乱的世界舞台上鬼魅般地行动和言语，呈现了一种无处不在的荒诞感。这种颠覆性观点的出现，以新奇和陌生的语言揭示了舞会与筵席形象的不堪入目和精神匮乏，取得了令人忍俊不禁，甚至捧腹大笑的"笑果"，进而实现了狂欢化世界感受的自由与快感。

4. 作为人类命运承载者的"怪诞人体形象"

前文论及了西木是一个令人惊异、不合日常生活原则的"怪物"、小丑、傻瓜、流浪汉。其全名是"德意志的富有冒险生涯的西木卜里其西木斯"，既单纯无知，又睿智异常。在哈瑙宫廷时，他的模样让人大为惊骇：

> 在散乱的头发底下，我那苍黄的脸面活像一只正待捕食或窥伺着老鼠的猫头鹰。由于我一直习惯于光着脑袋，我的头发又是天生卷曲，因此看起来就像戴着一条土耳其头巾。①

身上穿着"百衲衣"，上面套一件粗羊毛衫，但是把袖子剪下来做了袜子。更其恐怖的是，"全身缠绕着一条铁链，就像人们所画的圣·维尔黑尔穆斯（12世纪的一位隐士、苦行僧——引者注）那样，酷似那些被土耳其俘虏以后为自己的伙伴行乞的流浪者"。②

小说扉页的《序诗》：

> 像凤凰在火中永生，
> 我腾入太空而不失踪影，
> 我漂越大海又遍游大地。
> 我在遨游之中四海扬名。
> 是什么，使我忧伤，难能欢乐？
> 我把一切，记述书中，

---

① ［德］格里美尔斯豪森：《痴儿西木传》，李淑、潘再平译，人民文学出版社2004年版，第59页。
② 同上。

　　　　　　为使读者，如我所做，

　　　　　　远离愚昧，永得安宁。

　　这里的"我"到底是谁呢？一说为封面的"怪人"。有翅可以一飞冲天，有豚尾和蹼可以遨游大海，有牛脚可以遍走大地，而人生就是一本绚烂多彩的书，怪人则象征着一种探索世界、追求真理的精神。西木在书中开始是个如痴似愚、天真未凿的人，后来沦落成放纵淫欲的无耻之徒、被迫成为打家劫舍的强盗，沉沦在生活的泥坑里不能自拔。通过这个荒诞的形象，表达对病态社会的针砭与批判。

　　金健人先生在强调"张力的对立统一性"时指出："作家作为艺术创造者，他必须使自己的作品获得强烈的表现力，除了在生活——作者——作品——叙述者（抒情者）——读者各层次之间，每层面的各因素之间保持必要的张力之外，最基本的途径便是在特定形象与人类命运之间保持尽可能大的张力。"① 在巴洛克文学文本中出现的怪诞人物形象无疑就具有这样的张力性质，这些小丑式国王形象、肉体收割形象、筵席舞会形象以及怪诞人体形象，承载的社会、政治、哲学、宗教、道德以及人性的思考和体悟是多层面的，这些特定的形象与整个人类的命运密切相连，最大限度地介入了人道关怀和世界感受，同时也具有非同一般的审美效果和审美价值。

　　有必要说明的是，典雅形象与怪诞形象之间形成了冲突与比照的张力，典雅形象与怪诞形象各自亦具有其自身的张力内涵，由此共同构成了巴洛克文学角色张力的双重性特质。

　　由此可见，巴洛克文学不仅书写贵族典雅爱情与宫廷趣味，也观照民间意识与狂欢精神，既有沙龙雅语和雕琢语言，也有民间俗语和广场语言，不但塑造优雅高贵的典雅形象，而且凸显怪诞夸张的粗俗形象，面对生活中的对立和冲突，一直采用一种兼容并包的理念和立场，在对立统一的辩证思维中，观照复杂多元的社会。因而，形成了巴洛克文学

────────────

　　① 金健人：《论文学的艺术张力》，《文艺理论研究》2001 年第 3 期。

思想意识的"多声部",在各种矛盾与冲突的此消彼长和互相转化中获得了动态平衡,也形成了其艺术技巧与形式构建中的"张力场",在视角选择、情节构设和人物类型等方面具有了自身特殊的叙事张力、情节张力和角色张力。

第三章　巴洛克文学的张力美

我们在巴洛克文学的张力构建中已经论及了思想内容上的冲突与融合以及形式上的"张力场",本章将围绕文本鉴赏过程中,因题材内容、思想意蕴、艺术表现和审美趣味等方面的特征所形成的不同的审美体验和感悟,进行审美价值判断,进而明晰巴洛克文学独具特色的张力美。

第一节　兼收并蓄　杂多于一

孙书文在《文学张力的审美阐释与张力度的控制》一文中论及张力美的性质时说:"文学张力中所含蕴的美不是那种'浅易的美'、'流畅的美',即一般人仅凭直观就能作出好恶反应、使普通感受者觉得愉快的美,它属于西方美学家鲍桑葵所界定的'坚奥的美',使得富含张力质的文本令许多人感到骇异、荒唐,甚至一时难以接受。然而它的多义性特质又决定了这种美具有更大的表现力,这种表现力承载着人类心灵飞向审美超越的自由境界。"① 这段话阐明了张力美所具有的两个最重要的特征:其一,它是一种不易感悟的"坚奥的美";其二,这种美因其"坚奥"、多义而具有更强烈的表现力。

巴洛克文学所呈现的美,带有"坚奥"之美的特点,就题材内容而言,它是多样化的统一;就文体而言,它是"文兼众体";就语言形式而言,它则体现出繁复性与意味感的交融。也就是说,它从形式到内涵都

---

① 孙书文:《文学张力的审美阐释与张力度的控制》,《理论学刊》2001 年第 6 期。着重号为引者所加。

不单纯、简洁、流畅，让人一时难以适应。不过，读者一旦有所感悟，就会感受它非同寻常的涵摄力和兼容性，体会到它的包罗万象、丰富复杂的审美内蕴。

一 题材内容上的多样化统一

题材内容上的多样化统一，是指题材内容既显示了丰富性、多样性、开放性、包容性，同时又能在一种占有主导性的思想意趣的统帅下达到较为有机的统一。毋庸讳言，有些贵族思想意识浓厚的巴洛克文学作品，思想境界庸常，题材范围狭窄，一味抒写漂浮不定的爱情和虚无感伤的情怀，受到历代评论家们的批判和质疑。但是，如果把巴洛克文学作为一个整体来观照就不难发现，巴洛克文学涉及的题材内容还是相当广泛的，情爱体验、田园理想、宗教迷狂、战争灾难、爱国情怀、人生感喟等方方面面，都是巴洛克文学极力关注并着力展现的。《痴儿西木传》通过人物的游历和情节构设，将战争与和平，隐居与入世，人间与梦幻，生与死，游历与恋爱，飞黄腾达与命运多舛……集结勾连，构成一个生活的万花筒、多棱镜。单说其中宗教派别和各派教义的描写，就让人对当时社会中宗教意识的混乱矛盾深有感触：天主教与新教的矛盾对立，再洗礼派的宗教道德，多明我、安立甘教派的教宗教义，等等，加之诸多科学知识的融入，使得文本还具有了一种独特的科学美的内涵，不能不说题材丰富，堪绝今古。

从审美效应上说，题材内容上的多样化，无疑可以扩大巴洛克文学的社会生活容量，丰富其审美内涵，拓展其审美畛域，满足读者多方面的审美欲求。否则，题材内容单一、缺乏变化，就容易让读者产生单调乏味之感。因为"在审美活动中，'喜新厌旧'是一个规律。英国荷迦兹就认为：'人的各种感官也都喜多样，而且同样讨厌单调。耳朵讨厌一个音响接连不断地重复'，正如眼睛死盯住一点或一直注视一面秃墙会感到厌倦一样"。① 不过，如果一味追求"多样化"，那么就会使作品变成了

---

① 张法、王旭晓：《美学原理》，中国人民大学出版社 2009 年版，第 198 页。

一个杂货铺，让人觉得芜杂赘冗，缺乏有机的"整一"性。因此，在注重题材内容的丰富、多样、包容、开放的同时，优秀的巴洛克文学作家，一般都很注重统一性的原则，力求用一种主导性的思想意趣把各种不同的题材元素整合成为一个有机的统一体。

巴洛克著名诗人马维尔的诗歌作品，就给人以多样化统一的审美感受。杨周翰先生曾借用他人的评论，论及了马维尔的"品级"："17世纪英国诗人马伏尔（又译马维尔——引者注），常常被认为是'主要的次要诗人'，'最伟大的小诗人'，也就是第一等的二流诗人。"① 这一评价本身充满了张力感。有意思的是，在《马伏尔的两首诗》一文里，杨先生肯定了马伏尔（即马维尔）这两首爱情诗和田园诗，认为题材选择独到，思想深刻可取。"《致他的羞怯的女友》一诗从反面歌颂灵魂的真正幸福，《花园》一诗从正面表达他的理想精神境界。"② 两首题材不同的诗歌在精神上的追求则是相通的。《女友》一诗思路开阔，意象丰富。作者摄入的内容是驳杂的，有未能成全的爱情、古老的传说、基督教与犹太教的教派分歧、宇宙意识、生命意识、死亡哲学和虚无主义。最后通过"玄学巧智"把这些内容统一于一个主题，即"摘花需及时"，莫待无花空折枝，并赋予这一思想以更宏阔辽远的宇宙与哲学背景。难怪有人要因此褒扬马维尔而贬损但恩了："勒古伊也认为马伏尔的诗是'玄学诗'的上乘，盛赞它有邓约翰（即但恩——引者注）诗的力量和激情，却又没有邓的晦涩和习气，流畅而和谐。艾略特也高度赞扬这首诗。"③

《花园》一诗似乎更适合用张力学说来诠释，因为整首诗充满了矛盾、冲突和新奇的意象，题材内容纷至沓来，主体的"花园"意象有四个层次：费尔法克斯的花园、伊甸园、伊壁鸠鲁学园、人类的理想境界。花园代表一种宁静、单纯、天真、纯洁的精神境界。全诗共九节，诗人的思路是这样的：从现实中"沽名钓誉之徒"的"劳心劳力"、蝇营狗

---

① 杨周翰：《十七世纪英国文学》，北京大学出版社1996年版，第181页。
② 同上书，第203页。
③ 同上书，第185页。

苟，到冥想中的女性还没有出现的伊甸园，再回到现实世界。新批评派先驱者燕卜荪评析此诗为："通过解决矛盾达到理想的单纯境界。"[1] 诗歌的诗意追求就是"幸福的花园境界"——亦即诗中所说的"绿荫中的一个绿色思想"。无独有偶，德国巴洛克诗歌中也追寻这种"花园意象"。"我们看巴洛克自然诗中的景物，它们都少有个性，却有明确的象征性，不像是生活中真实的自然，而像是为一定意义而搭置在舞台上的布景。"格尔哈特的巴洛克自然诗《夏歌》是这方面的代表：[2]

　　　　一只云雀振翅飞向天空，

　　　　小鸽子从山崖

　　　　飞进林木葱茏。

　　　　伶俐的夜莺歌喉婉转，

　　　　群山原野回荡着，

　　　　那怡人的歌声。

　　　　鸡妈妈领着儿女闲步，

　　　　鹳鸟在搭窝筑巢，

　　　　燕子正喂它的雏鸟，

　　　　那边飞快的鹿、轻捷的狍，

　　　　它们正从高岗

　　　　跃下深深的丛草。

这里的景物不是一时一地的景物的勾连，而是不同时空中的景物的拼盘，中心的意象即这是一个美丽的上帝的花园，人们沐浴着圣恩。各种自然景物的堆积都是为了营造一个统一的"花园境界"。[3]

　　值得一提的是，玄学诗人们和那个时代的小说家、戏剧家们都喜欢在自己的文本中，涉及大量的科学知识，在选材上体现了视野的扩大和

---

① 杨周翰：《十七世纪英国文学》，北京大学出版社 1996 年版，第 201 页。

② 刘润芳：《德国的巴洛克自然诗》，《外国文学评论》2003 年第 2 期。

③ 同上。

思想的进步，具有强烈的宇宙观念和哲理意识。自然科学的发展对人们的物质生活造成了巨大的影响，巴洛克作家也自然而然接触并反映了科学美的内涵。

科学美与技术美属于社会美的范畴，"科学美是一种反映美，是人类在探索、发现自然规律过程中所创造的成果与形式"。[①] 屈原的《天问》就是"基于几何学分析，应用了精确推理的宇宙学著作"，该诗提出了170 多个问题，对自然现象、神话传说以及历史故事大胆怀疑，其发问就带有重要的科学假设和怀疑精神。显而易见，远古时候的伟大诗人屈原的诗作中就明显地贯穿着强烈的宇宙意识和科学精神。[②]

巴洛克作家作品中的科学知识融入也是这种科学精神和理趣的表现，例如但恩的诗歌就很有代表性。他在其《赠别：有关那部书》中这样写道：

> 如是吐露你的思想吧；在异国我将把你研读，
>
> 一如要测量伟大的高度，就须离得远；
>
> 爱情有多伟大，共处是最好的检验，
>
> 但相离却考验这爱情会持续多久；
>
> 要测量一个纬度，
>
> 太阳或星星须在最亮的时候
>
> 才得到最准确的观测，可是要确定经度，
>
> 我们又有别的什么法子，
>
> 除了标记日食的黑斑出现在何时，何地？[③]

诗中就巧妙地融入了天文方面的知识。古时候的人们是利用观测日食的方法计算地球经度的，作者讲到测量经度和纬度的方法，其实是影射测

---

① 凌继尧：《美学十五讲》，北京大学出版社 2005 年版，第 190 页。

② 同上书，第 189—190 页。

③ ［英］约翰·但恩：《英国玄学诗鼻祖约翰·但恩诗集》，傅浩译，北京十月文艺出版社 2006 年版，第 62 页。

量爱情的深与浅的方法，"相处"与"离别"就是检验爱情的两种方式方法。"赠别"之时，自然产生了疑虑：爱情会不会因为离别而受到影响和毁灭？

在其《赠别：有关哭泣》中，作者写道：

> 在一只圆球上头，
>
> 一位身边备有草稿的工匠，能够绘就
>
> 一个欧洲、非洲和一个亚洲，
>
> 且很快把原来的空无造成万有，
>
> 同样有你在内，
>
> 每一颗珠泪
>
> 都会长成一颗地球，对，印有你形象的世界，
>
> 直到你的泪水与我的混合，淹没
>
> 这世界——以源自你，我的天穹，如此融化的洪波。①

地球上有你，你的"珠泪"又分明"长成了一颗地球"。情人眼中的泪水就是一个地球，一个世界，在互相的感染与感动中，泪水交融，淹没了这个尘俗的世界，上及净化后灵魂的天堂。诗的跳跃性很大，富于哲理，从地球仪到眼泪到洪水，需要读者的缀连和想象，才能最终构成对诗歌意境的把握。而且更其新奇的是，作家展示了珠泪里的乾坤和大世界，为爱情诗营造了一个宏阔得多的时空背景。艾略特在其《玄学派诗人》（1921）中就说过：

> 很难找到任何比喻、明喻或其他隽语的精确的使用——它们既是这些诗人共同的特点，又作为诗风的要素，足以使这些诗人自成一派。唐恩（即但恩——引者注），常常还有考利，运用一种时常被认为是典型的"玄学派"技巧：故意将一个形象比喻发挥到智慧所

---

① ［英］约翰·但恩：《英国玄学诗鼻祖约翰·但恩诗集》，傅浩译，北京十月文艺出版社2006年版，第73页。

能达到的最远的境界（与凝练正好相反）。……我们看到的，不是单纯的比喻的内涵的发展，而是需要读者相当的敏捷性去理解的、通过迅速的自由联想去达到的内涵的发展。①

这些玄学诗人，正是在某个玄学（其实也是炫学）的语境中表现爱情、死亡、上帝等题材的。包括约翰·但恩、乔治·赫伯特、亨利·沃恩、安德鲁·马维尔等所写的诗歌，往往涵盖了天文、历史、地理、医学等各种常识，显示了意象并置上的丰富多样和琳琅满目。然而，它们又统一于一个整体的宇宙意识，就是人的心灵也是一个小宇宙，可以涵盖万千、包罗万象，具有空间和时间上的广泛延展性，从而显示了作者的智性思考。当然，当这种巧智被把玩到极端时，就不可避免地陷入了深奥奇崛和晦涩难懂。

巴洛克玄学诗的上述特点，也同样体现在叙事作品里。例如《痴儿西木传》尤其关注百科知识，举凡天文、地理、哲学、历史、生物、文艺现象等等，都成为作家极力呈现的内容。在第五卷第十四章《西木与王子一路上继续谈天说地》中，作家就汪洋恣肆地炫耀其矿物学知识：

如果（水）一路上流过各种金属物质——因为在地球博大的腹腔内各处的情况是不同的——例如金、银、铜、锡、铅、锑、雄黄、银金矿、升汞物等等，有白的、红的、黄的、绿的和各种颜色，这些水就具有了各种不同的味道、气味、性质、力量和作用，也就因此对人类或者有益，或者有害。我们也因此有了各种不同的盐；有些盐好，有些盐坏。②

末了作者更进一步说明各地的水质是不一样的。这种炫博耀奇式的段落，

---

① ［美］T. S. 艾略特：《玄学派诗人》，赵毅衡：《"新批评" 文集》，中国社会科学出版社1988年版，第36页。
② ［德］格里美尔斯豪森：《痴儿西木传》，李淑、潘再平译，人民文学出版社2004年版，第434页。

在《痴儿西木传》中比比皆是。饶有意味的是，作者还从天文知识中获得启发，巧妙地利用星相学来建构作品的故事情节。贡特·魏特教授就试图解开《痴儿西木传》的内在结构之谜，他根据情节和 17 世纪盛行的星相占卜之术，以及古希腊罗马诸神与各种金属典故等的联系，推断出格里美尔斯豪森是按照九大行星的排列来安排情节的，他指出："《痴儿西木传》的作者在第一卷里首先描述了土星影响下的乡村生活的瓦解，接着重新组织了主要天体的顺序，以突出战争题材。……在金星的短暂影响下，现世荣华的顶峰出现在《痴儿西木传》第三卷的结尾和第四卷的开始，而在小说最后两卷的多数篇幅里，水星则上升，占据了统治地位。"①

诸如此类的做法，充分显示出对巴洛克作家对自然科学、社会科学等领域的深度关注，体现了巴洛克文学文本的炫奇耀异秉性和融会各种题材于一体的非凡能力。虽然从叙事的角度看，炫学兜售式的写法，可能影响了故事情节的紧凑感和人物性格塑造的合理性，但却扩张了文本的涵摄力，丰富了作品的理趣，开拓了读者的认知视野，有效地满足了读者的求知欲。

二 文体上的主干突出与兼备众体

众所周知，巴洛克艺术最突出的一个特征就是具有综合性，强调艺术形式的综合运用，例如在建筑上重视建筑、雕刻与绘画的综合，还吸收文学、戏剧、音乐等领域里的一些想象和其他元素。如著名的巴洛克建筑作品罗马耶稣会教堂、佛罗伦萨圣玛丽亚小教堂、罗马的圣卡罗教堂、圣彼得大教堂以及西班牙圣地亚哥大教堂等，无不将建筑、绘画、雕塑、音乐等不同的艺术形式熔铸于一体，从其宗教目的出发，达到了对信徒的视觉、听觉与灵魂的多重冲击力。圣彼得大教堂里的祭坛雕塑和天顶绘画就形成了这种艺术形式多样性聚集的极端完美范式。

巴洛克文学创作亦是如此，在文体形式上，尝试将诗歌、小说、民

---

① ［美］杰拉德·吉列斯比：《欧洲小说的演化》，胡家峦、冯国忠译，生活·读书·新知三联书店 1987 年版，第 98—99 页。

间传说、神话故事、典故以及辩论体、对话体、日记体、戏剧结构等体裁形式杂糅一处，导致各种文体的交叉、融混，令人感受到不同体裁形式的艺术冲击力。特别是小说这种文体形式，兼容性更强，往往将各种其他类型的体裁形式融合进自己的构架中，形成对读者的多层级、多方位的刺激与影响。人们津津乐道于《红楼梦》中诗词歌赋的雅致多才与意蕴深厚，如果从小说中抽掉这些内容，那么小说的诗意和人物性情的体现将遭到很大削弱。与此同理，文体形式的兼容互补，在巴洛克文学作品中也显示了巨大的能量。

巴洛克诗人就善于将民间歌谣、神话传说与典故融进其诗歌的结构形式之中，构成诗歌在意象与意境营造上的张力感，凸显其丰厚的情感内涵与历史底蕴，如贡戈拉的《波吕斐摩斯和伽拉苔亚的寓言》、《孤独》，但恩、马维尔的玄言诗等，就是如此。《孤独》这首长诗始作于1613年，分为四部《田野的孤独》《河岸的孤独》《森林的孤独》和《荒漠的孤独》，以对应于人生的四个阶段：童年、青年、中年和晚年。诗中穿插了古希腊的神话故事以及很多优美的插曲，增添了许多民间文学因素，如狂欢节歌舞、歌谣等，有效地丰富了诗歌的审美趣味，增强了作品的艺术感染力。著名的研究贡戈拉的学者罗伯特·雅姆就这样评价道："《孤独》是诗人对世界的现实和理想的双重记忆、双重描写，因此其中既有大量的庸常事物，更有巴洛克式的铺张和夸饰。"[1] 令人遗憾的是，全诗本打算写四部分的，可是写到第二部分时就中断了。因此在后来出现的版本中，就有840行、936行和979行等不同的版本。这从一个侧面说明了诗歌的流布与影响。正因为有相当多的人关注此诗并为之续写，显示了诗歌潜在的价值和影响[2]，也使得它成了一个广义范畴内的"开放性"的文本，不同版本的《孤独》使得贡戈拉的研究与阐释带上了更多的争议色彩，可供比较研究的材料更多了，可以阐释的空间相应也就会更大。在作者、文本与读者的交流互动过程中，文本具有了多重的构建意义和价值。

---

[1]　转引自赵振江《西班牙与西班牙语美洲诗歌导论》，北京大学出版社2002年版，第95页。
[2]　陈众议：《西班牙文学：黄金世纪研究》，译林出版社2007年版，第262—263页。

　　贡戈拉不仅在其长诗中穿插民间歌谣体，广泛引用神话传说与典故，甚至还专门以歌谣体进行创作。这些短歌显示了作者卓越的讽刺才能，这里不妨引用一首《神甫爱邻里》，以见一斑：

> 神甫爱邻里
> 生活无忧悒；
> 缘何称神甫，
> 其实是瘟疫？
>
> 干亲满街认，
> 皆是女主人；
> 名姓暂不提，
> 总之是天意。
>
> 有人叫神父，
> 嗓音极稚嫩，
> 童声露真意，
> 同时藏神秘。①

诗人的讽刺之具体形象和辛辣直接，令人叹服。可见，贡戈拉是善于博采众长，进行文体创新的。

　　文兼众体的现象，在巴洛克小说中表现得更为鲜明。如《痴儿西木传》就在叙事过程中穿插了众多的歌谣、神话传说与故事，融入了戏剧结构、日记体、辩论体、对话体，使得该小说文本成为一个开放的场地，涵纳不同的体裁形式，以变换多姿的形态，不断唤起接受者对不同的形式结构的审美感受，由此获得多重审美体验，进而在主导文体——小说形式的框架中完成对世界人生的看法。如此则既有多样化的体验，又具

---

① 转引自陈众议《西班牙文学：黄金世纪研究》，译林出版社 2007 年版，第 257—258 页。神甫有"治疗"之意，而神父与父亲是一个单词。

有整体上的哲理思考，就难怪此类小说尽管文体不纯，体例驳杂，非驴非马，却依然为民众所喜闻乐见了。《痴儿西木传》就一版再版，最终形成了一个"西木作品系列"。①

三 语言表达上的繁复性与夸饰性

与巴洛克建筑艺术利用波纹线、蛇行曲线、螺旋上升的立柱、无尽的橄榄叶和皱褶来强化其装饰性一样，文学文本的语言也充满了这种修饰与强化，讲究语言形式技巧是巴洛克文学作品最显著的特征。语言形式涉及节奏、韵律和各种修辞手段，而象征、反讽、用典、双关、玄学奇喻、矛盾修辞等修辞手法的广泛运用，使得这个流派的作品显露出异乎寻常的形式主义倾向，其"雕缋满眼"与华丽繁复的特性往往遭人诟病。在这里，各种手段的运用就是"杂多"与"繁复"，而最后统一于形式美的内在要求。

（一）语言繁复，华美雕琢

杨周翰先生曾用极通俗简练的语言论及了巴洛克文学的重要特征："巴罗克文学，尤其是诗歌，最突出的特点就是使人吃惊，好像这些诗人都立意要'语不惊人死不休'一样。读者无论在感受方面或理性方面都受到不同程度的冲击。"② 并生动地用两个形象予以概括：刻尔吉和孔雀。前者象征变幻、谲变的原则；后者象征炫耀、华丽的原则。③ 前者引起不规则、不平衡，充满动荡感和变异感，后者则带来华丽繁复的视觉冲击力和感官体验，在美感效果上，二者共同促成了一种复杂多极的情感体验和理性认知。

《痴儿西木传》的语言就具有明显的巴洛克风格，小说多使用"德语中典型的框形套句结构，这正与巴罗克的螺形漩涡风格相配称。由于在一个主句中插入了许多短句，导致句型复杂，难免有累赘费解之嫌，但被描述的事物因此生气勃勃，形象真切，有动态感，如对于维特斯托克

---

① 安书祉：《德国文学史》，译林出版社 2006 年版，第 298 页。
② 杨周翰：《巴罗克的涵义、表现和应用》，《国外文学》1987 年第 1 期。
③ 同上。刻尔吉是古希腊神话中擅长魔法的女神，她把奥德修斯的伙伴们都变成了猪。

战役的描写"。① 可见，"框形套句"、"句型复杂"、"累赘费解"等，并非纯语言形式的东西，而是一种"有意味"的表达方式，它能造成"生气勃勃，形象真切"的动态美感。所以，有学者据此声称："格里美尔斯豪森的小说达到了文艺复兴时期宏伟的巴罗克文学的顶峰。梅耶所说的'引语的艺术'和巴赫金所讲的'复调'和'杂组词汇'在小说里是大量存在的。"格里美尔斯豪森的叙述包含了痴儿混迹社会底层所听到的各种各样的实际语言。"各种文学类型都在宏大的喜剧框架里得到了试验，个人习语、社会习语、地区方言以及宗教、政治、战争、艺术和其他领域的特殊语汇都掺杂在痴儿自己那带有多层含义的叙述之中。"② 的确，这部小说不仅在题材上纵横捭阖、包罗万象，文体上不拘一格、兼容众体，而且在语言上也变化多端、摇曳生姿，三者相辅相成，共同造就了一种气势宏大、丰盈充实之美。这种充实之美，不仅能带给人们真实深厚的美感享受，并且对各种不同的审美主体产生迥异其趣的影响力和冲击力，借用清代周济的话来说，就是："求实，实则精力弥满。""读其篇者，临渊窥鱼，意为鲂鲤，中宵惊电，罔识东西，赤子随母笑啼，乡人缘剧喜怒。"用唐代司空图的话来说，就是"真力弥满，万象在旁"。③

巴洛克文学语言的精雕细刻、装饰繁复，也同样体现在戏剧创作中，如卡尔德隆的《人生如梦》。本剧是哲理剧又贯穿着宗教关怀，语言兼具诗情与哲理。诗人善于使用比喻、拟人、用典等营造诗意的氛围，构筑优美的境界：

> 在你天蓝色的眼睛里，
> 一些是长着羽毛的号角，
> 一些是金属的小鸟，
> 都会发出同样的乐声，

---

① 李淑：《译序》，［德］格里美尔斯豪森：《痴儿西木传》，李淑、潘再平译，人民文学出版社 2004 年版，第 5 页。

② ［美］吉列斯比：《欧洲小说的演化》，胡家峦、冯国忠译，生活·读书·新知三联书店 1987 年版，第 101 页。

③ 转引自宗白华《美学散步》，上海人民出版社 1981 年版，第 28 页。

都是绝顶的奇观；

夫人，它们都是在向你致意，

如同炮声问候它的王后，

飞鸟问候阿芙乐尔，

号声问候帕拉斯，

鲜花问候弗洛拉；

因为，阳光嘲讽地

送走了黑夜，

你就是欢乐的阿芙乐尔，

和平的弗洛拉，

战争的帕拉斯，

我心上的王后。①

在这段莫斯科公爵阿斯托尔夫献给公主埃斯特莱娅的赞美诗里，涉及了神话传说，诗人集中了曙光女神阿芙乐尔、科学智慧和战争女神帕拉斯以及花神弗洛拉三位女神的美貌与智慧，来颂扬埃斯特莱娅的品貌非凡及能量无限。"在你天蓝色的眼睛里／一些是长着羽毛的号角／一些是金属的小鸟……"眼睛里有"长着羽毛的号角"、"金属的小鸟"，发出同样的乐声，的确是"奇观"。这里的眼睛、号角和小鸟是不同性质、不同类别的完全异质的事物，阻隔了我们鉴赏畅通的渠道：本体与喻体之间巨大的跳跃性，使得联想的意义远远超出了语词的概念意义，从而形成了一种特殊的审美张力。而神话典故的融入又进一步强化了公主超凡脱俗的美，带给我们一种多层级的美感享受。

（二）意象新奇，富于变化

卡尔德隆的赞美语又是富于变化的，王子齐格蒙特对罗萨乌拉美貌的赞美语虽然比较直接，缺乏神话典故带来的联想空间，但是因为多重比较和暗喻的使用，也使得文本交织着华丽繁复、参差错落的美感：

---

① ［西班牙］卡尔德隆：《卡尔德隆戏剧选》，吕臣重译，昆仑出版社 2000 年版，第 26 页。

你是太阳，

在你照耀下，那颗星

才有生命，

因为，她从你那里

得到光辉；

在香花的王国里，

我以为，神圣的玫瑰花

在众花中首屈一指，

由于它最美，

它是花中之王；

在宝石中，

我以为，

钻石在众矿中领先，

由于它最亮，它是宝石之王；

在群星的不安的王国里，

在它们美丽的宫廷中，

我以为，

金星处于首位，

它是众星之王；

在完美的天体中，

太阳把行星召集到宫廷，

我以为，

它是领袖，

给世界带来最多光明；

在花卉、星星、宝石

和天体当中，

都是最美的处在首位，

为什么

你这个最美丽、最漂亮的

太阳、金星、钻石和玫瑰花，

却充当

不及你漂亮的人的侍从？①

王子不吝誉美之词，把罗萨乌拉比作"太阳"、"金星"、"钻石"和"玫瑰花"，最光辉、最尊贵、最亮、最美，用繁复的褒扬之词凸显罗萨乌拉非凡出众的美丽。也许，从某种意义上说，与他的那首奇喻叠出的爱情诗（M158）相比，这些比喻显然缺乏冲击力，有些陈词滥调之嫌，但是，手法上的摇曳多姿，却明显是卡尔德隆的拿手好戏。

同样的孔雀般炫耀与夸饰的技巧，在马维尔的《致他的羞怯的女友》中也得到了突出的表现。前文曾引用该诗中的句子阐释巴洛克文学的"反讽"意味，其实这里还体现了诗人的一种不由自主的炫耀——炫耀自身爱情的炽热以及自己的博学多才。当然，使用的技巧就是语言的修饰与繁复、意象的驳杂与新奇。"植物般的爱情"本来就令人费解，加之还要"寥廓"、"缓慢"如"帝国的发展"。照杨先生注释，"植物般的爱情"原来是指"区别于有感觉的动物和有理性的人"的爱情。② 这里将爱情的生长和蔓延，与帝国的发展与兴旺连在一起，造意独特奇崛，令人目不暇接。诗人言说自己的深情："我可以在洪水/未到之前十年，爱上了你"，从创世纪的神话时代就开始爱恋，一如既往、一往情深；"你可以拒绝/如果你高兴/直到犹太人皈依基督正宗。"——这是一句悖论语言，因为犹太人信奉犹太教，犹太教与基督教早在公元 1 世纪就分道扬镳了，犹太人改宗基督教，那恐怕要到世界末日。言词里看似不介意情人的拒绝，其实是变相谴责情人的顽固。而后，与前面的"帝国的发展"诗句暗相呼应，在诗人璀璨的笔下，用痴心守候的姿态，"一百个年头"、"两百年"、"三万个春冬"，在"最后的时代才把你的心展开"。俨然花费巨资缓慢而艰难地建立起一座情爱王国。③ 假如我们不一本正经地责备

---

① ［西班牙］卡尔德隆：《卡尔德隆戏剧选》，吕臣重译，昆仑出版社 2000 年版，第 79 页。
② 杨周翰：《十七世纪英国文学》，北京大学出版社 1996 年版，第 182 页。
③ 同上书，第 191 页。

诗人以轻慢的姿态调侃情人，不过多地注重情感格调的高下的话，我们的确会叹赏诗人敏锐的捕捉、缀连意象的能力，勃发而雄奇的诗才。仿佛一次神奇的"帝国漫游"，作者炫耀了他随身携带的珠宝：才华和"深情"。这"深情"又因为谐谑的语言而被拆解。作者令人恐惧地"威胁"道："在你的汉白玉的寝宫里再也不会回荡着我的歌声；蛆虫们将要染指于你长期保存的贞操。"而且讥嘲"你那古怪的荣誉将化作尘埃，而我的情欲也将变成一堆灰"。最终戏谑调侃地以"坟墓"掩盖一切毁灭一切作结："坟墓固然是很隐蔽的去处，也很好，但是我看谁也没有在那儿拥抱。"① 言外之意是：如果你不接受我深挚的爱情，将会得到什么样的惩罚和陷入什么样的处境，只能是：凄凉、恐怖、孤独和死亡。

读者一方面被华丽的文字和新奇的意象攫住，另一方面陡然跌入恐惧和恶心。因为巴洛克诗人们总是随意地走向庸常与恐惧，毫不避讳丑恶与死亡，诗中的"蛆虫"、"尘埃"、"灰"、"坟墓"，一拥而上，以一种触目惊心的赤裸呈现，粗暴地刺激读者的感官与心灵。在"诗人"一方面情感深挚，另一方面狎昵轻浮的双重情感态度的冲突与对决中，唤起接受者对诗歌情愫的迥异的体验与感受，讶异、惊奇，甚至不快、难受，但最终屈服于诗歌的整体召唤力，玄学诗歌的张力美感由此可见一斑。

贡戈拉的情诗 M158，但恩的《哀歌8　比较》等作品，也同样注重雕饰，用繁复的意象，出乎意料的类比，酣畅淋漓地诠释自己对爱情的焦灼、失意和颓丧。但恩就不惜用一连串突兀鄙俗的意象，构筑一种难以马上令人认同的情感意念，造成接受者对这种诗歌意象接受的难度，增强了诗歌意象对接受者的艺术感染力和冲击力。艾伦·退特就认为："一首真正的诗，向读者提供了关于整个描写对象的知识，完整的知识，还有描写对象带给读者的感情体验的整体"。② 因此，多种意象和情境的预设，都是为了营建一个接受者可以感知的完整的有机体。

---

① 杨周翰：《十七世纪英国文学》，北京大学出版社 1996 年版，第 183 页。
② 赵毅衡：《"新批评"文集》，中国社会科学出版社 1988 年版，第 555 页。

（三）修饰过度，晦涩难解

当然，有些繁复和修饰的语言并不能造成"有意味"的美感，恰恰相反，因为隐喻的大量使用，晦涩难懂，造成了理解与欣赏上的隔阂，产生了生硬之感，有时让人不知所云。卡尔德隆的《人生如梦》中就有这样的段落：

> 有一次，
> 我在我的书上读到，
> 上帝着重研究的是男人，
> 因为他是一个短暂的人间，
> 然而，上帝怀疑的是女人，
> 因为她是一个短暂的天堂；
> 她的美貌胜过男人，
> 就像天高于地一般；
> 我看到的女人，
> 更是美丽非凡。①

有关男人、女人，天堂、人间的说法就令人费解。在这里因为是王子从"书上"引用，也就具有了调侃意味。

> 喂，女人，你站住；
> 你不要一见面就跑，
> 把日出和日没混淆；
> 因为，把日出和日没，
> 光明和黑暗合在一起，
> 无疑你就省略了白天。②

---

① ［西班牙］卡尔德隆：《卡尔德隆戏剧选》，吕臣重译，昆仑出版社 2000 年版，第 76 页。
② 同上书，第 77 页。

此段话无疑是毫无意义的聒噪，联系剧中前后诗句，并未发现其任何具体所指，也不见得是什么象征与暗示，仅仅是无意识的呓语和夸饰。给人鲜明而突出印象的是国王出场时，阿斯托尔夫和埃斯特莱娅对他的颂扬话语：

埃斯特莱娅：多才的塔列斯

阿斯托尔夫：博学的欧几里德

埃斯特莱娅：你在黄道十二宫中……

阿斯托尔夫：你在星宿之间……

埃斯特莱娅：今天你控制……

阿斯托尔夫：今天你居住……

埃斯特莱娅：它们的轨道……

阿斯托尔夫：它们的行踪……

埃斯特莱娅：是你描绘出……

阿斯托尔夫：是你所测定……

埃斯特莱娅：请允许我依赖这微薄的关系……

阿斯托尔夫：请允许我在亲切的拥抱中……

埃斯特莱娅：做这棵大树的常青藤，

阿斯托尔夫：拜倒在你的脚下。①

整个过程中，语言带着敬重与景仰，也不乏庄严和矜持，但明显地流露出浮夸矫饰、言不由衷的宫廷习气（这其实是宫廷礼仪自身的特点，作者也许只是如实叙写而已）。试想，连如此重要而优秀的巴洛克作品都存在没有意义的语言繁复和修饰，成为珍品中的赘疣，那么其他巴洛克文学作品的语言经常堆砌和雕琢，给人以浮华不实之感，也就不足为怪了。

综上所述，巴洛克文学的张力美首先体现在题材、文体及语言上，

---

① ［西班牙］卡尔德隆：《卡尔德隆戏剧选》，吕臣重译，昆仑出版社2000年版，第30页。

而最终又多能依据"格式塔完形原则"形成一个有机的整体,这就构成了文本"杂多于一"的张力美,产生了"万取一收"的美学效果,它给人造成的阅读感受,正如孙书文所说:"极大激发了文学想象力,强大的刺激督促欣赏者努力去将矛盾、对立的对象全部'吃进去':努力把两个完全不同的东西结合起来,这就是诗的力量的主要来源。在这个克服困难的过程中,读者开拓了自己的心灵空间。"① 不过,与巴洛克文学充实、开放之美相伴而生的,是其过分的雕琢夸饰、繁冗累赘,这就难怪有人既称它为"珍珠",又说它是一颗有瑕疵的"形状不规则的珍珠"了。

第二节　真幻相间　奇常交汇

巴洛克文学除了因为在题材、体裁、语言形式上的兼收并蓄而给人带来"杂多于一"的审美感受,以及因思想理念、价值取向与情感心理上的矛盾多极性而生发的意蕴丰厚美之外,还因为使用真幻相间、奇常交汇的艺术表现手段,而使作品呈现出一种新异感和动态美。

一　现实世界与理想境界的摹写

(一)真幻相间

考察巴洛克文学作品,会发现一个很突出的现象,就是作家们不约而同地在文学创作中注重使用真幻交织、虚实相间的艺术表现手段。作家徘徊于真实与虚幻之间,游走在现实、想象和记忆之中,穿行在远古、现今与未来之际,呈现出一个生气活跃、精神贯注的文学世界。"真幻相间",既指思想内容上的现实与理想的交织,也指艺术虚构上的虚实相生、真幻相济。

首先,巴洛克文学作品因其产生的社会历史文化语境的复杂性,如战乱的社会、纷争的教派、矛盾的哲学观念、堕落的世道人心,而具有

---

① 孙书文:《文学张力论纲》,《山东师范大学学报》(人文社会科学版)2007年第6期。

思想意识及价值观念上的多重矛盾冲突，在各种相互对立的哲学思想如理性主义、感性主义、虚无主义的影响下，人们的精神世界不可避免地陷入了彷徨与动荡之中，作家的使命意识自然会促使他们关注现实、摹写现实。不仅如此，还力求客观、真实地再现现实。因此，一方面，人们积极地思索与探求未来的命运，如西木，作为一个现实中的流浪者、傻瓜和冒险者，不断地在现实之流里沉浮，历经精神苦旅，体验人生百态，寻求心灵拯救；另一方面，现世的浮华与享乐思想又影响了很多人，人生苦短、及时行乐思想意识蔓延。而且，由于创作主体大多是贵族阶层中人，对贵族生活情趣和思想意识的关注就必然成为叙写的中心内容，几个重要的玄学派诗人如但恩、考利和马维尔等的诗歌创作中，都不约而同地表达了对时光流逝、青春不再的哀叹，也流露了放纵情欲、及时行乐的消极意识，西班牙戏剧家卡尔德隆甚至还陷入了宗教狂热与王权崇拜的世俗观念的旋涡。

其次，也有许多体现爱国情怀、关注民生疾苦的作品问世，德国的诗人及小说家在这方面的努力尤其引人注目。前文论及的爱国主义诗篇，感情真挚、热烈的情诗，当然还有格里美尔斯豪森的思想情感纯正、质朴的《农民颂》，等等，都是极好的例证。可以说，巴洛克文学作品是贴近现实生活并在很大程度上自觉地反映了现实生活的本相的。

不过，巴洛克文学在让人们切实地感受到现实的纷杂、动荡、凝重、沉郁……的同时，也不时地将人们引入一种理想的、梦幻般的世界，使人们感受到一种浪漫的、神奇的诗意美。本来，动荡不安、人心涣散的现实世界决定了人们不由自主地幻想和期盼一个没有倾轧、没有骚乱的和平理想社会。因此，巴洛克文学作品对幻想与理想境界的营造，诸如田园牧歌与乌托邦、典雅爱情与贵族道德意识以及格里美尔斯豪森的梦幻、魔幻世界的描摹等，不仅体现了作家对理想世界的憧憬，也寄托了彼时人们对美好生活的浪漫遐想。

因此，巴洛克文学可以说兼有现实主义的质素和浪漫主义的色彩，能使人们在现实的阴暗中看到诗意的光辉。美学家阿米斯曾说："小说是更精致的游戏：那些使我们与我们普通世界更接近的小说就是现实主义的，而那些使我们从这个世界摆脱出来的小说就是浪漫主义的，那些使二者兼容并蓄的小说则是伟大的。"① 许多巴洛克作家也许算不得伟大的作家，但是，至少在艺术实践上，他们是一类有意识地在真实与梦幻、现实与理想、理性与情感之间极力寻求平衡点的作家。作家在真实与虚幻之间的徘徊与游走，恰恰反映了这样一种文化心态：以理想世界的优美和谐，来反衬现实世界的晦暗残酷，以理想世界的浪漫奇丽，激起人们超越现实、追求理想的渴望，致使人们在"真"与"幻"的两极之间，产生一种既厚重又轻灵，既真切又新奇，既现实又浪漫的独特的审美感受。

（二）奇常交汇

1. "奇"之范畴与具体表现

所谓"奇"，有新鲜奇异、不同流俗之意。文学创作中"奇"这一美学形态，带给接受者的往往是新鲜丰富的感受，非同寻常的刺激，神秘离奇的体验，激发的是接受者天然的好奇心和求知欲。因此，古今中外的小说家对"奇"都情有独钟，并发表过精彩的见解。例如，清代的何昌森就认为："从来小说家言，要皆文人学士心有所触，意有所指，借端发挥，以写其磊落光明之概。其事不奇，其人不奇，其遇不奇，不足以传。"② 英国小说家菲尔丁则说："只要作家遵守了作品必须令人置信这条原则，那么他写得越叫读者惊奇，就越能引起读者的注意，越使读者神往。"③ 也就是说一方面是叙写奇人、奇事、奇景、奇境、奇遇，要陌生离奇、引人注目，不可趋同流俗、平凡琐碎；另一方面则要"令人置信"，要符合逻辑、合情合理，不可刻意出奇，令人匪夷所思。

巴洛克文学作品就在不同程度上体现了这种"奇"趣"奇"美。首先，"奇"的一个含义是新鲜，新奇。玄学诗中诸多造意新奇的比喻被称

---

① ［美］万·梅特尔·阿米斯：《小说美学》，傅志强译，北京燕山出版社1987年版，第76页。

② 何昌森：《水石缘序》，丁锡根编：《中国历代小说序跋集》（下），人民文学出版社1996年版，第1295页。着重号为引者所加。

③ ［英］菲尔丁：《汤姆·琼斯》卷八第一章，伍蠡甫：《西方文论选》，上海译文出版社1979年版，第518页。着重号为引者所加。

为"奇喻"，就是说比喻新奇而出人意表、怡人心神。塞缪尔·约翰逊就曾指出，玄学诗人往往"从普通诗歌读者所不大经常造访的幽僻处汲取他们的奇喻"。[①] 但恩把爱情、情人之间的关系喻为"黄金"、"原子"、"毒药"和"圆规"等的做法，马维尔的"花园"，贡戈拉的"黄金"、"宝石"、"麝香石竹"、"耀眼的水晶"的敷陈，都可见出这种"新奇"所造成的艺术感染力。

"奇"之第二义是"神奇"、"奇异"。田园牧歌《安东尼斯》中情人死后变成一朵美丽的玫瑰花，《波吕斐摩斯和伽拉苔亚的寓言》中阿客斯被独眼巨人波吕斐摩斯推下的山头压死后，变成了一条河流。而马维尔的《花园》则以斑斓纵横的想象为我们描画了一个美丽的"花园境界"。诗歌涉及了古希腊美丽的神话故事：阿波罗追逐河神的女儿达芙尼，达芙尼向母亲呼救而被变成了月桂树；潘神追逐仙女希壬克斯，仙女变成芦苇，而潘神用芦苇制成排箫，吹出美丽动听的曲子。这类想象，瑰丽神奇，变幻莫测，令人陡然生出无限遐想。

"奇"之第三义是"怪诞"、"怪奇"，曼衍虚诞、光怪陆离，显示出神异怪诞和魔幻色彩。这种"怪诞"、"怪奇"也是一种神奇，但是更强调其乖张和虚诞的一面，甚至是违反常情常理的一面，造成读者心理上的紧张、难受和拒斥，而后经过情感心理的调适和释放，最终获得一种非同寻常的审美体验。"玄学奇喻"中的极端例子就是但恩的《爱的炼金术》，把恋人梦幻的破灭比作炼金术士的徒劳无功："哦，那全是骗局：正像还没有一个炼金术士获得过金丹/除了给他怀胎的炉鼎增添点儿光环。"在《图像蛊术》中，他把爱情的蛊惑，比作女巫通过制作模拟像而后加以毁坏的行为，最终的目的是戕害他人：

> 我眼光凝视你的眼光，在你的眼眸中
> 可怜我的肖像在那里焚燃；

---

① 转引自傅浩《译者序》，［英］约翰·但恩：《英国玄学诗鼻祖约翰·但恩诗集》，傅浩译，北京十月文艺出版社 2006 年版，第 6 页。

> 我的肖像又淹溺在一汪清澈的泪水中，
>
> 当我低眉瞥视时才发现；
>
> 你可具有那邪恶的法术，
>
> 用画影图形再加以毁坏的方法，杀戮，
>
> 你可以用多少种方式实现你的意图？①

这种"怪诞"、"怪奇"在戏剧和小说领域内的表现更其频繁。《人生如梦》中的迷药设局，亦真亦幻，梦如人生，人生如梦；《神奇的魔术师》的人鬼订约、鬼魂践约；《痴儿西木传》中的豚尾牛脚"怪人"、肯布罗峰的妖魔聚会、魔魔湖水世界；等等，都显露出荒诞不经、怪诞虚妄之气，有的甚至显示出阴森恐怖、惊悚怵目之态。

特别是《痴儿西木传》第一卷第十五章《西木遭士兵抢劫，梦见了战争情景》中，非常细致地描写了一棵"梦之树"——亦即"怪诞人生树"。树上按不同阶级阶层栖息着各种各样的人，有的穿金戴银，有的衣衫褴褛；有的不堪重负，有的作威作福；有的饕餮浪费，有的食不果腹；有的高高在上，颐指气使，有的匍匐在地，位卑言轻。更其残酷的是，树上"噼里啪啦"、"成群结队"地掉下了很多死尸，"这一个丢了胳膊，那一个丢了腿脚，另一个干脆连脑袋都没了"。最后，文中言明："这棵树几乎能够遮蔽整个世界。"② 这里的人与树的意象，就是社会等级制度和战争野蛮残酷的暗喻和象征，可以说这样的魔幻情境描摹细致而又紧贴生活，是现实生活的映射和寓言式强化。

因此，这些"奇人"、"奇事"、"奇景"、"奇境"、"奇遇"，共同构建了巴洛克文学世界的奇幻之气、神异之姿，神神怪怪、真真假假，增添了趣味性、新奇感，起到了新人耳目，佐人谈谐的艺术功效，也增添了文学作品的艺术感染力。

---

① 〔英〕约翰·但恩：《英国玄学诗鼻祖约翰·但恩诗集》，傅浩译，北京十月文艺出版社2006年版，第86页。

② 〔德〕格里美尔斯豪森：《痴儿西木传》，李淑、潘再平译，人民文学出版社2004年版，第55页。

2. "奇"之构设与艺术效果

就巴洛克戏剧和小说而言，追新逐异的"奇"之构设与艺术魅力，具体体现在以下几个方面：

（1）情节构思的着意造奇，以期造成"奇幻"、"奇骇"、"奇异"、"奇巧"等艺术效果。

笔者在第二章"巴洛克文学的张力构建"中从张力产生与表现的角度对巴洛克文学的特征进行了论述。而情节构思、人物摹写、环境铺设及语言组织上的着意造奇，让读者、接受者所产生的审美体验和艺术感知，则是本节的中心内容。

《痴儿西木传》中的奇境、奇遇和误会、巧合比比皆是。第二卷的第十七章《西木看到了妖魔舞会，自己也加入了妖魔的行列》、第二十五章《西木变成了一个小姑娘，他讲述如何受到危险的调情》、第二十六章《西木被当作叛徒逮捕，又被当作妖人带镣示众》、第二十九章《西木讲述一名士兵在"天堂"里的情况》、第三十一章《西木叙述魔鬼怎样偷了教士的油脂，而使猎兵平添了许多是非》等，单凭这些目录就可以想到西木仿佛是在一个亦真亦幻、如梦似幻的环境里穿行、游历，人生充满了变数和惊异，读者也跟着人物进行一次奇异的旅行。当然悬念、误会、巧合也是作家增加作品趣味性的常用手段。第一卷第六章《西木初遇隐士，吓得魂不附体》，他见到的隐士其实就是他的亲生父亲，因为战乱而死了妻子留下了孩子，却永远失去了他们的信息。第二十二章《西木听说他亲爱的隐士是怎么样的一个人》、第二十三章《西木当了侍童，得知隐士之妻在兵荒马乱中失踪》里，西木知道了他所仰仗的、把他当作小丑来对待的哈瑙的司令官，原来就是隐士的妹夫，也就是他的亲姑父。隐士生前还向教士谈及了西木的模样很像他的爱妻的事情。但是故事并未在此时交代那个战乱中幸存的儿童，就是今天的小侍童西木。直到第五卷第八章《西木再次成婚，他邂逅阿爸，知道了自己的来历》，才让人物理清了自己的身世，解开了身世之谜。这样的误会、巧合使得故事奇巧曲折，令人扼腕，使故事结构前后照应、浑然一体，自然更增添了故事的可读性。加之战乱频仍、宗教纷争的时代大背景，不由人不产生世事无常、宿命因缘之慨叹，唤醒读者对身世飘零、心为形役的独特生存境遇的理解与同情，获得一种别样而独特的生存体验和人生感悟。

《神奇的魔术师》中信奉基督教的西普里亚诺和改信基督教的胡斯蒂娜，被敌视基督教的安蒂奥基亚总督惩罚，两人被送上断头台后，由于鲜血抹掉了字据，他们的灵魂最终"升入了神圣御座，生活在极乐王国"。这部典型的宗教神秘剧，人物最终的结局神秘诡异，警示众人要警惕魔鬼对人的巨大诱惑力，只有基督教的信仰可以拯救灵魂，作者的劝善说教意味是很浓厚的。其间的人鬼谈话、立约、践约、惩罚和升天，充满神秘色彩和魔幻意味。同理，《皮尔·瓦尔泰萨尔》和《对十字架的崇拜》等剧本更是体现出卡尔德隆的宗教狂热，国王的奇遇、十字架的象征意味，都表明作家的创作指归，是利用文学手段的新奇、诡异，来制造神秘奥妙的宗教氛围，目的是证明"神正论"即上帝的正义和伟大，以此培养人们的宗教虔诚意识。

（2）人物形象的奇行异举，以期造成"怪人"、"巨人"的"异人"之感，使读者诧异于人物的非比寻常。

人物形象的怪诞离奇自然在《痴儿西木传》中达到了登峰造极的地步。第二章中论述"狂欢化人物形象"时已经对其怪异之处进行剖析，这些小丑式国王形象、肉体收割形象、筵席舞会形象和怪诞人体形象的出现，显示的是民间狂欢精神和多重文化蕴涵。"巨人"、"人形兽"、"兽形人"——波兰王子齐格蒙特的塑造也是充满了夸张和怪诞。至于魔术师的化身"魔鬼"就更是令人惊异：知识渊博、引人堕落、神通广大、行事诡异，是一个"恶"与"善"之对立统一体，虽然坏事做尽，却在最后关头传达上帝的旨意：两名基督徒的灵魂被带到了天庭。

> 诸位你们都听着，
> 为了保护胡斯蒂娜，
> 上天命我对大家陈说。
> 为了诋毁她的人格，我乔装打扮
> 攀登到她家，

并进入她的闺房；

为使她的美名

不受到歧视，

我来这里，

以这种方式

恢复她的名誉。①

魔鬼诋毁了胡斯蒂娜，让人们觉得她是水性杨花的女人，但最终却还她一个清白，还宣扬上帝对她及其情人的恩宠，并声言是上帝让他说出真相，他只是一个信使，因而被尊奉为"上天的魔术师"、"神奇的魔术师"。这个形象具有的审美价值是多侧面的。他既具有恶魔的共性，作恶多端、为非作歹，又似乎超越了单纯恶魔的性质，具有了向善的特性。主观上"作恶"，客观上却"造善"，引导着人类正视自己的人性弱点，最终让灵魂向善。

其实，这种对魔术师形象的艺术处理，让魔鬼的性格具有了双重性，成了后来歌德《浮士德》中魔鬼的雏形，《浮士德》的魔鬼靡菲斯特就是这样一个"作恶造善"之统一体。魔术师形象对众人心灵的冲击力，也可从剧中几个次要人物的惊叹得以体现："多么惊奇！""多么混乱！""多么神奇！""多么惊异！"②

可见巴洛克文学作品中神奇、超凡人物形象的塑造，的确是一个突出的艺术特征，他们笔下的主人公很多是具有怪奇外貌、奇异才能和离奇经历的人物，远离现实庸常社会。也正因为如此，造成了作品的神性、浪漫色彩。

（3）环境叙写的虚幻离奇，意在营建一种象征性、隐喻性的人类生存处境，由此引发读者多层级的人生感悟和哲理反思。

前文论及田园牧歌体诗歌与小说的环境背景，多是虚幻化、理想化

---

① ［西班牙］卡尔德隆：《卡尔德隆戏剧选》，吕臣重译，昆仑出版社 2000 年版，第 454 页。着重号为引者所加。

② 同上。

的背景，究其用意，乃在于躲避现实的混乱、残酷和冷漠，表达人们对理想的精神家园的向往和皈依。巴洛克戏剧则比较热衷于隐喻性、象征性人生境遇的设置。《痴儿西木传》、《人生如梦》、《神奇的魔术师》和《对十字架的崇拜》等作品中的环境设置，就令人感到"奇幻"以至"奇骇"。

《人生如梦》中的波兰王子在梦幻与现实中苦苦挣扎，充满着清醒时的糊涂和糊涂中的清醒，其生存环境蒙上了一层荒诞不经的迷雾。王子被囚禁在波兰宫廷郊外的一座塔楼："一边是崎岖不平的山，另一边是一座塔楼，塔楼的底层是齐格蒙特的牢房。"①

> 这扇门——
> 毋宁说是不祥的嘴——
> 开着，
> 在那中央却是一片漆黑，
> 因为那里蕴育着黑暗。
> （里面传出铁链声）

在荒山秃岭下孤独的塔楼中，生活着戴着铁链、身穿兽皮的王子。王子陷入了最深沉的哲学冥思与痛苦之中，发出了一连串的感叹：

> 因为我有更多的良心，
> 我就有更少的自由？
> ……
> 而我，由于有健康的本能，
> 就该有更少的自由？
> ……
> 而我，由于有更多的自由意志，

---

① ［西班牙］卡尔德隆：《卡尔德隆戏剧选》，吕臣重译，昆仑出版社 2000 年版，第 4 页。着重号为引者所加。

就该有更少的自由？

……

而我，由于更富有生命力

就该有更少的自由？

……

什么法律、正义和道理

会拒绝人们最起码的权利？……

展现在我们面前的是"野兽中的一个人，人类中的一只野兽"，一个想要反抗命运的"巨人"。他虽然被野蛮地对待，但心智的发展依然是健全的。主人公在迷离的现实中找不到自己准确的身份定位，他发现塔楼里的生活是一个噩梦，宫廷里的繁华富贵也只是黄粱一梦。因此，他的独白就充满了这种模棱两可、进退维谷的深层困惑：

为何我的生活把它叫做梦？

难道荣誉和做梦如此相像？

真理会被当作谎言？

假象会被当作本质？①

这部宗教剧中人物的生存境遇既真实又虚幻，在"生活"与"梦"、"荣誉"与"做梦"、"真理"与"谎言"、"假象"和"本质"的混淆混乱中，人物陷入了深刻的精神迷惘和苦闷。文本涉及深奥玄妙的哲学、宗教问题，对人生、自由、命运、荣誉、信仰均进行了质疑与探讨。

《神奇的魔术师》则走得更远，干脆设置了一个人魔共处的幻想世界。西普里亚诺由于"偶像崇拜"（迷恋女人的美貌）和"野心勃勃"而"迷失了方向"。而魔术师化身成的魔鬼，就利用美色来欺骗、诱惑学者出卖灵魂走向堕落。然而，魔鬼的承诺只是陷阱，他并没有践约把真

---

① ［西班牙］卡尔德隆：《卡尔德隆戏剧选》，吕臣重译，昆仑出版社 2000 年版，第 159 页。着重号为引者所加。

实的胡斯蒂娜带到西普里亚诺身边。西普里亚诺怀中的胡斯蒂娜"只剩下一个骷髅，它能很快地飞走或下沉，如同被风吹走一样"。当西普里亚诺迷惑于这恐怖的变化之时，"尸体"告诉他："世上的一切荣耀/都是这样。"正如"一具尸体化作灰尘和烟雾/飘然而去，留下了它携带的华丽的装饰"。① 可见，人物关系和环境均显示出象征性、隐喻性。与前两个作品相比，《皮尔·瓦尔泰萨尔》的象征性更浓厚。国王在"思想"的怂恿下，与自己的王后"虚幻"一起迎娶了东方女王"偶像"。当他们在花园寻欢作乐时，"死亡"骑士警告国王，死神会降临。国王梦见了幽灵，并产生幻听幻觉。当他沉迷于酒色和享乐时，上帝执行了死刑宣判，随即酒宴变成了祭坛。另外，《对十字架的崇拜》则俨然是作家布设的观念图解：对上帝的信仰是无与伦比的。②

由此可见，这些宗教哲理剧的环境设置，绝不是现实环境的再现，而是一种象征性、隐喻性的虚拟环境。在囚禁、释放、反抗、顺从、诱惑、堕落、暴行、忏悔、死刑、升天的交替演绎中，我们明确的其实是人类生存处境的迷离惝恍、不可捉摸，是人类失去自由、荣誉和尊严后的深刻悲哀，也是人类沉湎于欲望、权势、野心而无法自拔的焦灼、苦闷状态的呈现。卡尔德隆展现的是一个基督教的象征世界：人世就是活地狱，人们受着命运的束缚而在世上受煎熬。"生存是最大的罪孽。"③ 从这个维度考察卡尔德隆，他的确是人类处境的诘难者，是现代主义思想意识的前驱，表现主义和存在主义（萨特的"境遇剧"）都多少可以在巴洛克作家这里寻求到其精神渊源。

（三）奇常交汇的陌生化效应

如前所述，这些奇幻之气、神异之姿并不是作者随心所欲所致，而是经过了一番着意安排与精心布设的，体现着作者的艺术匠心，也是一种对现实进行扭曲变形的艺术技巧。"诗的语言将日常用语的语源加以捏合，加以紧缩，有时甚至加以歪曲，从而迫使我们感知和注

---

① ［西班牙］卡尔德隆：《卡尔德隆戏剧选》，吕臣重译，昆仑出版社2000年版，第425页。
② 张瑾超：《卡尔德隆的宗教剧及其神学基础》，《福州大学学报》1999年第4期。
③ 同上。

意它们。……"① 这就是什克洛夫斯基所强调的"陌生化"。他认为诗就是"把语言翻新","使语言奇异化",目的是为了刺激并影响读者机械、套版、被磨钝了的艺术知觉与反应,使之产生新奇、敏锐的艺术感觉。

"陌生化"的重心不在语言的"扭曲形式",而在于传达新奇、独特、令人惊异的生活感受。对此,英国浪漫主义诗人华兹华斯有精彩的见解:诗人的任务是"给日常事物以新奇的魅力,通过唤起人们对习惯的麻木性的注意,引导他去观察眼前世界的美丽和惊人的事物,以激起一种类似超自然的感觉;世界本是一个取之不尽、用之不竭的财富,可是由于太熟悉和自私的牵挂的翳病。我们视若无睹、听若罔闻,虽有心灵,却对它既不感觉,也不理解"。② 这一观点可以说与什克洛夫斯基的观点不谋而合,正好是其"陌生化"理论的极好阐释。可以说,文学作品的新人耳目、引人入胜恰恰就在于其"新奇"和"惊人",带给人"超自然的感觉"。华兹华斯和柯勒律治的《抒情歌谣集》中最出名的诗作《古舟子咏》、《丁登寺》等就是令人惊异从而产生独特审美体验的诗歌作品。

与巴洛克艺术对热烈、矛盾、动感、惊异的追求一致,巴洛克文学作品也注重以陌生化的技法,如"扭曲语言形式",突出人物的非同一般的品格和性格特征,构设奇幻异常之人物活动场景,安排跌宕起伏、神奇怪异的故事情节等,最终造成一种读者的审美心理与文本之间的内在张力:

　　现代心理学表明,审美愉悦的实现来自审美接受主体的两种心理唤醒:渐进性唤醒和亢奋性唤醒……亢奋性唤醒在熟悉的事物中引入了使人高度惊异的难化文本样式,因此它不但有维持审美主体注意的可能性,同时也因为这类模式不可能很快地使人适应而迎合

---

　　① ［美］勒内·韦勒克、奥斯汀·沃伦:《文学理论》,刘象愚等译,江苏教育出版社2005年版,第14页。着重号为引者所加。
　　② 转引自陈学广《文学语言:语言与言语的张力》,《南京社会科学》2004年第2期。着重号为引者所加。

了主体的逆反心理，诱发其对文本进行不断地玩味和揣摩。①

也就是说造成了受众的阅读期待、情感心理与文本之间的巨大错位感和差异感，形成一种陌生感、惊异感、新奇感、震撼感，甚至厌恶、难受、拒斥等难以接受的情感体验。

前文已经论及了各种新奇、奇异、奇幻、奇骇、奇巧之人、事、物，应该指出，诗歌中也有许多陌生、怪异的男女主人公形象，如但恩笔下的像"毒药"一样的朱丽娅，空虚、腐败、淫靡、丑陋的"女友"，贡戈拉的"糖醋女孩"、"宛似毒蛇盘绕在花丛"中的"爱神"……，还有奇特的物象、意象如但恩笔下的"圆规"、"黄金"、"跳蚤"，贡戈拉笔下的"金枪鱼池"、"蓝色响屁"、"云彩撒尿"，等等，无不具有陌生化所带来的新异之气、惊诧之感，从而对人产生巨大的心理与情感的冲击力，充满意外的刺激和惊异。郑克鲁先生就认为巴洛克作家表现出"要充分自由，热爱自然美景，重视古怪的、荒唐的、非同寻常的东西，喜欢玩弄文字游戏和俏皮话"。②

在巴洛克兴盛期，离奇病态、惊世骇俗成为一种时尚，但恩对女性的歧视与厌恶还只是使用丑化的、腐朽的意象，很多诗人则热衷于制造"恐怖意象"。如夏尔-蒂莫莱翁·德·西戈涅《讽刺的欢愉》里描摹的"活骨架"（赠一位女士）：

> 枯朽的木柴，惨不忍睹的一身骨头，
> 干瘪肚皮斑纹点点，背脊瘦骨嶙峋，
> 真个死人的活画像，活人的死面孔，
> 那是幽灵套上了唬人的面具抛头露面，
> 它吓坏了恐惧，让害怕瑟瑟发抖，
> 它让欲望调转方向，让渴求没了念头；

---

① 转引自丁莉、孔帅《论"陌生化"与"自动化"间的张力美》，《漯河职业技术学院学报》2007 年第 4 期。

② 郑克鲁主编：《外国文学史》，高等教育出版社 2005 年版，第 95 页。

光泽尽失的尸骸，坟墓掘出的遗骨，

土里挖出的躯壳，让乌鸦啄了个够，

恰似睡意朦胧中的幻像恍惚；

你是那冰雪融化后的僵尸暴露，

或是绞架上悬挂的巫师的躯体，

魔鬼为他罩上衣衫把人类吓唬！①

诗人奥夫雷《诗神的酒宴》里的"瘦骨嶙峋的女人"：

……

自从那第一夜我与她拥吻，

我便把那卧房想成开阔的墓坟，

她瘦削的躯体似骸骨一堆，

被单是裹尸布，那睡床便是棺木。②

……

这些意象的大量出现，人为雕琢、故弄玄虚，表现了一种尚奇逐异的时代品味，自然也表达了一种时代的"敏感性"，借阴森、恐怖、衰朽、丑陋的聚合，表达对虚空与死亡意识的关注。难怪评论家们要责怪其病态颓废，有一种残酷的、做作的、颓废的美。

这种陌生化手段的运用，不仅造成了欣赏的难度和艺术感觉的新异，还因为人物、情节、语言中存在的矛盾与冲突性质——如典雅形象与怪诞形象的对比转换、现实情节与魔幻情节的交替演化、雕琢语言与广场语言的交织交锋等，使得人们对巴洛克文学文本的审美接受趋于复杂。尽管并非每部作品中都交织着这些对立因素，但这些对立、冲突的文学元素的确经常在最具有代表性的巴洛克作家的诗歌、戏剧与小说作品中

---

① 转引自［法］阿兰·克鲁瓦、让·凯尼亚《从文艺复兴到启蒙前夜》（法国文化史丛书），傅绍梅、钱林森译，华东师范大学出版社 2006 年版，第 224—225 页。

② 同上书，第 224 页。

复现，不能不说是一种值得关注的文学现象。

当然，有"奇"就有"常"。"常"，就是平常之人生世相、常情常理。巴洛克文学作品中常有奇人、奇事、奇景、奇喻、奇境、奇遇出现，但并不排斥对常情常理世界的描摹。而且"奇"与"常"本身是相对的，随着时空关系的变迁还可以互相转化，有些极常见的事物之中也可见出奇崛。

《克莱芙王妃》中就具有这样的常中见奇之不可言喻之美。本来，在俊男美女如云的宫中，人们对于一般意义上的"仪容修美"已经习以为常、不为所动了。而拉法耶特夫人则津津乐道她理想中的"至美"，有意突出两位主人公"异乎寻常"的美。德·沙特尔小姐的"秀雅"与"妙丽"容貌一再引起他人的"惊讶"，克莱芙王子初见她便"一直以惊奇的目光注视她"。而德·内穆尔先生"诙谐风趣，既讨男人也讨女人喜欢，无论什么活动他都显得异常活跃，衣着打扮一向受人模仿，但又是无法模仿的；总之，他从上到下有一种神态，无论出现在什么场合，总能成为众人惟一瞩目的对象"。① "这个王子是个名副其实的美男子，从未见过他的人，乍一见无不感到惊异，尤其是这天晚上，他来之前着意打扮了一番，浑身更增添了几分神采。同样，初次见到德·克莱芙夫人，也很难不诧为奇事。""二人开始跳舞时，大厅里响起一阵啧啧称赞声。国王、王后和太子忽然想起，他们俩从未见过面，看见他们不相识就一起跳舞，觉得实在是件新奇事。"② 而德·克莱芙王妃的另一位崇拜者德·吉兹骑士也认为德·内穆尔先生"实在幸运，同她（指克莱芙王妃——引者注）初识就异乎寻常"。③ 这样的起笔、铺陈，的确为叙写一段传奇、浪漫的爱情故事做好了铺垫，引发人们关注人物感情归宿和命运的强烈愿望。

---

① ［法］拉法耶特夫人：《克莱芙王妃》，李玉民译，北京燕山出版社 2000 年版，第 5 页。着重号为引者所加。

② 同上书，第 20 页。

③ 同上书，第 21 页。

二　世俗气息与浪漫色彩的交融

巴洛克文学在艺术表现方法上真幻相间、奇常交汇，既使其立足于现实人间，蕴含较为深广的生活内容，又使其充满了浪漫、神奇的艺术色彩，从而对读者产生逐奇而不失真的审美刺激与影响。

（一）文本世界构建所传达的世俗气息

所谓"世俗气息"，在此是指文本世界的"真"与"常"所直接涉及的外部现实世界。17 世纪的欧洲是一个充满着各种矛盾冲突、灾难不幸的世界，人们生活于其中，但时刻感受到现实的挤压和心灵的不自由。从沙龙文学描摹的宫廷争斗和倾轧，到玄学诗人笔下的爱情虚幻、人生晦暗，再到格里美尔斯豪森叙写的战争灾难和宗教迷惘，无不向我们传达这样一种信息：17 世纪欧洲各国的现实生活是滞重沉闷而充满情感心灵的焦灼与苦闷的，文学恰恰反映了时代的呼吸与脉搏。世俗气息还包括文学世界里所涉及的人们的衣食住行、风俗民情，前文提到的节日庆典、酒宴、舞会以及各种集市、集会等等，就是世俗气息的具体表现，既包括宫廷生活氛围，亦含纳民间生活图景，此处不再赘述。

就拿诗歌作品所表露出的着意好奇、游戏人生的态度来说，就可见出那个时代的普遍情感心态：轻靡颓丧而又玩世不恭。与马维尔《致他的羞怯的女友》中"植物般爱情"的摹写相近的诗歌还有两首，一首是考利的《女友》：

你的怜悯和叹息够我一年消受，

一滴泪至少够我生活二十年，

温存地看我一眼够我活五十个春秋；

疑惧和蔼的话抵得上百年的盛筵：

如果你对我表示一点点倾心，

就等于又加上一千年的时辰；

这以外的一切是无垠的永恒。

同样的主题在但恩的《计算》中亦再次出现：

> 从昨日算起，在最初的二十年里，
> 我一直无法相信，你竟然会离去；
> 以后四十年，我靠过去的恩宠度日，
> 又四十年则靠希望，希望你愿让恩宠延续。
> 泪水淹没了一百年，叹息吹逝了二百岁；
> 一千年之久，我既不思想，也无作为，
> 意无旁骛，全部身心只念着一个你；
> 或者再过一千年，连这念头也忘记。
> 可是，不要把这叫做长生；而应将我——
> 由于死——视为不朽；鬼魂还会死吗？①

　　有评论者认为考利的诗作写于马维尔之前，从技法上看，马维尔受到了考利的影响，但马维尔将激情更形象地注入于诗歌之中，做到了情感与理性的高度结合。但恩的《计算》一诗，开头倒是一往情深，泪水、叹息、思念，丝丝缕缕，绵绵不绝。但其"伪装"的一往情深，由一句"或者再过一千年/连这念头也忘记"而遭到拆解，玩世不恭的意味暴露无遗。正是前半部分的一本正经反衬出后半部分的不以为然，使得精心营造的爱情神话刹那间土崩瓦解。这首诗，夸张与滥情并举，算不得严肃的爱情诗。这些夸张轻飘的爱情叙写，颠覆了深情脉脉的传统，由单纯质朴、情真意切而降格为浮靡轻放、谐谑调笑，可以说是世俗情感的一种自然流露。

　　（二）真幻奇常抒写所流溢的浪漫色彩

　　斯蒂文森在其《闲话浪漫》中说过："虚构小说之于成年人就如游戏之于儿童，正是在小说中，他才改变了自己的生活的气氛和情调，当游戏特别有趣以至他把全身心都投入其中的时候，当它处处令他欢快不已，

---

　　① ［英］约翰·但恩：《英国玄学诗鼻祖约翰·但恩诗集》，傅浩译，北京十月文艺出版社2006年版，第123页。

当它令读者乐于回味，并且以无穷的乐趣使人忘怀其中时，这部小说才称得上浪漫。"① 阿米斯则说："浪漫是一场游戏，就是一种娱乐，它不是让人们生活得更充实，而是让人们在生活中得到一种松弛。浪漫就是从真实向梦境的飞行。"② 二者一个共识就是浪漫是一种"游戏"和"娱乐"，最终寻求的是精神的放松和愉悦。

巴洛克诗歌作品中大量出现的古希腊神话传说和典故，以远离现实、神秘瑰丽的想象，把人们带到了原始的远古的神话世界，使人们享受到单纯优美的情感交流、活泼奔放的生命体验，当然，也感受了神界的人情人性，甚至是破坏性。

田园牧歌体诗歌与小说则虚构了牧羊人与牧羊女的缠绵悱恻的爱情故事，在虚幻的时空中构筑精神的乌托邦，本身就充满瑰丽的想象和诗意的柔情。马维尔的《花园》以斑斓纵横的想象为我们描画了一个远离尘嚣的美丽的花园境界：

七

在这儿，在滑动着的泉水的脚边，
或在果树的苔痕累累的根前，
把肉体的外衣剥下，投到一旁，
我的灵魂滑翔到果树的枝上：
它像一只鸟落在那里，高歌，
然后整理、梳拢它银白色的翎？
在作更远的飞翔尚未准备好，
在无色光芒中挥动着羽毛。③

诗人感叹自己在这样的境界里找到了"宁静"、"天真无邪"和"甜蜜的幽

---

① ［英］斯蒂文森：《闲话浪漫》，转引自［美］万·梅特尔·阿米斯《小说美学》，傅志强译，北京燕山出版社 1987 年版，第 124 页。

② ［美］万·梅特尔·阿米斯：《小说美学》，傅志强译，北京燕山出版社 1987 年版，第 130 页。

③ 转引自杨周翰《十七世纪英国文学》，北京大学出版社 1996 年版，第 196—197 页。

独"，感到自己摆脱了现实的羁绊而幻化成一只善歌的小鸟，把"粗鄙"和"不开化"远远地抛在脑后，准备着更高远更自由的飞翔和追寻。

浪漫美好的情怀不仅洋溢在幻想的世界里，巴洛克写实小说中，浪漫主义笔法也随处可见，《克莱芙王妃》中典雅爱情的渲染和处理就令人印象深刻。作者并没有在王妃的丈夫死后让有情人终成眷属，满足读者大团圆式的期待心理，而是强调王妃深厚、沉重的道德意识和负疚心理对她思维和行为方式的约束，她宁肯对自己施以惩罚而拒绝德·内穆尔的执著追求。"她一心只想来世，而唯一的愿望，就是能看到他和她处于同样的思想境界。"① 王妃唯一所爱的就是德·内穆尔，只是由于政治经济因素的掺入，她与王子结合在一起，可她从来没有对丈夫产生这种不可言喻的感情。即便如此，在她丈夫抑郁而死后，她却宁肯心灰意冷而死，也不愿接受自己所爱之人的求婚，不能不让人产生诧异之感、钦敬之情。需要说明的是，人们不是因为她恪守妇道，而是因为她性格中的刚强和执着，她深刻的道德忏悔意识而由衷地对之褒扬嘉许。也许，在她的潜意识里，是无法跨越自己间接害死了丈夫的事实的。因此，她的爱情越是强烈，就越是对自己客观上伤害丈夫的行为无法原谅、极端自责和追悔。最终，在修道院的凄清寂寞之中，在远离人群的清修禁欲中，抑郁而死，强烈的悲剧性由此产生。这里，我们可以看到作者是将人物放在激情与理性对立冲突的旋涡里，来描写人物的艰难抉择的，刻画了人物丰富、生动的心理，赋予了人物真挚深邃的情感能量，从而塑造了一位优美高雅而又带有明显的自我受难者性质的贵族妇女形象，引起读者广泛的同情、怜悯、伤感，带给人们复杂难言的情感心理体验。

另外，《痴儿西木传》中"妖魔聚会"和"魔魔湖的和谐世界"的描摹也都是极好的例证。这部作品的浪漫色彩还体现在诸多的神怪情节构设上，如怪诞人生树、莫名其妙的桃花运、水下世界旅行、矿泉的发现等等。

---

① ［法］拉法耶特夫人：《克莱芙王妃》，李玉民译，北京燕山出版社2000年版，第132页。

浪漫主义小说家乔治·桑曾对巴尔扎克说过这样的话："您描绘人类如您所见，我按照我希望于人类的来描绘。"[1] 乔治·桑是强调自己的作品具有理想化色彩，完全不同于巴尔扎克的写实风格。而且，女作家强调她笔下的世界逃离了痛苦不幸的现实世界，是一个比现实世界好得多的世界。由是观之，浪漫也就包含着对现实的超越和对更美好纯洁的理想生活的向往。巴洛克作家笔下的世界斑驳陆离，神奇怪诞，真幻奇常交汇变换，但透过这些扭曲变形的现象，我们会发现一个共同的特征就是，它们都包孕着深厚的情感，明显体现着作家对理想世界向往追寻的诗意情怀和浪漫精神。

三　虚实相济与动态美感的生成

巴洛克艺术的一个重要特征就是极力强调运动，运动与变化是其灵魂。而文学创作中的虚实变化就是一种运动的体现。我国清代小说家金丰曾说："从来创说者，不宜尽出于虚，而亦不必尽出于实。苟事事皆虚，则过于诞妄，而无以服考古之心；事事皆实，则失于平庸，而无以动一时之听"，只有"实者虚之，虚者实之"，方可收到"娓娓乎有令人听之而忘倦矣"的艺术效果。[2] 晚清文论家刘熙载在评价庄子之文时亦说道："庄子文看似胡说乱说，骨里却尽有分数。彼固自谓猖狂妄行而蹈乎大方也，学者何不从蹈大方处求之？"[3] 可见，庄子的"胡说乱说"，虚虚实实，绝然没有失掉对"大方"的追求，只不过宏旨遥深，一般的读者一时难以把握而已。

而且，这种虚实之间的张力变化，会生成一种气韵生动、气势飞动之美。蒋述卓先生在《说"飞动"》一文中曾指出，在我国"真正把'飞动'作为一种美学理想并大力倡导的是唐代诗僧皎然"。他认为皎然所说的"飞动"包含两层意思："一是语言的活泼生动，二是全篇的结构呈动态的变化。""固须绎虑于险中，采奇于象外，状飞动之句，

---

① 转引自郑克鲁主编《外国文学史》，高等教育出版社 2005 年版，第 196 页。

② （清）金丰：《说岳全传·序》，上海古籍出版社 1985 年版，第 1 页。

③ （清）刘熙载：《艺概》，上海古籍出版社 1978 年版，第 7 页。

写冥奥之思。夫稀世之珠，必出骊龙之颔，况通幽含变之文哉！"在"险"中推衍思虑，搜"奇"于物象之外，以"飞动之句"状写"冥奥之思"，在一种险与奇的艺术意境中，用灵动飘逸的诗句把幽冥精微、奥妙深邃的思想意识呈现出来。可见，古代文论范畴中的"飞动"之美，代表了一种美学风格和美学思想，涵纳的意思之一就是结构的动态变化。①

当然，虚实相济造成的结构动态变化，在抒情性作品与叙事性作品中的具体表现是不同的。就巴洛克文学来说，大多数的抒情性作品，如"玄学诗"、德国抒情诗、西班牙贡戈拉的夸饰主义诗歌和克维多的警句主义诗歌，往往是在虚实相生的意象之间，在本体与喻体之间、在外在韵律与内在节奏之间形成了一种动态的美感。而叙事性作品《痴儿西木传》、《波吕斐摩斯和伽拉苔亚的寓言》、《孤独》、《人生如梦》、《克莱芙王妃》等作品，则是在以虚济实的情节构设、亦真亦幻的人物形象塑造等方面使作品在结构形式上获得富于变化的动态美。

以"玄学诗"而言，前文论及的"玄学奇喻"，不仅在语言上显示了华丽繁复的美（有些流于雕琢和堆砌），同时也造成一种飞动的态势。新批评派代表人物退特和维姆萨特就从"奇喻"的性质中发现了诗歌语言与结构的密切关系。从《赠别：禁止伤悲》中"黄金"、"圆规"的隐喻及其与其他诗节的关系研究来看，诗人先是运用了两组对比：地震与天震（"九天穹隆的震荡"）进行对比，世俗恋人的爱情与"我们的精纯爱情"进行对比，表明诗人注重对立、冲突元素的并置和比较，思维跳跃，富于变化，各类奇喻最后连缀成了一个整体，从而使得诗歌内蕴饱满，充满张力，共同构成了整首诗的张力美感。

《痴儿西木传》中的现实情节与魔幻情节，隐喻性人物"怪人"与西木的比照，西木自身的痴傻愚顽与睿智过人的比照，亦即这种动态的呈现。更有意味的是，贡特·魏特教授研究出作者是以行星的结构变化，来映衬西木人生的升降浮沉，把有关金木水火土以及太阳、月亮等的星

---

① 蒋述卓：《在文化的观照下》，广东人民出版社1997年版，第336页。

相学知识，融入了作品的象征式隐形结构分析之中。① 由此可见巴洛克作家对象征性"对应结构"的热衷与关注。而贡戈拉的《孤独》显然在神话故事和现实世界的交替轮转中，为主人公安排了精神上、心灵上的探索之路。《人生如梦》的梦境与现实的合一处理方式与《神奇的魔术师》中魔鬼与人类的订约仪式，以及最后的灵魂升天处理，使得作品的情节结构与隐喻式主人公设置再次具有了更广大的阐释空间。据研究，歌德《浮士德》中的人魔订约和灵魂皈依，就取鉴于《神奇的魔术师》。

巴洛克文学由真幻相间、奇常交织而营造的动态美，就如刘熙载所说："庄子寓真于诞，寓实于玄"，极尽"寓言之妙"。② 并说："文之神妙，莫过于能飞……今观其文，无端而来，无端而去，殆得'飞'之机者。"③ 正因为有这样一种难以捕捉的"飞动之趣"，所以人们在阅读巴洛克文学的一些经典文本时，才会不时地感到其间充满了一种意蕴丰富乃至迷离惝恍的审美张力，从而获得难以言喻的审美快感。

第三节　雅俗轮转　庄谐共济

如果从审美趣味上去观照巴洛克文学文本，那么就既能体味其贵族之典雅与庄重，又能感受其民间之俚俗与粗放。这种审美趣味不仅体现在贵族阶级巴洛克作家的典雅庄重与平民巴洛克作家的俚俗粗放的鲜明对比上，也体现在二者之间的轮转交汇上：格里美尔斯豪森是这方面的卓越代表，他出身底层，但是学识渊博、视野开阔，智力超群，在雅俗、庄谐之间纵横驰骋、左右逢源；不少贵族巴洛克作家、宫廷作家则热衷于在作品中使用粗野、鄙陋、放诞的俚俗语言，描写粗俗滑稽的场面，塑造品格低下、容颜丑陋的人物，形成了巴洛克文学在审美趣味上的一个非常突出的特色：雅俗轮转、庄谐共济。

---

① ［德］格里美尔斯豪森：《痴儿西木传》之《译本序》，李淑、潘再平译，人民文学出版社 2004 年版，第 7 页。
② （清）刘熙载：《艺概》，上海古籍出版社 1978 年版，第 7 页。
③ 同上书，第 8 页。

一 典雅风尚与俚俗趣味

所谓"雅",即典雅,"体现的是上流社会与文人学士的审美理想。因此,典雅的对象均为人工创造物。从对象上来看,凡能使人感到典雅的对象都具有高贵、精致、清新、脱俗、飘逸,并且具有很深的文化意蕴的特点"。① 这就明确了两层意思,一是典雅好尚建基于上流社会和文人学士的审美理想;二是典雅所具有的基本内涵是:精致、高贵、脱俗、飘逸。持此以观,巴洛克文学的典雅审美追求自然是非常突出的,有的甚至因为过分追求精致典雅而显得矫揉造作。

(一) 典雅风尚

有学者论及"典雅"时说,"欧洲宫廷文艺也是高雅的,在文学、绘画与雕塑中,都是描写和塑造理想的人物与生活,特别是以高贵的帝王、贵妇人与宫廷娱乐方式为题材,叙事结构严谨,语言准确明晰"。② 并以文艺复兴时期波提切利、拉斐尔、达·芬奇和19世纪古典主义艺术家安格尔等人的绘画艺术为例,来说明绘画中的高雅风尚。安格尔的纯净自然的人物神态和圆润流畅的线条,波提切利的细腻笔法与色彩、明暗处理,达·芬奇的精致构图、神韵毕现(庄重与典雅、妩媚与神秘)等,都理所当然代表了艺术中的高雅情调。值得一提的是波提切利的《维纳斯的诞生》,以爱与美之女神维纳斯的诞生,不仅表现出对人体感官美的欣赏,更通过沉思冥想而获得精神上的超越和升华,达到了古典的唯美主义与基督教禁欲主义的结合,也暗示了维纳斯与圣母玛利亚的结合。整个画面体现出想象瑰丽、宁静和谐的特点。

其实,这方面的突出代表当然还有西班牙的宫廷御用画家委拉斯凯兹,一位典型的具有"贵族威严与高雅气质"的巴洛克画家。他的作品有为旧教国王西班牙腓力四世画的20多幅画像,突出显示国王的威严、奢华及英雄气质,其中最有名的就是《狩猎家腓力四世》。另外,王后、王子、公主、贵妇等等当然也是他取材的来源。《卡罗士骑士像》《玛利

---

① 张法、王晓旭:《美学原理》,中国人民大学出版社2009年版,第129页。
② 同上书,第131页。

亚德利莎公主》和《公主与宫女》，既彰显了王室生活的华美、威严、高雅，也显示了他非凡的创作才能和捕捉细节的功力。

这种艺术品中的帝王生活和宫廷画面，在巴洛克文学作品中也得到了极其生动丰富的体现，17 世纪巴洛克文学对"典雅"的追求在当时就构成了一种文学审美风尚，这从其题材、意趣和艺术表现形式等方面均可以非常清楚地看出来。《克莱芙王妃》的宫廷叙事和《痴儿西木传》学者式的典雅文化品位就是典型例证。

前文已对巴洛克文学的典雅题材选择与意趣导向详细论及，这里不再赘述。17 世纪的德国文学界更是提出要摒弃市民文学传统，提倡一种讲究形式、追求典雅的具有宫廷色彩的文学。在诗歌领域，"诗人都把古希腊罗马的古典诗，文艺复兴时期的意大利诗歌以及由此衍生的法国诗歌视为正宗，把本民族的诗歌传统和民歌排挤到地下"。① 朱光潜先生也说过："德国学者常把诗分为民间诗与艺术诗两类，以为民间诗全是自然流露，艺术诗才根据艺术的意识与技巧，有意地刻画美的形象。"但随后即指出"这种分别实在也只是程度上的而不是绝对的"。② 法国的文学创作在文艺复兴时代就形成了两股文学潮流，一股是贵族倾向的文学，一股是平民文学。贵族文学以诗人龙沙为首成立了"七星诗社"，歌颂自然与爱情，提倡个性解放，反对禁欲主义，但是轻视民间文学，追求典雅风尚。到了 17 世纪法国的贵族文学以沙龙为依托，呈现了追求典雅、喜好雕琢的风气，也涌现了一些值得称道的作家，如拉法耶特夫人、斯鸠德里小姐等，但是却为法国王权兴盛时代的产物——古典主义文学——的光芒所遮蔽，因此，长期得不到充分的关注。

在 16 世纪西班牙巴洛克主义早期，萨拉曼卡派代表人物路易斯·德·莱昂修士的诗歌表现出这样的特点："辞藻华丽，且喜用拉丁语汇，对后来的夸饰主义文风有直接影响。"③ 17 世纪则是西班牙巴洛克文学全盛时期，在贵族宫廷诗人贡戈拉和克维多的身边聚集了大量的"夸饰主义"和"警

---

① 安书祉：《德国文学史》，译林出版社 2006 年版，第 245 页。
② 朱光潜：《诗论》，北京出版社 2005 年版，第 25 页。
③ 陈众议：《西班牙文学大观园》，湖北教育出版社 2007 年版，第 32 页。

句主义"诗人。佩德罗·德·埃斯皮诺萨、索托·德·罗哈斯以及胡安·德·哈乌雷吉等，都是夸饰主义的代表，诗风与贡戈拉一样雕琢、晦涩。而卡里约·伊·索托马约尔则被认为是西班牙"最纯粹的诗人"，"他在美学专著《诗学发凡》中认为诗歌之美，关键在于信守高雅、秉承古典，因此一切粗俗和世俗都是有害的"。① 宫廷诗人克维多则接受了古罗马作家佩特罗尼乌斯的诗学观点："远离一切粗俗的词汇，远离一切贫民的语言。"②

可以说，言语的高贵典雅、举止的雍容华贵、态度的谦恭有礼、服饰的精美华丽等，都形成了这一特定阶层的识别性标志。拉法耶特夫人对贵族礼仪的关注，但恩对精致修辞的孜孜以求，都或多或少显示了这种习性。也就是说，无论作家自身的出身背景如何，巴洛克文学的一个最大的艺术特征就是追求典雅庄重，最大限度地获得令人惊异和震撼的效果。

与思想意识层面的典雅趣尚相适应，巴洛克文学在艺术形式方面，也对"典雅"文化孜孜以求，这具体表现在以下两个方面。

1. 师承古典，重视规则

贵族巴洛克作家（包含许多宗教僧侣作家）一个重要的理念就是从古代希腊罗马文化、中世纪文学以及文艺复兴文学中寻求艺术的灵感，注重学习使用拉丁语，在诗歌创作中尤其注重学习先进的意大利文化。因此，西班牙、法国，以及后来的德国，都注意从意大利汲取文化精神养料，在文学体裁上，继承意大利"温柔的新体诗派"传统。

其实，"温柔的新体诗"是对普罗旺斯抒情诗、西西里爱情诗传统的继承与突破，抒发对爱情的热烈向往和真挚朴素的情感。但丁的《新生》抒写对美丽女子贝雅特丽齐的浪漫情感以及女子死后的深切哀悼和绝望思念之情，文笔清新典雅，是"温柔新体诗"的最高成就。到了文艺复兴时代，则由意大利的彼特拉克发扬光大，在其《歌集》中抒发对女友劳拉的真挚爱情和恋人死后的伤感痛苦，写下大量的十四行诗，并使这种诗体臻于完美。

十四行诗是欧洲的一种抒情诗体。音译为"商籁体"，语源于普罗旺

---

① 陈众议：《西班牙文学大观园》，湖北教育出版社 2007 年版，第 269 页。
② 同上书，第 276 页。

斯语"sonet"，本是中世纪民间流行并用于歌唱的一种短小诗歌。文艺复兴时代诗人积极提倡这种体裁和形式，意大利诗人彼特拉克成了十四行诗体最优秀的代表。16 世纪初，十四行诗体传到英国，风行一时，到 16 世纪末，十四行诗在锡德尼、斯宾塞等人的发扬光大下，俨然成为英国最流行的诗歌体裁。莎士比亚的十四行诗优美、典雅、深挚、幽婉，成为其中的珍品。十四行诗的音律要求在各国也稍有不同：意大利十四行诗形式为前八后六，前八行分作两节，每节四行，押韵分布为 abba，abba；后六行分为两节，每节三行，押韵分布为 cde，cde 或 cdc，dcd。英国则在莎士比亚的改造下按照四四四二编排，前三节均为四行，后两行点明诗歌主旨，其押韵格式为 abab，cdcd，efef，gg。另外，还有 abba，abba，cdc，dcd 或 abba，abba，cdc，ede 等押韵格式。因为形式要求严格，如果能够完美处理，则是伟大诗才的极好明证。①

　　在 17 世纪的西班牙，波斯坎和加尔西拉索致力于对意大利诗歌的模仿，加尔西拉索甚至被评价为："为意大利式十四行诗找到了合适的土壤，即西班牙民间诗歌自由、活泼的传统和西班牙宫廷诗歌高贵的品质的结合。"② 17 世纪的德国诗人则做得更为彻底。他们崇尚彼特拉克爱情诗的形式和内容，形式上重视十四行诗，内容则是描写爱情及其不能实现的伤痛，掀起一股"彼特拉克诗风"。③ 而且为了显示形式上的尊奉古典和追求完美，他们热衷于写格律要求相当严格的十四行诗，戴着脚镣跳舞。

　　这一情况类似于古典主义的"三一律"对剧作家的限制，而往往是既遵循规则又创作出优秀作品的作家成为最受追捧者，拉辛和莫里哀就是悲剧和喜剧领域内最成功地遵守了"三一律"的剧作家。同理，贡戈拉、格吕菲乌斯就是成功地创作了十四行诗的诗人了。"十四行诗的形式严谨，规则固定，一个诗人想要既不破坏这种诗歌体的固定规则，又要充分表达自己的思想感情，他就必须熟练掌握这些规则并且具有驾驭这些规则的能力，而且还要有在客观限定的范围内充分发挥主观能动性的

————————————————

① 参见安书祉《德国文学史》，译林出版社 2006 年版，第 246 页。
② 陈众议：《西班牙文学大观园》，湖北教育出版社 2007 年版，第 36 页。
③ 安书祉：《德国文学史》，译林出版社 2006 年版，第 246 页。

坚强意志和顽强精神。……他（指格吕菲乌斯——引者注）的十四行诗
不仅形式上毫无破绽，内容上也恰当地表达了他既否定又肯定，既绝望
又抱有希望的思想。"① 格吕菲乌斯的诗歌既有抒写伤痛的爱情诗又有严
肃优美的爱国主义诗篇，还有很多由于身处乱世而陷入彷徨苦闷的诗作，
情感丰富热烈、庄严雅正。其《重病中的哀叹》就是一首充满象征意味
和感伤色彩的诗歌：

> 我觉得，不知道为何，总是不断地叹息，
> 我日日夜夜哭泣，枯坐着无限忧伤，
> 我还有无限的恐怖，我心中的力量
> 已经消失，精神萎靡，双手无力。
>
> 我的面色苍白，我那快活的眼神
> 消逝了，就像已经烧完的蜡烛之光。
> 我心中思潮起伏，像三月的海一样。
> 什么是人生，什么是我们，我和你们？
>
> 我们干吗在空想！我们干吗要妄求？
> 我们现在很显赫，明天就进入坟丘：
> 好花转瞬付春泥，我们是浮沫，是清风，
>
> 是烟雾，是溪河，是霜，是露，又是幻影。
> 今天的一切，明天皆成空，我们的所行，
> 无非是一场混杂着痛苦的恐惧之梦。②

诗歌忧伤、哀婉、悲愤、绝望，用一连串的比喻"浮沫"、"清风"、"烟
雾"、"溪河"、"霜"、"露"以及"幻影"，层层递进地表达自己的"人

---

① 安书祉：《德国文学史》，译林出版社 2006 年版，第 260 页。
② 《德国抒情诗选》，钱春绮、顾正祥译，陕西人民出版社 1988 年版，第 25 页。

生如梦"之慨叹。更可贵的是，诗歌不忘严格遵循十四行诗的形式要求。情感饱蘸、声声如诉，铺陈渲染、一唱三叹，与西班牙戏剧家卡尔德隆的《人生如梦》有异曲同工之感。

无论是德国小说"气势磅礴、绚丽多彩"的表达，还是英国玄学诗歌的"机巧、理智、晦涩"的文字游戏，抑或法国小说精妙绝伦的贵族礼仪、场面烘托与委婉曲致、一唱三叹的心理描摹……都毫无疑问地显示了此类文学作品对"高贵"、"典雅"、"非同一般"的追求。尽管我们发现巴洛克风格并非贵族特有的嗜好和文化特征，但贵族的确把这种"庄严、古怪"的巴洛克艺术特征强调到了极致。

最典型的例证莫过于法国贵族沙龙文学对形式美感的孜孜以求了。以至于到了 18 世纪 40 年代，德·杜芳夫人的沙龙成了巴黎著名的时尚和艺术中心。"这个沙龙推崇优雅的形式美感，在这里，品味格调上的错误比道德上的错误更要严重得多，这个世界是由无数不成文的规则维护起来的，以防止倦怠感的侵袭。"① 张彤先生精辟地指出："对于 17 世纪上半叶的法国贵族来说，沙龙的聚会方式虽然为他们提供了谈情说爱、附庸风雅的机会，但还远不足以显示他们的与众不同，他们需要的是更多的形式上的东西，来显露自我的高贵。"这样就自然而然地从服饰、装扮、语言、礼节等各个方面，形成了一套上层社会的社交准则。② 例如：贵族妇女大多喜爱滚着蕾丝花边的皱褶长裙，男子则头戴假发套，帽子上还插着夸张的长羽毛，说起话来曲折隐晦，一味追求典雅独特。言谈最终变得故作高深，矫揉造作。例如：把椅子叫做"谈话的舒适"，把镜子叫做"风韵的顾问"，把跳舞叫做"赋予我们脚步的灵魂"，等等。法国喜剧家莫里哀不客气地对此种现象进行了辛辣的挖苦和讽刺。陈惇先生则不无调侃地说道："这种风习把人们弄得疯疯癫癫，胡言乱语。"③

---

① ［美］艾米丽亚·基尔·梅森：《法国沙龙女人》，郭小言译，中国社会科学出版社 2003 年版，第 235—236 页。

② 张彤：《法国文学简史》，上海外语教育出版社 2000 年版，第 82—83 页。

③ 陈惇：《莫里哀和他的喜剧》，北京出版社 1981 年版，第 29 页。

2. 铺陈雕琢，辞藻华美

贵族巴洛克作家继承典雅文化传统还有一个要义，就是注重习用拉丁语词，喜好用典，发展到后来就是辞藻华丽，雕缋满眼。无论是诗人还是小说家、戏剧家，都注重语言华美，修辞手法多样，所以人们经常把巴洛克时代称为"浮华绚丽"的时代，素有"奢华"巴洛克之称。

这种文辞的典雅繁复，前文多有论述，足见巴洛克时代的作家们从理论到实践，都注意到了这一问题。夸饰主义风格的诗歌更是注重辞藻雕饰华美、音韵朗朗上口。有学者认为贡戈拉的抒情诗因其"构思奇巧"、"设喻独到"而"值得珍读"，尽管"有唯美主义之嫌"。他的设喻突兀奇巧，把雪山喻为"巨人"，把大海喻为"冰冷的蔚蓝的坟墓"，鸟儿则是"带羽毛的小铃铛"，形容姑娘的眼眸则夸张成"她用她的一对太阳把挪威烤焦"，等等。① 典型范例当属《克莱芙王妃》，语言精致典雅，合乎贵族社交礼仪和庄重得体的宫廷训诲。有些语言隐晦精美，刻意传达一种贵族式的婉转深意，如不仔细推敲，很难明了其具体所指：

> 夫人，我比德·内穆尔先生更值得怜悯，我对您一直由衷地敬重，如果有冒犯之处，如果我刚才看到的情景所感到的痛苦向您流露出来，还请您原谅。我这样大胆对您讲话，既是头一次，也将是最后一次。死亡，至少是永远离开我再也不能生存的地方，因为，我原以为所有敢于注视您的人都像我一样不幸，现在连这点可怜的安慰都丧失了。②

这是克莱芙王妃的倾慕者吉兹骑士，因为王妃流露出对德·内穆尔先生的深切关爱（后者比武时坠马受伤）而对王妃所说的一番话。至少包含了以下几层意思：（1）您已经向我们大家暗示了您对德·内穆尔先生的特殊关爱之情；（2）我明了这特殊关切背后的一切潜台词；（3）我也倾

---

① 李红琴：《西班牙文学黄金世纪的伟大诗人贡戈拉流派归属辨析》，《国外文学》1996 年第 1 期。

② ［法］拉法耶特夫人：《克莱芙王妃》，李玉民译，北京燕山出版社 2000 年版，第 57 页。

慕您并因此感到痛苦；（4）原以为您高不可攀，但是事实却并非如此。然而，语言却如飞掠在空中的小鸟，如奔突在原野的小鹿，让人颇费心思，揣度衡量之后才会理清头绪。更有甚者，当德·内穆尔先生向王妃倾诉衷情时，语言之晦涩曲折，只有"九曲回肠"四个字可以贴切地形容。"我要告诉您的，夫人，无非是我曾经强烈地希望您没有向德·克莱芙先生承认您向我隐瞒的事儿，强烈希望您向他隐瞒您向我表露的事儿。"这里其实涉及一个具体的情境，就是德·内穆尔先生恰巧偷听到了王妃由于爱上了他内心感到愧疚，转而告诉了丈夫，并向丈夫求助的一场谈话。"向我隐瞒的事儿"自然是指王妃向德·内穆尔先生隐瞒自己爱上了他的事儿；而"向我表露的事儿"即是渐渐地因为被德·内穆尔先生打动而流露爱慕情思的事儿。可是，这样的语言需要善于逻辑推理的头脑才不至于掉进迷宫般的语言陷阱。

要言之，巴洛克文学对典雅的追求喜好，表现在各个层面：从题材范围上讲，巴洛克文学文本对宫廷生活题材、田园牧歌题材、宗教题材等情有独钟，显示了题材内容上的庄重、典雅；从思想意趣上讲，体现了上层贵族的生活情趣、情感倾向和宗教虔敬；自人物形象塑造来看，则是典雅、风雅人物充斥其间，作为推动贵族时尚品位的主力军；以艺术手段而言，绚丽多姿的意象世界、典雅雕饰的文学语言等等，流露出了巴洛克文学的雅正癖好甚至宫廷习气，共同表现了巴洛克文学世界的庄重典雅、繁复奢华之美。不过，巴洛克文学还有另一面，即它又不时地显示出对俚俗鄙野的刻意追求。

（二）俚俗趣尚

1."俗"之内涵与本质

所谓"俗"，与"雅"相对，则是"平庸"，"不高雅"之意；也有"大众的"，"通行的"意思，体现的自然是平民社会、市民社会的生活状况与审美情趣。因而，平民巴洛克文学，其实正是一种带有浓厚民间文学和俗文学色彩的巴洛克文学。用带有活泼、粗野、充满原始生命力的民间语言，即民间流行的、通俗而语意警醒或表意诙谐生动的俗语、俗谚，以及俗文学形式如歌谣、曲子、民间传说、话本、笑话等，来反映世俗的风尚喜好，构成了自由疏放、粗野流俗然而极具生命气息的文学世界。笔者在第二章《巴洛克文学的张力构建》中论及了贵族思想意识与平民狂欢精神之间的差异、对立和冲突，正是这种差异、对立和冲突，体现了不同阶级、阶层迥异的审美趣味和文化品位，从而构成了巴洛克文学世界的立体感、多面性，也由此证实，作为一个整体来看的巴洛克文学思潮与流派，它代表的是整个时代的文学与文化的观念与品位，而不仅仅是贵族形式主义的东西。

这种俚俗趣味更多体现的是民间集体意识和底层民众的审美情趣，构成了大众生活的一部分，是对典雅庄重的颠覆，是原始意识、本能意识的发泄、变形与投射，本质上也是人的精神的一种自由和解放。

巴洛克文学中的"俗"之表现是多方面的，如怪诞的人体形象、粗鄙的人物语言、民间笑话、插科打诨、占卜星相，等等。这些作品看起来更像一个包罗万象的万花筒，能广泛地展现出世俗社会的人生百态，流露出浓厚的世俗生活气息。在巴洛克作家笔下，俚俗、粗野、放诞等内容随处可见。不仅平民作家如此，贵族作家亦乐此不疲。格里美尔斯豪森的作品中的打架、筵席、舞会、屠戮场景的粗鄙放诞特征，但恩艳情诗中的粗鄙调笑，贡戈拉的逆反戏拟，等等，不一而足，都说明巴洛克文学并不拒绝粗俗和放诞，所谓的贵族阶级的高雅文学趣尚，仅仅只是巴洛克文学的一个方面。如《痴儿西木传》，作者正是在西木际遇的沉浮跌宕中，凸显其性格中正邪两赋的审美张力。他的玩世不恭和放浪形骸，他与贵妇人的艳遇以及四处打劫、招摇过市，无不流荡着一种带有原始本能气息的俚俗之趣，带给读者一种陌生、怪诞的审美刺激。

值得一提的是，巴洛克文学文本中不仅塑造了怪诞夸张的人物形象，文学语言也充满着机智、幽默、夸张、反讽、嘲弄和谐谑的喜剧感。《痴儿西木传》中的广场吹嘘、诅咒发誓、粗野谩骂、机智反讽，就营造出一种语言的狂欢，既体现了鲜活的人物性格，也拓展了语言的表现力和涵盖力。

2. 俚俗趣尚产生的原因

造成巴洛克文学这一审美趣尚的原因，笔者以为有如下几点：

（1）俚俗语言是一种来自民间和底层的富有原始气息和生命力的语言，它不仅涉及人吃喝拉撒睡等本能需要，也涉及自然现象、人生哲理、生活常识，等等，可谓包罗万象、应有尽有。而其中最有生命力，最能体现人的原初本真状态的，还是那些与人类的原始欲望和本能密切相关的语言。作家们，不论身份高低贵贱，都能体会到这些来自民间的活生生的语言的生命力与艺术魅力。

其实，古希腊时代的哲学家们就已经发现，悲剧的接受对象固然更多的是具有一定文化学养的人，喜剧的接受对象则绝不仅限于"下里巴人"，王公贵族一样对喜剧情有独钟。文艺复兴时代，伶人经常被请到宫里为达官贵人们演出。莎士比亚的剧团就曾为王室表演喜剧，伊丽莎白女王对莎士比亚的喜剧《温莎的风流娘儿们》赞不绝口，并因此赐给莎士比亚一笔赏金，宫廷对"俗"文化的需要和吸纳是显而易见的。

《堂吉诃德》（塞万提斯的创作带有明显的巴洛克风格）和《痴儿西木传》中都有大量的谚语、俗语、俚语，小到天气阴晴大到生老病死，都用民间俗语加以表现。《堂吉诃德》里的俗语、谚语洋洋大观，不仅博学的乡绅堂吉诃德引经据典地征引，没有文化的农民桑乔更是满嘴俚语俗谚，增加了作品的喜剧效果。如堂吉诃德常说："善待无赖等于向海里泼水。"① 桑乔则说："退却不等于逃跑，等着也不算聪明。"② 堂吉诃德一心想扫尽人间不平事，桑乔则觉得不问青红皂白就砍砍杀杀也不是明智之举，读来就很有喜剧感。《痴儿西木传》中的俗话、俚语、双关、歌谣随处可见。"闪光的并不都是利剑，正如农民当了老爷"，用来暗示王公贵族比一般的平民百姓更有能耐；使用俗语"苹果落地，离树不远"的说法，来暗中褒扬某些可尊敬的父母长辈，显得生动幽默、妙趣横生。"药剂师"与"剥削者"谐音，暗讽药剂师和医生都是诈取钱财的人；"作者"说自己从"西木"变成了"梅尔西奥"，其实是喻指自己从"头脑简单"的人变成了"聪明人"；而讥嘲某些自以为是的"博士"时，

---

① ［西班牙］塞万提斯：《堂吉诃德》（上），刘京胜译，中国书籍出版社 2006 年版，第 136 页。

② 同上书，第 137 页。

作者道:

> 我得出了这样一个毋庸置疑的结论,最仁慈的上帝赋予每一个
> 人以符合于他所赐给他们的地位的聪明才智,使他们能够借以保全
> 自己;多少人狂妄地自称是这个博士,那个博士,似乎只有他们才
> 是聪明人,是万事通,却不懂这样一句俗话:山外自有能人在![①]

这些生动活泼的语言自然使得作品显出了生机勃勃、睿智灵巧的风格特
征,同时给予读者丰富广泛的智性和知性养料,丰富了他们对世界和人
生的理解。

(2) 按照艺术规律的要求来看,个性化的人物语言尽管还没有受到
特别强调,但是作家有意识地让人物的言行举止合乎其身份地位则是肯
定的。《堂吉诃德》中堂吉诃德就教育桑乔要明确由于身份和地位的不
同,语言和仪表的要求也是不一样的,骑士就有骑士的言行,总督就有
总督的威严,而农民自然就可以言语放肆、行为粗俗些了。《堂吉诃德》
第五十一章中引述了堂吉诃德给桑乔的一封信——"曼查的堂吉诃德给
巴拉托里亚岛总督桑乔·潘萨的信":

> 据说你当总督还像个人似的,可你当普通人的时候,就凭你那
> 寒酸劲儿,却像个牲口似的。桑乔,你应该告诫自己,时时注意,
> 而且也有必要注意,当官就得有个当官的样子,身居要职的人外观
> 必须与他的身份相符,而不能由着自己的寒酸性子来。[②]

还不厌其烦地交待桑乔要"注意穿戴"、"令行禁止"、"厚道德薄恶习"
等等。这篇著名的劝诫词,正好可以说明在 17 世纪的作家意识中早就有

---

① [德] 格里美尔斯豪森:《痴儿西木传》,李淑、潘再平译,人民文学出版社 2004 年版,
第 118 页。

② [西班牙] 塞万提斯:《堂吉诃德》(下),刘京胜译,中国书籍出版社 2006 年版,第
657 页。

了人物言行举止合乎身份地位的观念了。

因此，当作品中的人物本身是底层民众，由于生活环境、知识学养和思想意识的原因，不可避免地，人物的言语行为就会带上诸多本阶级阶层的特色，因而作家塑造人物形象时，自然会选择与其身份境遇相契合的语言和行为了。这样，也就会更多地涉及民间俗文化的内容。

（3）是一种游戏精神和自由精神的体现。作家不拘泥于人生的枯燥乏味和沉重窒闷，借调笑和戏谑、粗俗和放诞寻求一种创作的自由和精神的解放。马里诺的诗歌就被称为"把诗变为玩弄思想和形象的机智游戏。他的十四行诗以其意想不到的比喻、对偶、韵律和大胆的对崇高的和卑贱的，神圣的和尘世的东西进行比照而令人惊艳"。① 俄国 19 世纪诗人普希金就说："人们对于单调的艺术作品，对于既成的精致的语言的狭隘圈子感到厌烦，就注意新的构思和起初受到蔑视的奇怪的俚语。……所以现在华兹华斯、柯勒律治就吸引了许多人的注意。……这两位诗人的作品充满了用诚实的普通人的语言表现出来的感情和富有诗意的思想。"② 在此我们看到，不仅巴洛克诗人如此，浪漫主义诗人也未尝不注意吸收民间文化精神的滋养。

对此，雅各布·布克哈特指出了一个很有意思的现象：在 16、17 世纪被法国、西班牙的诗人们趋之若鹜地模仿的意大利诗人彼特拉克，早在 14 世纪末的时候，就成为本国的诗人们调侃戏拟的对象了：

> 佩脱拉克（彼特拉克——引者注）的十四行诗中失恋的悲叹和其他类似的诗被讽刺家们用来学样取笑；而这种诗体的庄严气氛也被人们以不可思议的废话连篇滑稽地模仿着。《神曲》也经常受到人们滑稽地模仿，"豪华者"洛伦佐仿效《地狱》的风格写了那篇最美妙的滑稽作品（《宴会》或《酒会》）。③

---

① ［苏］舍斯塔科夫：《美学史纲》，上海译文出版社 1986 年版，第 148 页。着重号为引者所加。

② 转引自胡经之《西方文艺理论名著教程》，北京大学出版社 1989 年版，第 373 页。

③ 转引自［瑞士］雅各布·布克哈特《意大利文艺复兴时期的文化》，商务印书馆 1984 年版，第 155 页。

并提及马基雅维利在其《佛罗伦萨史》（第八卷第二十八章）里谈到 15
世纪中叶后不久的佛罗伦萨的青年绅士时说：

> 他们追求的似乎是穿着华美，讲话机智、伶俐，巧于嘲笑人家
> 的人，愈明智愈受人尊重。①

因此，对"高雅"和"庄严"的反动，正说明存在一种摆脱约束、规则、
律法的内在精神驱动力，使得人们尝试更多的风格和形式，与之对立冲
突的"低俗"、"诙谐"就成为一种反抗的手段，贡戈拉就以其嬉笑怒骂
的姿态，颠覆了以往庄严缠绵的爱情叙写，令人震惊讶异之后，获得一
种别样的精神解放和耳目一新之感。当然，他的谐谑不仅仅局限于诗歌，
在其谣曲、短歌中亦有不同程度的体现。

二　严肃思想与游戏精神

上节论及巴洛克文学的典雅风尚与俚俗趣味之间的对立、矛盾，本
节继续对作品中的谐辞隐言、亦庄亦谐，雅俗轮转、庄谐互动所产生的
美感体验与审美效果进行解析。

（一）谐辞隐言与亦庄亦谐

"庄"即是指文学艺术作品所反映的深刻的现实内容，"谐"则是指
主题思想的表现形式是诙谐、滑稽、幽默、可笑的。中国古代喜剧理论
就很注重对"庄"与"谐"的关系的论述，《史记·滑稽列传》道："善
为言笑，但合于大道。"② 刘勰的《文心雕龙》中亦专辟"谐隐"类，他
说的"谐辞隐言"即是指带有文字游戏的诗文作品。③ 朱光潜先生则认为
"谐"即是"说笑话"：

---

① 转引自［瑞士］雅各布·布克哈特《意大利文艺复兴时期的文化》，商务印书馆 1984
年版，第 157 页。
② 参见杨辛、甘霖《美学原理》，北京大学出版社 2003 年版，第 258 页。
③ 参见朱光潜《诗论》，北京出版社 2005 年版，第 25 页。

从心理学观点看，谐趣是一种原始的普遍的美感活动。……谐趣的定义可以说是："以游戏态度，把人和事物的丑拙鄙陋和乖讹当作一种有趣的意象去欣赏。"①

在西方，较早关注"俗语"的著名文学家恐怕要算但丁了，他在其著名论文《论俗语》中直截了当地说：

所谓俗语，就是孩提在起初解语之时，从周围的人们听惯而且熟悉的那种语言，简而言之，俗语乃是我们不凭任何规律从模仿乳母而学来的那种语言。②

但丁一方面指出俗语是"自然天成"，约定俗成，简单易懂；一方面强调"大众化"、"民间性"，雅俗共赏。当然，但丁提倡的"俗语"其实还是一种标准的"俗语"，被其称为"光辉的意大利语"，希望意大利全民使用，以此反抗为少数人所用的拉丁语。不过，我们也从中看出了但丁的民间意识，毕竟"俗语"就是对官方语言拉丁语的反叛。

与但丁的民间意识相反，17世纪古典主义诗人兼理论家尼古拉·布瓦洛在其《诗的艺术》中，极力论证"高尚的"和"卑劣的"体裁之间是等级森严的，批评了悲喜杂糅、崇高与卑俗杂陈的创作方法，对当时意大利马里诺的"卑俗"倾向进行了辛辣的嘲讽，抱怨其过于"通俗"："虚情假意"、"附会风雅"、"眩惑一时"、"标新猎奇"，讥讽法国诗人是从意大利诗人那里学会了这一招的，而且还"饥而争食"、丑态毕露。③又对法国的幽默戏剧家斯卡龙和"滑稽大王"笪素西进行了"规劝"：

不管你写什么，要避免鄙俗卑污：

最不典雅的文体也要有典雅的要求。

---

① 朱光潜：《诗论》，北京出版社 2005 年版，第 26 页。
② 转引自李秀云《西方文论经典阐释》，中央编译出版社 2008 年版，第 106 页。
③ ［苏］舍斯塔科夫：《美学史纲》，上海译文出版社 1986 年版，第 149 页。

> 无聊的俳优打诨蔑视着常情常理，
>
> 曾一度炫人眼目，以新颖讨人欢喜。
>
> 从此只见诗里面满是村俗的调笑；
>
> 在帕拉塞斯神山里到处是市井嗷嘈；
>
> 大家都滥咏狂讴，越来越肆无忌惮；
>
> 把阿波罗反串了成为丑角塔巴兰。①

尽管布瓦洛也觉得喜剧偏好谐谑幽默和戏谑调侃，但他从其严格的古典主义法则出发，要求"谐谑"也要有高下、雅俗之分，提出所谓"高雅的谐谑"原则，就是要做到"语言清新、优美、雅致、机智而幽默"，最高妙是达到"妙语解颐"的功效。因此，他对新喜剧追求"高雅谐谑"的做法赞不绝口：

> 喜剧也学会了善戏谑而不为虐，
>
> 它不挖苦，不恶毒，工指教又工劝勉
>
> 如麦南德尔诗篇，不伤人而得人怜。②

> 它的演员们应当高尚地调侃诙谐；

> 它的谦和的文笔要能适时地奋起，
>
> 它的台词要处处都能有妙语解颐，
>
> 要处处充满热情，并经过精细剪裁。③

这倒有其合理的成分，朱光潜先生也提到谐笑者对于所嘲对象"是恶意而又不尽是恶意的，如果尽是恶意，则结果是直率的讥刺和咒骂"。④

---

① 转引自〔苏〕舍斯塔科夫《美学史纲》，上海译文出版社 1986 年版，第 155—156 页。
② 李秀云：《西方文论经典阐释》，中央编译出版社 2008 年版，第 132 页。
③ 同上书，第 136 页。
④ 朱光潜：《诗论》，北京出版社 2005 年版，第 29 页。

然而布瓦洛的美学理论当然只在典范的古典主义悲剧作家那里才受到严格尊奉，莫里哀作为喜剧大师自然也少不得对市井卑俗之事进行揶揄和嘲弄，巴洛克作家就更不会拒绝谐谑逗乐的快意了。贡戈拉、马里诺、马维尔、但恩、格里美尔斯豪森……最重要的巴洛克作家几乎全都喜欢在自己的作品中汇集、穿插或点缀民间喜剧性的题材体裁，造成作品庄与谐的对立统一，既构成一种张力，又体现庄谐相济的浓厚的喜剧性精神。从题材、人物、语言以及表现手法，无不表现出这一文学流派对喜剧性的偏好。也就是说，对社会生活，他们常常并不是以一副严肃呆板的面孔来描摹，而是对笔下的世界进行夸张和变形，用相对轻松超然的态度来观照现实、描摹现实，采用我们常常所说的亦庄亦谐、庄谐共济的方式，以游戏姿态来体现严肃思想，获得一种落差感和超越感。

1. 倒错佯装，以反讽现实

格里美尔斯豪森的叙述无疑是体现了"雅"的追求的，他总是让人物一本正经地、严肃地对事件经过娓娓道来，而西木在作家的刻意安排下，是个特别的故事能手。在其作品中涉及大量《圣经》内容、神话传说，各国各个时代的诗人、哲学家的作品以及言论，等等，还穿插进天文、历史、地理、宗教、医学、生物学、矿物学等百科知识，显示了作家的尚雅之趣。但其对俚俗的癖好也显而易见，不断叙写各种粗俗、粗野、粗陋、粗鄙之事，却又以貌似庄严、煞有介事的语言进行"伪装"、"升格"，让其笔下明明不具备丝毫崇高和英雄气概的人物，"伪装"崇高和英雄气概，因而具有强烈的反讽和谐谑效果。作者描写日常生活中虱子骚扰士兵的情状时，就采用了这种伪装语言，先是使用轻快活泼的民间歌谣：

> 现在我要从心中唱出一支歌，
> 在我的左肩，爬着上千只虱子，
> 在我的右肩，爬着更多的虱子，
> 在我的背脊上，还有着整整一支虱子的大军。①

① ［德］格里美尔斯豪森：《痴儿西木传》，李淑、潘再平译，人民文学出版社 2004 年版，第 190 页。

继而又不厌其烦地状写虱子的"强大"、"顽强"、"忠心耿耿"以及西木杀死虱子后一本正经的忏悔之情：

> 有一次中校受命带一支骑兵去攻打威斯特法伦的一支强大的队伍。倘若他当时手下的骑兵像我身上的虱子那样强大，那他就会使全世界震惊；但事实不是这样。①

> 我也感到内疚，我不该违背我的本性，像赫罗德斯那样狂暴，尤其不该如此对待这些忠心耿耿的奴仆们，因为它们甘愿和我同生死、共患难，我还经常在旷野里坚实的地上柔绵绵地躺在它们身上。然而我的残暴行为仍无情地继续着……直到他们（指皇家军队——引者注）来到我身边，给可怜的虱子解了围，倒把我抓了起来，因为他们并不惧怕我大无畏的勇猛精神，尽管我以这种勇猛精神刚刚杀死了好几千名对手，而超过了那位"一下子打死七个"的小裁缝的名望。②

更令人忍俊不禁的是，还让傻瓜朱庇特（众神之首宙斯的罗马名）言之凿凿地赞许虱子的优良品性："守口如瓶"和"英雄主义"！原来，西木做猎兵时抓住了一个自称"朱庇特"的傻子，他谈吐机敏、雅致、博学而行动疯傻、愚顽，和西木本人如出一辙、相映成趣。他也滔滔不绝地大谈特谈有关虱子的种种逸闻趣事：

> 它们一直向我表露忠心，并希望继续报效于我：像过去那样随时跟在我身边，最清楚地了解我和朱诺（朱庇特之妻——引者注）、罗马教皇、欧洲以及其他人之间所发生的事情，却绝不泄露任何机密；即使是对朱诺——虽然它们也常常呆在她身上——也不会吐露一

---

① ［德］格里美尔斯豪森：《痴儿西木传》，李淑、潘再平译，人民文学出版社 2004 年版，第 190 页。

② 同上书，第 192 页。着重号为引者所加。

个字。……倘若我允许女人们在她们的地界内驱逐它们，把它们逮住，按照猎人法虐杀它们，那么它们就会请求今后受到英雄般的处死，不是像牛一样用斧子砍杀，就是像野兽一样被打死，而不再在她们的手指之间遭到如此可咒诅的碾压和车裂。她们的手指本是用来触摸其他东西的，如今却成了肢解它们的刑具；这对于一切正人君子来说确是莫大的、不可磨灭的耻辱。我说道：“因为她们那样惨无人道地对你们施行暴政，你们也把她们折磨得够苦的了。”“当然啰，”它们回答我说，“她们非常忌恨我们，也许是因为她们担心我们见到的、听到的和感受的事情太多了，不完全相信我们会保守秘密。”……于是，我准许它们回到我的身边，把我的肉体当作它们居住和生活的地方，从而使我今后能够作出判断和取得发言权。……①

用一本正经的叙事，把本来既不严肃也不神圣的事物、事情写得冠冕堂皇、正儿八经。粗俗的变成了崇高，渺小的变形为伟大，滑稽的伪装为庄严，形成了本事与所指之间的不对等、错位感，造成浓烈突出的喜剧氛围和谐谑效果。与此同时，作者又很喜欢将俚俗鄙野的内容杂糅其中，造成一种亦庄亦谐、庄谐共济的审美格局。此种变格呈现有两种表现方式：升格与降格。

“升格”，是将庸常事物崇高化，制造一种伪庄严伪崇高，庄重典雅在滑稽可笑的自我标榜和言过其实的伪形装扮中沦落为反讽和嘲弄的对象。

“降格”则是将美好事物低俗化，解构庄严美好或貌似庄严美好的事物，庄重典雅遭遇直接嘲弄和夸张谐谑而被畅快淋漓地予以颠覆。前文论及西木对贵族小姐的明褒实贬的肖像描画，就是这样的艺术处理方法。用自相矛盾的倒错法来达到谐谑的目的，对丑陋、虚假、滑稽、渺小进行冷嘲热讽，起到意想不到的讽刺效果，在嘲笑虚假和做作的同时，使读者获得极大的精神愉悦感。读者对作家的机智与辛辣，有时不由自主地会心一笑，有时则忍俊不禁地开怀畅笑。

---

① ［德］格里美尔斯豪森：《痴儿西木传》，李淑、潘再平译，人民文学出版社 2004 年版，第 233—234 页。着重号为引者所加。

但恩也是一个非常热衷于嬉笑怒骂的作家,经常在诗作中插入诙谐、滑稽甚至是鄙俗、下流的东西。其格言诗就以短小精悍、清新犀利见长,内容涉及褒贬时事、哲理思索以及纯粹游戏等。《弗林》、《拉尔菲尤斯》就以自相矛盾的倒错法而引人深思。

> 你的过分美化的画像,弗林,只有
> 这点像你,即你们二者都厚涂彩油。①

> 慈悲心肠在这世上再度滋生繁育:
> 拉尔菲尤斯病了,典当商保管他的床铺。②

弗林是古雅典一位名妓的名字,后来被当作这类人的代称。但恩的讽刺在于先颂扬其美,然后消解它,"厚涂彩油"伪装为美。后一则则是讥嘲典当商的"慈悲心肠"的:将一贫如洗的拉尔菲尤斯的床铺也据为己有,然后替他保管床铺,付给病人典当费,何其"仁慈"!

综上,从巴洛克作家的创作中可以看到,用这种倒错佯装,类似开玩笑、插科打诨的方式,作者揭示了生活中的丑自炫为美、佯装为美的可笑、可鄙与可叹,最终把内蕴的严肃思想与外显的游戏腔调结合为一体,给读者以独特的审美感受与体验。

2. 夸张讽刺,以针砭世态

巴洛克文学文本的"庄谐共济",还明显地体现在夸张和讽刺手段的运用上。但恩的一组《哀歌》最能体现他在这方面的才能,亦集中暴露他对女性的轻侮狎昵和对爱情的玩世不恭态度,与《歌与十四行诗》中的"四别诗"(《赠别:有关窗户上我的名字》《赠别:有关那部书》《赠别:有关哭泣》和《赠别:禁止悲伤》)相去甚远,情趣迥异。《哀歌15 劝告》谴责女性"无一真诚",并戏谑地宣称在"她"

---

① 〔英〕约翰·但恩:《英国玄学诗鼻祖约翰·但恩诗集》,傅浩译,北京十月文艺出版社2006年版,第147页。
② 同上书,第152页。

改变之前：

> 太阳将更早停止温暖，
> 多产的大地，大地将忘记生产，
> 河流将更早倒流，或者泰晤士
> 会在六月里用冰块封冻其流水，
> 或者造化——这世界借她的力量苟延——
> 会改变其行径。

这一切可能吗？不可能！所以，女性的不变也就是不可能的。由此可知，但恩对女性的不信任根深蒂固。至于《哀歌 13 朱丽娅》则对"朱丽娅"极尽讽刺挖苦之能事：

> 呕吐恶毒的毁谤，血脉里胀满
> 连地狱都嫌弃的秽语污言，
> 是她持续不断的修行
> ……
> 但愿那鞭打女人者，
> 那曼图亚人，再生，用他的笔描写
> 这雌性的喀迈拉：她有一双喷火的眼，
> 燃烧着愤怒；愤怒喂养着欲念；
> 欲念长着和夜枭一般的舌头，发出预示
> 厄运的叫声只是为了制造新的伤害
> ……
> 没有什么毒药有朱丽娅一半凶恶。①

作者的夸张像汹涌的河水把这个凶恶的女人淹没，不仅如此，作者还想

---

① ［英］约翰·但恩：《英国玄学诗鼻祖约翰·但恩诗集》，傅浩译，北京十月文艺出版社2006 年版，第 192—193 页。

唤醒长眠地下的"曼图亚人",即古罗马诗人维吉尔,他曾作诗讽刺过妇女的天性,因而被认为有厌女倾向,让他来对朱丽娅进行讥嘲;一说"曼图亚人"指意大利诗人巴普提斯塔·斯帕格诺利。① 在此,诗人的嘲骂讽刺无所顾忌、酣畅淋漓,却还大有意犹未尽之感,可见诗人对名叫朱丽娅的女子怀有强烈的厌憎和鄙弃之情。

可笑的是,诗人一面嘲笑女子的善变,一面却在《哀歌17 多样性》中写道:

> 天穹以运动为乐,为什么我就该
> 弃绝我如此钟爱的多样状态,
> 不与众多的青春和爱情分享?
> 快乐一文不值,若非多种多样。②

这里就构成了一种滑稽可笑的局面,但恩一方面谴责女性的水性杨花、善变丑陋;另一方面却为自己的逢场作戏编织牵强附会的理由。《爱的进程》更是充斥着赤裸裸的、夸张的欲望叙事,表现了诗人玩世不恭、游戏人生的态度。"但恩艳情诗多是寓严肃思想于笔墨游戏,庄重与诙谐水乳交融。它打破了一般情诗故作圣洁崇高的深沉面孔,却又很少(除少数哀歌外)流于轻松诗一类的为幽默而幽默。这也反映了青年但恩性爱态度轻佻的一面。"③

应该说,用夸张讽刺的手法来对现实进行讽喻、批判的做法,在《人生如梦》《痴儿西木传》《对十字架的崇拜》等作品中是更为严肃和深刻,亦体现了作家关注现实、影射现实、批判现实的创作态度和责任意识。《痴儿西木传》中对教士的冷嘲暗讽就令人拍案叫绝。在第一卷第二十一章中,西木问文书,教士是一个怎样的人,文书答曰:

---

① [英]约翰·但恩:《英国玄学诗鼻祖约翰·但恩诗集》,傅浩译,北京十月文艺出版社2006年版,第193页之注释。

② 同上书,第204页。

③ 傅浩:《译本序》,[英]约翰·但恩:《英国玄学诗鼻祖约翰·但恩诗集》,傅浩译,北京十月文艺出版社2006年版,第12页。

他与盗贼不共戴天，因为盗贼从来不说他们所干的事情，他正
好相反，他从来不干他所说的事。所以盗贼对他也决无好感可言，
因为如果他们与这种人打得火热，他们多半会被吊死。①

仔细分析一下这种调侃戏谑的语言，就会发现，原来作者对教士满口上
帝恩典、仁慈宽恕、慷慨多义是不以为然的，因为他们干的是买卖圣职、
放纵淫行和欺上瞒下的勾当。

作者还有意识地让傻瓜西木和疯子朱庇特谈论宗教流派如何统一的
严肃问题。西木追问朱庇特，在拥有不同的宗教信仰的前提下，德国该
如何避免战争。朱庇特信口开河、自以为得计，他说会有一个独一无二
的"英雄"出现：

自觉地要求一种普遍的联合，并且把整个事业托付与他，让他
根据其高贵的理智来指导这一事业的实现。……首先以和善的态度，
而后用严肃、恐吓和威胁手段迫使他们走上正道，不再用他们顽固
的错误观点像从前那样愚弄世界。经过努力取得联合之后，他要举
行一次盛大的欢庆会，并且向全世界公布这一经过净化的宗教，谁
不皈依于它，他就把谁用硫磺和沥青烧死，或者给这样一个异教徒
戴上黄杨桂冠，将他作为新年礼物献与普路托。②

从这位拯救大众的"英雄"使用的镇压手段可以推断，这个所谓的"英
雄"也只是一个暴虐的统治者而已，他驯服众人的方式无异于宗教裁判
所的暴行。朱庇特的话语，明为赞扬，暗为揭露，表达了作者对德国宗
教纷争中的暴行逆举的一腔忧愤之情。

由此可见，作家正是通过夸张与讽刺的手段，把谐谑精神贯注其中，
以期达到针砭现实的目的。

---

① 〔德〕格里美尔斯豪森：《痴儿西木传》，李淑、潘再平译，人民文学出版社2004年版，
第166页。
② 同上书，第229—230页。

3. 谐隐游戏，以超脱现实

"寓庄于谐"，还有第三层意思就是制造文字游戏，作为生活的一种有效调剂，轻快的幽默和适度的游戏是其主要的艺术表现手段。

前文中引述了贡戈拉的一首有关阿芙洛狄忒的女祭司和她的情人的爱情悲剧的谐谑诗《勒安得耳与赫罗》，诗人对严肃爱情进行了戏拟和反讽，将崇高庄严降格处理为世俗粗鄙，令人惊异难解。但从文字游戏角度进行观照，未尝不能把它当作一种游戏和逆反，一种轻灵的超脱和释放，不含有更多的影射或深意，就只是一首"脱胎换骨"的幽默戏谑的爱情诗。

除了这种谐谑诗，还有一种文字游戏体现在作家的叙事技巧中，以达到对现实的轻松调侃与超越。塞万提斯曾在《堂吉诃德》下卷的《致莱穆斯伯爵》①中戏谑地说道：

> 现在各方都在敦促我赶快送堂吉诃德过去，以消除另一个堂吉诃德（指别人冒名写的伪作——引者注）的所谓下卷四处流传产生的威胁和令人作呕的影响。不过，催得我最急的就是中国的大皇帝了。一个月前，他曾派使者给我送来一封中文信，要求我，或者确切地说，恳求我把堂吉诃德送到中国去，说他想建立一所西班牙文的学校，而且用堂吉诃德的故事做教材。同时，他还邀请我做那所学校的校长。我问使者，陛下是否还给了我一些盘缠，使者说没想到这层。②

与塞万提斯的幽默风趣一样，格里美尔斯豪森在《痴儿西木传》第二卷第一章中写道：

> 在鹅圈里，我对自己所经历过的事情，进行了一番深刻的思考；

---

① ［西班牙］塞万提斯：《堂吉诃德》（下），刘京胜译，中国书籍出版社 2006 年版，第 371 页。莱穆斯伯爵是文学艺术家的保护人，也是塞万提斯的保护人。
② 同上。

关于宴席和舞会这两件事，我已写进了《黑与白》第一卷，因此就没有必要在这里详细描述了。但是我不能不再提一笔的是，当时我还在怀疑，那些跳舞的人们如此疯疯癫癫的行为是否会把地板踩穿，或者这只是那位伙伴对我信口开河而已。①

亲爱的读者，我讲这个故事并不是为了要你对它大笑一番，而是为了使我的故事更加完整，并使读者铭记：跳舞将会导致多么高雅的结果啊！②

作者由叙述人西木的视角，跳到了作家西木的视角来进行叙事，因此讲到后来的作品即 1666 年发表的《黑与白》，这正是作家格里美尔斯豪森自己的作品，并非虚构。这就造成了读者的迷惑：作家格里美尔斯豪森是《痴儿西木传》里的那个作家吗？那个作家是西木吗？自然不是，格里美尔斯豪森只是《痴儿西木传》的作者。可是，作品中的"作者"言之凿凿地说自己还创作了《黑与白》，那就意味着是作家本人了。"作者"还不忘亲切呼告读者，对跳舞的"高雅结果"（其实是祸害）冷嘲热讽，增加生活气息，充满喜剧意味。

这种叙述方式，故意制造真真假假、怪怪奇奇的感觉，增强故事的悬念，激发读者的解谜欲望。更玄妙的是，就像塞万提斯在书中不停地对自己的作者身份与创作进行颠覆一样，格里美尔斯豪森在书中亦一再玩弄文字游戏：作品以假名发表，西木的真实姓名为梅·斯·封·福格斯海姆，书中作者真名叫萨·格·封·赫尔希弗尔德，而签名又变为哈·依·策·封·格·佩。这些名字尽管不同，但是都是格里美尔斯豪森这个名字的字意的排列和组合，暗示的是作家自己。③ 这亦体现了作者的意图：与读者捉迷藏，叫他们时刻感到作者在场，又时刻发现作者不

---

① 〔德〕格里美尔斯豪森：《痴儿西木传》，李淑、潘再平译，人民文学出版社 2004 年版，第 101 页。

② 同上书，第 102 页。

③ 《译本序》，〔德〕格里美尔斯豪森：《痴儿西木传》，李淑、潘再平译，人民文学出版社 2004 年版，第 5 页。

在场，形成一种张力感。另外一方面，恐怕得寻求作者此举的深意了。在17世纪，作家在社会生活和政治生活中的地位虽有一定提高，但是还不足以让作者觉得写作是一种荣耀的事情，因此作家使用假名一来是避免身份暴露，二来也是躲避官方纠缠的极好策略。

朱光潜先生曾深刻而又辩证地指出：

> "谐"最富于社会性。艺术方面的趣味，有许多是为某阶级所特有的，"谐"则雅俗共赏，极粗鄙的人喜欢"谐"，极文雅的人也还是喜欢"谐"，虽然他们所喜欢的"谐"不必尽同。①

这里有一个非常重要的思想要强调，即朱先生认为谐谑并非只有鄙俗之人、底层大众才喜欢，极文雅的人也喜欢，当然喜欢的具体内容也许不尽相同。而且我们也不否认，有些贵族阶层的人士喜欢谐谑，是因为他们带有一种天生的优越文化心态，诙谐和玩笑正好强化了他们骨子里的优越意识。但无论如何，"谐趣"是一种雅俗共赏的审美活动。这样我们就不难理解为什么在贵族巴洛克作家笔下经常出现诙谐、双关、矛盾修辞、反讽、悖论等修辞手法了，因为，他们正是利用"谐趣"这一审美活动达到对"人和事物的丑拙鄙陋和乖讹"进行嘲讽、批判和揭露的。

一个有意思的细节是《痴儿西木传》尽管满纸粗鄙语，但是却有两处提到了纯正德语的使用问题。一次是魔魔湖王接见西木时使用的是"准确而动听的德语"。② 另一次是湖王向"我"解释他们的语言能力：

> 看到我在惊讶之余，对他以及和他一起的所有水妖们居然还能说一口流利的德语表示惊讶和诧异（因为它们毕竟都出生于秘鲁、巴西、墨西哥、日本、印度尼西亚和马里安纳群岛），就解释道，他

---

① 朱光潜：《诗论》，北京出版社2005年版，第26页。

② ［德］格里美尔斯豪森：《痴儿西木传》，李淑、潘再平译，人民文学出版社2004年版，第436页。

们不再是只会一种语言，而能懂得地球上各地区各民族的语言，并且他们相互之间都能懂得，其原因就是因为他们这个类族与当年建造巴比伦高塔时的愚蠢行为毫无关系的缘故。①

这里西木的诧异也正是我们的诧异，因为即便在湖王的水宫殿里，在这幻想的世界里，作者还不忘弘扬德意志民族语言——纯正的德语！这与17世纪德国诗人奥皮茨制定的纯洁德语政策与原则正好遥相呼应。

由此可见，作家自身尽管来自民间，具有强烈的民间意识，也在小说中无拘无束地使用粗鄙放诞的狂欢化语言，但是对高雅纯正的祖国语言依然是由衷赞美和鼎力弘扬的。因此，即便在语言观念与语言使用上，格里美尔斯豪森也是双重标准并举，这亦可从作品中多处学者式的睿智典雅语的呈现中得到佐证。

综上，巴洛克文学不仅有着高贵典雅的美学追求，亦具有俚俗鄙俗的趣尚喜好，正是在这二者的对立与兼容中，我们发现了巴洛克文学审美趣味上的矛盾性、多元性。这本身就是生活带给艺术的启示，后来浪漫主义领袖雨果就特别提出了他的著名的"美丑对照原则"，强调生活中的美丑相生、善恶同在，光明与黑暗并存，崇高与滑稽毗邻。因此，巴洛克文学的谐语隐言、亦庄亦谐特色，就正好体现了巴洛克文学审美追求的张力特质，成为对17世纪时代社会生活极生动丰富的反映和体现。

（二）雅俗轮转与审美效应

除了上文论及的谐辞隐言、亦庄亦谐，巴洛克文学因为在力求"典雅"时兼容"俚俗"，这就导致了雅与俗的轮转、互动，营造了丰富、复杂的审美接受效应。

首先，就单部作品来说，其间往往既有雅趣的呈现和追求，显示品位的不同流俗和学识的丰富渊博，又有俚俗和谐谑的展露与穿插，不离民间狂欢色彩和底层草根意识。

其次，作家创作本身具有不同风格，某些作品志趣雅洁，某些作品

---

① ［德］格里美尔斯豪森：《痴儿西木传》之《译本序》，李淑、潘再平译，人民文学出版社2004年版，第441页。

则嬉笑狎邪。如约翰·但恩的《赠别：禁止伤悲》《追认圣徒》等诗作赞美了精神与灵魂合一的爱情。但在《哀歌8 比较》中，但恩把恋爱中的两个女子形象做了一番"比较"，充斥于诗歌的是叠加的让人充满惊异感的意象群，弥漫着病态、臃肿、衰颓、腐朽、纵欲和虚空，显示他对女性的厌憎情感和对爱情的虚无态度。另外，其中还涉及了教派之间的残酷斗争。贡戈拉的诗歌《勒安得耳与赫罗》也解构了悲美爱情故事的优雅缠绵而代之以粗鄙放诞的意象集束，完全颠覆了希腊传说中这个凄美的爱情经典。

再次，就巴洛克文学创作整体而言，既有贵族阶层、宫廷生活的奢华呈现，田园牧歌精致爱情的工笔摹写，又有底层欲望叙事和怪诞形象塑造。简言之，巴洛克文学所显示的既是一种多棱镜式的对社会生活的折射和把玩，也是对现实生活的一种感性激荡与理性超越。

从文学创作与社会现实之关系的角度来看，巴洛克文学中的雅俗互动，虽然带有人为扭合、造作的痕迹，但又无疑植根于特定时期的现实生活土壤，那本来就是一个动荡不安、矛盾激烈、多种文化观念纠缠搏斗的时代，政治、经济、道德、宗教、哲学观念的矛盾冲突必然投射到一个时代的文学艺术上，形成巴洛克文学艺术的一个最为明显的特征：对比冲突，动感矛盾。巴洛克文学的雅俗轮转与互动正显示了作者对生活的理性认知和辩证态度。

从文学创作与作家生平以及精神追求之关系的角度看，巴洛克作家在作品中兼容雅俗，也是顺理成章的事情。巴洛克作家大多出身上层或官宦家庭而且大部分受过良好的教育，这就为巴洛克文学的宫廷色彩和贵族气息找到了最好的文化身份诠释。然而，并非出身贵族就只有庄重、典雅的审美意趣，就一定会使其文学作品全都打上贵族审美意识的烙印。贡戈拉诗歌鲜活的民间文化气息，格里美尔斯豪森粗鄙放诞的形象塑造与欲望叙事，马里诺因为"将神圣的和尘世的东西进行比照而令人惊艳"的诗歌创作①，无不在典雅中寓俚俗，在粗放中寄深意，实际上体现了巴

---

① ［苏］舍斯塔科夫：《美学史纲》，上海译文出版社 1986 年版，第 148 页。着重号为引者所加。

洛克作家精神追求的不同侧面，是作家以文为戏之创作精神的生动写照。

从文学自身的发展演变角度来看，巴洛克文学创作由雅及俗，雅俗兼容，也是一种必然的选择。不仅是巴洛克文学如此，后来的浪漫主义文学创作也不例外。浪漫主义诗人华兹华斯创作了很多雅词丽句的抒情诗，但也曾明确主张诗应该"自始至终竭力采用人们真正使用的语言来加以叙述或描写"。这里的人们就是"农村下层民众"，或是过着"微贱的田园生活的人"，因为他们的语言是与自然息息相通的。雅各布·布克哈特也说过："把严肃而崇高的事情滑稽化，如我们在一个庄严的仪式上所看到的，已经在诗歌中占有一个重要的位置。"[①]

最后，就审美感受与审美效果而言，巴洛克文学的雅俗互动，构成了一种强烈的审美张力，从而极大地激发了接受者的阅读兴趣和探索欲望，构筑了一个开放的文学活动场，如卡尔德隆的戏剧和格里美尔斯豪森的小说一再被无名续写者衍生、复制和拓展就是这种影响力的辐射。

此外，有必要补充说明的是，巴洛克文学的张力美还体现在文本思想意识和情感倾向上。前文已对巴洛克文学内涵方面的丰富张力进行了详细论述。如果从读者接受的角度来观照，长篇叙事作品题材单一、主题单纯，就不能带给人们多种阐释的可能性，不能反映纷繁复杂的时代特征，也不能呈现生活自身的无限多样性，因为现实本身就是复杂多样的，特别是 17 世纪欧洲的社会现实。因此，我们可以看到，优秀的巴洛克文学文本的思想内蕴和情感世界都是丰富多极的，揭示了自然情感与伦理原则的冲突，宗教情感与世俗情怀、出世与入世之间的矛盾，乌托邦理想与滞重现实的龃龉，贵族意识与平民精神的对立，引发人们对社会、人生、宗教、哲学等层面的积极思考，对旧有价值观念和文化的批判，激发人们对美好理想与世界的不懈追求，呈现出一种内蕴丰盈之美。

总之，巴洛克文学的亦庄亦谐、雅俗互动，源自作家们颇为自觉的审美追求，它既是作家们把握那个特定时代现实生活、社会意识、审美

---

① ［瑞士］雅各布·布克哈特：《意大利文艺复兴时期的文化》，商务印书馆 1984 年版，第 155 页。着重号为引者所加。

时尚等的一种艺术方式，同时又使作品获得了极其丰富、复杂的文化意蕴，将严肃思想蕴含在游戏策略之中，形成了颇耐探求的审美效果。就此而言，巴洛克文学可以说是一种从文艺复兴到新古典主义过渡时期的时代精神和审美趣尚的文学表征。

第四章　巴洛克文学的多元文化价值

以上，我们主要从张力角度对巴洛克文学进行了较为全面、系统的观照与论析。在此基础上，本章将对巴洛克文学的特点及其体现的多元文化价值与意义进行总结与评价，并结合前人的研究，对巴洛克文学的影响场域进行初步梳理与探析。

第一节　巴洛克文学作为一种思潮概念的特征与意义

如前所述，巴洛克文学是在一个文化多元化的特定的时代背景下兴起的，因此那个时代各种不同的价值观、历史观、阶级观、道德观、审美观等，不仅在巴洛克文学文本中留下了印记，而且还往往以各种杂糅并存的方式呈现出来，这就使巴洛克文学具有了丰富复杂的思想内涵和审美意蕴。

一　良莠杂陈、思想内涵丰富复杂

如果我们把巴洛克文学视为一块复杂多样、良莠杂陈的文学园地的话，那么这里面既有顺势疯长的莠草遍及山野，如大多数内容肤浅庸俗的田园牧歌和爱情诗；也有挺拔秀丽的良木赫然在列，如《痴儿西木传》、格吕菲乌斯的诗歌、卡尔德隆的戏剧等。与之相应，巴洛克文学的思想内涵也甚为丰富复杂，它既体现了浅薄庸俗的贵族思想意识，也不乏丰富深邃的精神探索和严肃纯正的道德追求。更为重要的是，巴洛克文学由于处于宗教改革与反宗教改革的历史旋涡中，文本自然更多体现出浓厚的宗教意识与矛盾心态。卡尔德隆、但恩和格里美尔斯豪森等作家的文本中就一再复现这一矛盾主题。诚如陈众议先生所指出："巴罗克是多元认知方式和价值标准催生的矛盾复合体,既具有文艺复兴时期的人文主义基因,又明显背离文艺复兴时期的托古倾向和理想主义情怀;既具有现实主义底蕴,又不乏悲观厌世的虚无主义色彩。"①

因此,只见"良木",不见"莠草"是不客观的;而多见"莠草",不见"良木",更易对巴洛克文学产生偏见,并作出片面甚至是不公正的评价;只有既见"良木"又见"莠草",并看出其思想内涵的丰富性、复杂性、矛盾性乃至于创造性,我们才能对巴洛克文学作出恰如其分的评价。例如,沃尔夫林在对巴洛克文学和文艺复兴艺术进行了细致深入的比较研究之后就明确地指出:从本质上而不是从形式上来考察,巴洛克艺术实际上继承了文艺复兴的创造精神,是文艺复兴精神的延续,并非众人所认为的是文艺复兴最终走向衰落的历史印记。沃尔夫林的这一论断不仅"为这一欧洲文艺史上重要的'在野派'正了名,也为人们观察一切文艺现象确定了一种价值取向……它至少启发了后来的文学史家们将这一艺术史的研究方法用于文学研究,导致了对 17 世纪巴罗克文学的重新评价"。② 可以想见,巴洛克文学就是在各个历史时期的人们不断地挖掘和重评中,以越来越真实的面貌进入人们的视野的,其自身的张力特质伴随着人们认识和评鉴中的张力美感的形成,而最终对之形成了一种多棱立体的总体观照与客观衡估。

二 情感丰赡、主观抒情浓郁酣畅

"浓郁的主观抒情性,是巴洛克文学的一个显著特征。"在众多的巴洛克文学文本中,既有贵族上层的歌吟花月和人生喟叹,也有战争灾难中的家国沉痛与振臂高呼;既有儿女情长的惺惺作态,也不乏壮士扼腕的慷慨悲歌……浓郁的主观抒情性,不仅凸显了巴洛克作家的主体精神

---

① 陈众议:《"变形珍珠"——巴罗克与 17 世纪西班牙文学》,《外国文学评论》2005 年第 4 期。

② 参见叶廷芳《西方现代文艺中的巴罗克基因》,《文艺研究》2000 年第 3 期。

与创作个性，而且使其作品产生了"热情奔放"、"强烈动感"的审美冲击力与艺术感染力。"奥皮茨、格吕菲乌斯、西莱西乌斯、韦克尔林、哈尔斯德弗尔、达赫、弗来明等等，都堪称为抒情诗的大师；而代表诗人格吕菲乌斯的诗歌诸如《1736 年，祖国的眼泪》等，则已成为 17 世纪德国诗歌的不朽名篇。"① 优秀的巴洛克诗人们不仅抒发了对家国的深挚情感和忧患意识，揭露了战争的罪恶，谴责了统治者的骄奢淫逸与巧取豪夺，甚至还热情地歌颂了劳动人民的丰功伟绩。例如，格里美尔斯豪森的《农民颂》：

> 你，备受轻视的农民阶级，
> 倒是国中最优秀的阶级；
> 谁也不能充分将你称赞，
> 除非他对你好好地正眼相看。
>
> 要不是亚当耕种了土地，
> 现在世界会是什么样子！
> 王公们的老祖宗，开头
> 养活自己也都是靠锄头。
>
> 几乎一切都在你下面，
> 确实，土地的一切出产，
> 国家赖以获得供养的来源，
> 最初都要你亲手去干。
>
> 上帝恩赐给我们的皇帝，
> 要保护我们，也得靠你
> 用手养活他；还有使你

---

① 叶廷芳：《西方现代文艺中的巴罗克基因》，《文艺研究》2000 年第 3 期。叶先生强调巴洛克文学具有浓厚的抒情性。

受到许多损失的士兵。

全靠你提供使用的肉类，
葡萄树也是由你栽培，
土地多需要你的耕犁，
给我们提供足够的粮食。

如果没有你去管理，
大地将全部变成荒地；
如果不再有农民存在，
世界会陷入可悲的状态。

因此你理应受到高度尊敬，
因为你养活我们众人；
大自然，本身也很喜爱你，
上帝祝福你的农民惯习。

那种极恶的足痛风病，
没听说，它会侵袭农民，
可是，却使贵人们受苦，
还使许多富人死去。

你一点没有傲慢之气，
在这种时代真是稀奇；
为了不让你受制于傲慢，
上帝赐给你更多的苦难。
确实，兵士们的恶习，
对你还是非常有益；
为了不让高傲将你迷惑，

　　　　他说：你的财产全归我。①

　　诗人满怀热情地称颂农民是"国中最优秀的阶级"，皇帝、士兵都要靠农民养活，一切都是农民耕种管理。有意味的是，作家没有直接嘲弄、批判王公贵族和兵痞流氓，却用调侃风趣的语言将他们批判："王公们的老祖宗，开头/养活自己也都是靠锄头。"颠覆了所谓的出身高贵，原来大家不都是亚当的子孙吗？足痛风病，从不侵袭农民，可是，"却使贵人们受苦，还使许多富人死去"。不劳动的、四体不勤的人就会因为懒惰而死去。更滑稽可笑的是"为了不让高傲将你迷惑，他说：你的财产全归我"。——完全是兵痞流氓的掠夺有理的强盗逻辑！这里反讽的意味是非常浓厚的，辛勤劳作的人最后财富被劫夺一空，掠夺者居然恬不知耻地说是"为了不让高傲将你迷惑！"这种反讽比之直接揭露批判来得更为入木三分、酣畅淋漓，收到了意在言外、余味无穷之效果，充分显示了格里美尔斯豪森诗歌语言的张力。而他的伟大的小说《痴儿西木传》就借用主人公西木的口吻，以百科全书式的铺张渲染和包罗万象的气势，抒发了对战争的谴责和对和平宁静充满宗教宁馨的生活的向往。

　　可见，巴洛克文学不仅有浓厚的主观抒情性，而且其抒发的情感还不乏崇高、积极、丰富、深邃的思想内涵，认识到这一点，我们就不宜再轻易地给巴洛克文学贴上一个"轻靡虚浮"的标签。

三　"陌生化"与"意味感"，艺术表现不拘一格

　　与巴洛克艺术对热烈、动感、惊异的审美追求一致，巴洛克文学作家特别注重艺术表现的新奇性与惊异感，甚至刻意追求一种"陌生化"的艺术效果。因此，在创作中，他们往往有意选择隐喻性、象征性的人物来增强作品的朦胧性，借助"玄学巧智"来彰显意象世界的变幻多姿，运用真幻相间、奇常交汇的手段来建构情节使之跌宕起伏、摇曳生姿，以期让受众感到惊异、新奇、震撼；当这种刻意的审美追求走过了头时，

---

　　① ［德］格里美尔斯豪森：《痴儿西木传》，李淑、潘再平译，人民文学出版社 2004 年版，第 28—31 页。

就难免会让人产生厌恶、难受、拒斥等逆反心理。

与刻意追求艺术表现的"陌生化"相适应,巴洛克作家还十分注重艺术形式的"意味感"。美国美学家苏珊·朗格(Susanne. K. Langer)指出:"艺术品是将情感(指广义的情感,亦即人所能感受到的一切)呈现出来供人观赏的,是由情感转化成的可见的形式。……艺术形式与我们的感觉、理智和情感生活所具有的动态形式是同构的。"内在的情感运动形式必须借助审美形式加以表现,也就必须选择"特殊的话语形式"和"有序的形象组织"来具体呈现,这样就产生了形式的"意味感"。① 即克莱芙·贝尔所谓的"有意味的形式"。可以说,巴洛克文学是在"有意味的形式"的组织原则的指导下,完成了一种特定情境下的情感与思想的表达②,其语言表达上的繁复性与意味感是水乳交融的。

巴洛克文学作家在艺术形式的选择中,包括从情节设置、人物类型到叙述话语(譬如数字罗列、章节对位与承接、鬼魂或魔鬼形象的设置、特殊意象的融入等),都力求造成一种新异感与强烈的动感,因此其作品的艺术形式往往充满了审美张力,具有比较丰富的审美意味。

四 庄重典雅与谐谑俚俗,双重好尚兼容并举

前文已就巴洛克典雅语言的铺陈雕琢、辞藻华美,以及狂欢化语言的放诞粗鄙、谐谑双关和讲究矛盾修辞的特征进行了论述。不难发现,贵族巴洛克文学作品多讲究语言的典雅精致和华丽繁复,而民间意识浓厚的巴洛克文学文本则推崇活泼谐谑,充满生命力和张力感的语言;不过,在一些经典的巴洛克文学文本中,这二者之间的界限又常常被打破、超越,以致庄重典雅与谐谑俚俗杂陈,严肃思想为游戏精神浸染,雅俗轮转、亦庄亦谐。因此,巴洛克文学在语言表达上存在着庄重典雅与谐谑俚俗的双重好尚,并且这双重好尚还交互渗透与影响,由此形成了巴洛克文学丰富、复杂、多义、矛盾的话语张力。

面对这一特殊的文学形式,韦勒克指出:"巴罗克已经为我们提供了

---

① 参见童庆炳《文学理论教程》,高等教育出版社 2000 年版,第 232 页。
② 张法、王旭晓:《美学原理》,中国人民大学出版社 2005 年版,第 198 页。

一个美学名词，它帮助我们理解当时的文学，并帮助我们不再依赖大多数文学史根据政治社会史进行分期的办法。"① 在当时多元文化发展中，它发出了一种属于自己的声音，在正统与非正统，复古与新变，依循与反叛之间游走，介入了 17 世纪欧洲社会生活的方方面面，具有自己的独特美学追求和品格。作为文艺复兴与新古典主义之间的一个分水岭，它在文学史和文化史上占有一个不容忽视的特殊地位。

总之，作为一个特定历史时期出现的文学思潮，巴洛克文学从思想内涵到艺术表现皆有其比较独特的审美个性，它既具有对文艺复兴时期和谐宁静美学观念的反动，又具有对古典主义清规戒律的超越；既具有很强烈的抒情性，但又与冲破了理性约束而具有强烈主情性特征的浪漫主义有所区别。它秉承了从文艺复兴向新古典主义过渡时期文化多元化发展的诸多质素，具有丰富、复杂的精神文化内蕴和很高的审美认识价值。

第二节　巴洛克文学的多元文化价值

本书第一章在探讨巴洛克文学赖以生成的历史文化语境时，曾论述了政治、经济、宗教、道德、哲学乃至各种文学艺术观念的冲突与融合对巴洛克文学生成的影响；反之，我们自然也可以在巴洛克文学中反观这些外在的文化因素，发现文学中蕴涵的丰富复杂的文化意味。杰姆逊曾说："事实上，艺术的基本价值就在于它使我们懂得，我们平时认为是个人经验的问题从本质上说具有历史和社会的价值。"② 巴洛克文学具有的"历史和社会的价值"，主要表现在以下几个方面。

一　再现 17 世纪欧洲各国的社会生活现实

巴洛克文学形象地显示了 17 世纪欧洲不同国家社会生活现实的特殊

---

① ［美］雷内·韦勒克：《批评的概念》，张今言译，中国美术学院出版社 1999 年版，第123 页。

② 杰姆逊：《马克思主义与形式》，转引自陶东风《文体演变及其文化意味》，云南人民出版社 1994 年版，第 177 页。

性。例如，德国的巴洛克文学，像马丁·奥皮茨、西蒙·达赫、安德列亚斯·格吕菲乌斯的诗歌，就从不同侧面真实地反映了17世纪德国在新旧教外衣下爆发的三十年战争，形象地展示了德国教皇、皇帝与贵族之间的连绵不断的争权夺利，以及由此造成的人们道德价值观念的崩溃和信仰危机的深重，表达了诗人对战争灾难的谴责、对祖国遭受战争蹂躏的巨大痛苦和对民族前途的深沉忧虑。另外，德国巴洛克戏剧之一"耶稣会剧"，则是耶稣会的精英们利用戏剧来宣传天主教教义的。因此，此类戏剧注意舞台布景和宣教效果，冀图听众们迷途知返。据记载，雅可布·比得曼的道德教育剧《切诺多克乌斯，来自巴黎的博士》就收效甚大。"看过这部戏后，有十四位宫中人物自动当了隐士。""一百个牧师也不会取得与此相同的效果。"① 加之宫廷对耶稣会剧的扶持，使得此类戏剧在当时文坛占据了一定的地位。而此时的小说以格里美尔斯豪森的《痴儿西木传》为代表，则显示出关注现实、包罗万象的思想特征和神奇怪谲、庄谐共济的艺术特征，令人对巴洛克文学的独特品质产生巨大兴趣，并由此引发深度关注。

在西班牙、意大利这类天主教占统治地位的旧教国家，巴洛克艺术与文学自然辉煌灿烂，因为罗马教廷一直不遗余力地企图通过宗教艺术撼人心魄的巨大吸附力，来挽救日益颓丧的宗教势力。西班牙文学中的神秘主义传统，宫廷诗人、剧作家卡尔德隆的浓厚的宗教观念，都让我们看到了西班牙巴洛克文学较之其他国家，更热衷于表现宗教情感的矛盾斗争和传达对上帝的绝对服从理念。

就法国而言，因为宗教势力的强大，艺术自觉不自觉地在宗教虔诚与张扬其绝对权威的实践上形成了雍容华丽、庄严宏伟的特征，追求"豪华"、"奇特"、"浮夸"、"感官美"，宗教建筑风格带有明显的虚浮与夸饰意味。如路易十四时代的凡尔赛宫就极尽奢侈豪华与庄严典雅之能事，成为巴洛克艺术的标志性建筑。在17世纪的法国，从贵族到平民，从城市到乡村充斥着祭坛装饰屏风："扭形立柱、葡萄饰和花束

---

① 安书祉：《德国文学史》，译林出版社2006年版，第270—272页。

饰、壁龛和隆起部分、与曲线融为一体的动态、生动的色彩以及光彩华丽的整体效果正与教会显扬弥撒、表达上帝对赞叹中的信徒霹雳闪电般救恩的意图完全吻合……"① 也就是说，法国巴洛克风格的形成与宗教情感及感官的感染力的渲染紧密相连。其次，从文学渊源上来讲，法国"七星诗社"作为宫廷文人团体在形式技巧上的刻意求工、搜玄夺奇，亦成为这一时代文学风尚的先导，杜贝雷就致力于探索"形式之于作品之重要性"，"善于用象征手段表达现实"。② 这必然影响到巴洛克文学对形式美感的追求

另外，贵族自身的身份优越意识以及追逐典雅风尚和炫奇耀异秉性，也促使法国沙龙文学鼎盛一时，恰恰在巴洛克文学领域，他们找到了表现其艺术才能的场域，典雅的人物、精致的语言、高贵的举止、优雅的仪表等等，构成了这一时期文学的表现中心，当然，典雅爱情和田园情调就成了最适合这些文人雅士、雅女们倾情演绎的内容了。《克莱芙王妃》不仅有对宫廷贵族虚浮丑恶情感的揭露，更有对追求理想道德和完美幸福的肯定，类似于卢梭的《新爱洛绮思》中对纯洁爱情的细腻展现。作品中褒扬和肯定了忠贞的美德是一种可贵的精神品质，强调爱的责任和义务，批判放任自流和情欲至上的个人主义，显示出极高的道德伦理价值。启蒙四大家之一的伏尔泰就曾评价道："在拉法耶特夫人之前，人们净写些不可能的事物，而且文风艰涩。"③ 拉法耶特夫人多少扭转了此种文风。

由此可见，各国巴洛克文学皆具有其丰富、独特的文化意蕴，它们可以成为今人了解彼时社会的、理智的和其他的文化变化的一个重要窗口。

二 体现多元化的审美文化追求

阿兰·克鲁瓦、让·凯尼亚在其所著的《从文艺复兴到启蒙前夜》

---

① ［法］阿兰·克鲁瓦、让·凯尼亚：《从文艺复兴到启蒙前夜》（法国文化史丛书），傅绍梅、钱林森译，华东师范大学出版社 2006 年版，第 227 页。
② 张彤：《法国文学简史》，上海外语教育出版社 2000 年版，第 42—43 页。
③ ［美］艾米丽亚·基尔·梅森：《法国沙龙女人》，郭小言译，中国社会科学出版社 2003 年版，第 125 页。

一书中曾这样指出:"巴洛克常常表现为追求夸张效果的文化自由,也即对世风的文明化所强加于人们的纯净简朴的拒绝。"并认为在文化领域,"我们要强调的正是这种多元性,无论它属于审美品味、思想,抑或是出于对渐渐显露的行为和文化参半的单一性的抵制"。①可见,巴洛克的形成是文化多元化发展需求的自然表现。因而,16世纪末至17世纪中期,随着文艺复兴运动的衰落,巴洛克文学艺术在意大利、西班牙、英国、德国、法国等地逐渐流行,它是对文艺复兴的和谐、优美、均衡之美的一种反动,是对"一种新的美学趣味和倾向"的发展,"它不满足于固有的价值体系,它的出现适应了当时的社会愿望和需要"。②

以王权兴盛时代的法国为例,我们知道,17世纪法国占主导地位的文学是古典主义文学,然而这并不能阻止巴洛克文学在法国占有一席之地。布瓦洛不遗余力地提倡理性主义,反对俚俗粗鄙,他甚至反对喜剧中的粗鄙谐谑而提倡"风雅的谐谑",并对喜剧大师莫里哀进行了批评:

> 就是这样,莫里哀琢磨着他的作品,
>
> 他在那行艺术里也许能冠古绝今,
>
> 可惜他太爱平民,常把精湛的画面
>
> 用来演出他那些扭捏难堪的嘴脸,
>
> 可惜他专爱滑稽,丢开风雅与细致。③

然而,这一切并不能妨碍巴洛克文学有自己非同一般的哲学美学追求。与古典主义相反,巴洛克文学强调在情感与理性的矛盾冲突中刻画人物丰富、复杂的性格,它固然也追求高雅庄重,但却不拒绝而且还有意借鉴或戏拟民间各种俚俗谐谑的艺术形式,例如贡戈拉、卡尔德隆、格里美尔斯豪森等,无论是贵族还是平民巴洛克作家,都偏爱活泼谐谑的感

---

① 〔法〕阿兰·克鲁瓦、让·凯尼亚:《从文艺复兴到启蒙前夜》(法国文化史丛书),傅绍梅、钱林森译,华东师范大学出版社2006年版,第223页。

② 郑克鲁主编:《外国文学史》,高等教育出版社2005年版,第95页。

③ 李秀云:《西方文论经典阐释》,中央编译出版社2008年版,第132页。

性叙事，喜欢在自己的作品中增加一些喜剧性的元素，显示其多元化的审美追求和文化品味，因此其作品能以雅俗共赏、庄谐兼济的审美特性赢得广泛的读者群。这种不拘一格、兼收并蓄的审美文化追求，不仅使巴洛克文学能与古典主义文学、清教徒文学分庭抗礼，而且还由此确立了它在文艺复兴时期文学与启蒙主义文学之间不可取代的历史地位。

第五章　巴洛克文学的影响场域

　　巴洛克文学的价值当然不限于上一章所说的这些，它在文学史上的价值，需要我们通过它与此前、同时代及后来文学的比较研究，才能具体揭示并给予客观的评估。遗憾的是，目前对巴洛克文学之于此前、同时代及后世文学的比较、影响研究，还显得相当薄弱，笔者也未遑对之展开具体论析，因此这里只能结合前人和时贤的研究成果，对巴洛克文学的影响略加疏述。

第一节　文学史观照与"巴洛克痕迹"

　　从文学发展史的宏观角度进行观照，巴洛克文学对同时代及后世文学产生了深远的影响。陈众议、郑克鲁、朱维之等先生从文学史的角度，对巴洛克文学的影响场域作出了宏观观照与客观评价。陈众议先生的《西班牙文学：黄金世纪研究》一书对西班牙文艺复兴时期与巴洛克时期的文学进行了卓有成效的国别断代研究，言明了巴洛克文学对西班牙和西班牙语文学（如浪漫主义、现代主义及当代拉丁美洲文学等）都产生了深刻、持久的影响。郑克鲁先生也在论及巴洛克文学对后世文学的影响时说，其艺术手法"对19世纪的浪漫主义文学产生直接作用，对19世纪以来的拉美文学也有深刻影响"。① 朱维之等编著的《外国文学史》中则断言："巴罗克文学的影响很广，17世纪最杰

---

① 郑克鲁主编：《外国文学史》，高等教育出版社2005年版，第95页。

出的法、英大作家如高乃依、拉辛、弥尔顿、马维尔等人的作品中也有巴罗克的痕迹。"①

这说明巴洛克风格在 17 世纪的确是渗透到了文学艺术的各个角落，并引起了文坛其他流派的共同关注并效法，高乃依、拉辛是古典主义文学的杰出代表，弥尔顿则是清教文学的领军人物。当然，马维尔在大多数的文学批评中早就被划入了巴洛克作家的行列。假如这一串长长的名单还要补充完整的话，巴洛克文学艺术的影响其实还表现在对 18 世纪的洛可可艺术、19 世纪初期的浪漫主义文学、20 世纪的现代主义文学以及拉丁美洲文学的多方面的启迪和影响。

第二节　影响研究与借鉴、移植、化用

各个不同时代影响的接受者对巴洛克文学思想与艺术的借鉴、移植和化用，也是一个很值得深究的文学现象。李红琴明确指出了贡戈拉对后世作家的影响力："在抒情诗方面，他个人的风格有简洁、淡雅、空灵、明朗的一面，同时兼有深奥、冷僻、过于精雕细琢，有晦涩之弊的另一面，但综观其全部作品，从他所留下的诗作中，可以看到人类的思维之美，智慧之美，因而成为后人写作时的依傍和楷模。他有众多的崇拜者和追随者，其中值得一提的是，有'第十位缪斯'之美誉的墨西哥女诗人索尔·胡安那·伊内斯·德·拉克鲁斯。在拉美诗人中，以其女诗人特有的精微细腻的诗歌风格而占有一席之地。"② 此外，王宏图与赵德明两位先生也都对巴洛克文学对拉美文学的影响进行了有益的探讨。

本人在具体考察了文本《神奇的魔术师》后，确证歌德的确受到了西班牙巴洛克代表作家卡尔德隆至关重大的影响。在卡尔德隆这部典型的宗教神秘剧中，人物最终的结局神秘诡异，警示众人要警惕魔鬼对人

---

① 朱维之、赵澧、崔宝衡：《外国文学史》（欧美卷），南开大学出版社 2004 年版，第102 页。

② 李红琴：《西班牙文学黄金世纪的伟大诗人贡戈拉流派归属辨析》，《国外文学》1996 年第 1 期。

的巨大诱惑力，只有基督教的信仰可以拯救灵魂。作者的劝善说教意味
是很浓厚的。其间的人鬼谈话、立约、践约、惩罚和升天，充满神秘色
彩和魔幻意味。魔术师既具有恶魔的共性，作恶多端、为非作歹；又似
乎超越了单纯恶魔的性质，具有了向善的特性。主观上"作恶"，客观上
却"造善"，引导着人类正视自己的人性弱点，最终让灵魂向善。作品对
魔术师形象的艺术处理，使魔鬼的性格具有了双重性，成了后来歌德
《浮士德》中魔鬼形象的雏形，靡菲斯特就是这样一个"作恶造善"之统
一体。歌德《浮士德》中靡菲斯特与浮士德的订约、惩罚和升天情节以
及作品的宗教探索就是他受到卡尔德隆明显影响的最好例证。难怪马克
思明白无误地说："歌德在写他的《浮士德》时，不仅在个别地方，而且
整场整场地汲取了卡德龙（即卡尔德隆——引者注）的《神奇的魔术
师》——天主教的浮士德。"① 吕臣重先生亦谈到了卡尔德隆对众多重要
作家和思想家的影响，他指出歌德崇敬卡尔德隆，并在《浮士德》中大
段大段地模仿卡尔德隆已是显而易见的。席勒、雪莱、屠格涅夫、加缪
等作家均对他的作品情有独钟，有的甚至是崇敬有加。而马克思晚年自
学西班牙语的首选课本恰恰也是卡尔德隆的戏剧。

此外，《海明威传》揭示了庞德和海明威都受到了巴洛克文学的影
响，确切地说，是受到了英国玄学派诗人的影响。庞德在开给海明威的
阅读书目中，明确建议他阅读玄学派诗人的作品。而海明威重要的长篇
小说《丧钟为谁而鸣》一书书名的由来就源于约翰·但恩的《祈祷文
集》。文集中有段话：

> 谁都不是一座岛屿，自成一体；每个人都是广袤大陆的一部分。
> 如果海浪冲刷掉一个土块，欧洲就少了一点；如果一个海角，如果
> 你的朋友或自己的庄园被冲掉，也是如此。任何人的死亡使我受到
> 损失，因为我包孕在人类之中。所以别去打听丧钟为谁而鸣，它为

① 《马克思致恩格斯1854年5月3日》，《马克思恩格斯全集》第28卷，人民出版社1973年版，第355页。

你敲响。①

本来但恩表现的是一种宇宙意识，"个人"与"人类"，"小我"与"大我"的内在联系。这种思想意识无疑影响到了海明威，《丧钟为谁而鸣》就借小说阐发了人类博爱和反法西斯主义的主题，并通过主人公罗伯特·乔丹临死前的反思让"大我"思想得到升华。这里作家传达的不仅仅是美国大学讲师为西班牙民族解放战争而奋斗的奉献精神，更是一种世界主义，一种全人类意识。从思想内蕴上看，这是海明威的一部转型之作，但恩的宗教观念和宇宙意识无疑直接影响到了海明威，在此之前，海明威的作品曾因为比较热衷于打猎、斗牛、钓鱼，脱离民众生活而被左翼批评家讥讽和批判。

第三节　媒介学研究与基因承传、扭曲变形

从媒介学研究角度入手，无疑可以考察出巴洛克文学的基因承传及其影响的扭曲变形。众所周知，影响研究最重要的原理是，"不同民族文学与不同国家之间发生的可资考证的影响与接受的相互关系，表现为多种多样的形式。……都必须以事实联系为依据"。② 鉴于此，叶廷芳先生虽然强调了西方现代文艺中的巴洛克基因，但却严谨、审慎地说明："这里需要指出的是，巴罗克在表现主义创作中的复现，对于大多数表现主义作家来说是无意的'亲合'，而不是自觉的模仿。这是个人阅读经历的潜移默化与一定时代条件相互作用的产物，可以说是巴罗克'基因'自然生成的结果。"③ 也就是说，有些基因的确认，并不是从严格意义上的影响研究角度来进行探寻的。当然，从媒介学的角度来考察表现主义与巴洛克艺术之间的关系，的确是极具说服力的论证，毕竟表现主义的著

---

① 转引自董衡巽《海明威传》，浙江文艺出版社 2008 年版，第 118 页。

② 叶绪民、朱宝荣、王锡明主编：《比较文学理论与实践》，武汉大学出版社 2005 年版，第 66 页。

③ 叶廷芳：《西方现代文艺中的巴罗克基因》，《文艺研究》2000 年第 3 期。

名诗人们集中编选了巴洛克诗歌，而且 F. 施特利希还发表了"有关巴洛克文学抒情风格的专著"，这些都可以看作是接受巴洛克影响的极好例证。

叶廷芳先生指出："表现主义对巴罗克血缘的认同发生在第一次世界大战之后、表现主义运动行将消歇的 1920 年，说明战争的经历对这两个不同时代文学思潮的会合提供了契机。'认亲'事件的另一个佐证是 1921 和 1922 年不约而同出版的三本巴罗克诗选，它们均由三位表现主义诗人所编。这就是 W. 乌努斯、W. 施塔姆纳和 F. 施特利希分别所编的巴罗克诗选。"① 叶先生认为战争成为这两种文学具有精神上相似性的一个原因，其次则是表现主义诗人整理出版巴洛克诗歌，显示他们对巴洛克诗歌的推崇，自然会受到其显在或潜在的影响。而 F. 施特利希对巴洛克文学的深入研究并出版了相关论著，就更是把巴洛克与表现主义连接起来的一条有力证据了。

值得注意的是，德国的保尔·保贝《表现主义与巴罗克》与苏联 M. 洛巴诺娃的《巴罗克：时代连续和断裂》这两篇译介过来的论文，对巴洛克文学的影响问题的见解与叶廷芳先生不谋而合。保尔·保贝认为，"表现主义与巴罗克，它们思想上的联结，是在不同的前提下、不同的涵义和不同的进程中出自两个不同时代的貌似与亲合"②，而明晰可辨的继承只是在形式上的，比如都注重抒情诗。M. 洛巴诺娃则指出："我们的一个主要任务就是把巴罗克的艺术既看作是时代的连续，同时又看作是时代的断裂。"她敏锐地发现："新旧时代冲突的地方必然产生幻想的形象和形式，把还没有排挤掉的旧的东西同还没有巩固的新的东西结合起来。这就是为什么产生无数非驴非马的体裁的原因……"③

的确，巴洛克文学艺术的影响，绝不是简单的移用和化用能涵盖得了的，其间存在着难以融合的断裂感和新异感，因此新生的艺术形式或

---

① 叶廷芳：《西方现代文艺中的巴罗克基因》，《文艺研究》2000 年第 3 期。
② ［德］保尔·保贝：《表现主义与巴罗克》，丽抒译，《国外文学》1993 年第 4 期。
③ ［苏联］M. 洛巴诺娃：《巴罗克：时代连续和断裂》，木莫译，《中央音乐学院学报》1987 年第 2 期。

文学样式有时就不免显得"非驴非马"，甚至怪诞夸张。不过，正是在正统与非正统、复古与新变、依循与反叛之间游走，巴洛克文学才具有其独特的美学追求和品格，并得以在文艺复兴向新古典主义过渡时期的文坛上占有一席之地。

巴洛克文学不仅在思想、艺术方面影响了当时及后世的文学，而且它还张扬、传递了一种意义深远的"巴洛克精神"。这种精神的本质就是一种创新精神，一种追新逐异、兼收并蓄的精神。巴洛克艺术大师们热衷于将不同的艺术形式以内在的精神同一性汇集一处（如贝尼尼将绘画、雕塑、建筑融为一体），巴洛克文学的代表作家也很喜欢在创作中兼收并蓄，表现出杂多于一，真幻相间、奇常交汇，雅俗轮转、庄谐共济的美学追求。这种"巴洛克精神"对于当今的文学创作无疑是有启发和借鉴意义的，有了这种精神，才可能构筑一个充满惊异感、令人耳目一新的艺术世界。

至于其他领域，"巴洛克精神"自然也发挥了强大的影响力。譬如当下的建筑、房地产行业，就已注入了欧洲"巴洛克精神"。房地产商们标榜的"欧洲巴洛克风格经典装修"，其实就是从罗马柱、线条、水晶灯、布艺、家具等方面凸显巴洛克元素，由于已经移除了历史、宗教上的诸多禁忌，"巴洛克精神"在当今更能传达出一种自由、创新的理念，对我们的日常生活产生一些积极的影响。

结　语

　　韦勒克先生认为："文学的各种价值产生于历代批评的累积过程之中，它们反过来又帮助我们理解这一过程。……因此我们必须接受一种可以称为'透视主义'（perspectivism）的观点。我们要研究某一艺术作品，就必须能够指出该作品在它自己那个时代的和以后历代的价值。"①"透视主义"的意思就是对诗和其他类型的文学进行整体观照，在整个文学发展史、人类文明史的范畴内进行整体考察，既看到其历史价值亦看到其当代价值。这个整体的观照，在不同时代都因批评主体的变换而发展着、变化着，而且互相之间进行着比较，充满着各种可能性。"透视主义"对我们研究、评价外国文学作品是有启发的，它要求我们必须了解一部作品、一位作家、一种流派或风格的接受史、批评史。

　　对巴洛克文学的研究与批评自然是经过了很多曲折甚至是戏剧性的变化的，从 18 世纪艺术批评史中对巴洛克艺术的嘲讽态度到 19 世纪、20 世纪对巴洛克文学艺术的研究升温，直至表现主义文学对巴洛克文学艺术的继承与创新轰动一时，再到 20 世纪中后期对它的肯定态度，对巴洛克文学的评价可谓一波三折、渐趋公正客观。可以说，巴洛克文学在它自己那个时代的和以后历代的价值，正是在历代批评的累积过程之中被逐渐阐发出来的。

　　当然，能否客观公正地评价巴洛克文学的价值，不仅仅取决于是否有"透视主义"的观点，同时还关系到评价标准是否科学的问题。笔者

---

　　① ［美］勒内·韦勒克、奥斯汀·沃伦：《文学理论》，刘象愚等译，江苏教育出版社 2005 年版，第 37 页。

以为，评价一种文学现象或思潮等是否有价值，有多大价值，主要是看它是否有利于社会文明的进步，是否有利于文学自身的革新与发展。

持此以观，巴洛克文学因其思想内涵的包容性、丰富性、复杂性、矛盾性等，构成了一个众声喧哗、充满张力的艺术世界，这就使它能较深广地表现当时政治、宗教、道德、哲学、美学观念等的冲突与矛盾，较真切地体现那个"动荡、怀疑和探索的时代"的精神风貌，并能在很大程度上激发人们反思旧文化与探索新文化的热情，从而对于人类社会文化的革故鼎新，起到积极的促进作用。

在艺术表现方面，巴洛克文学固然以贵族审美趣味为核心，但同时也吸纳、涵摄了其他社会阶层尤其是民间的集体意识和狂欢精神，它兼收并蓄、博采众长，真幻相间、奇常交汇，雅俗轮转、庄谐共济，体现了一种不拘一格的创新精神与追求变化的审美理念，而这对于当时以及后来文学的发展都是有一定贡献的。赵焕光在谈及巴洛克艺术的几点成就时，曾着重从西方美术史的角度，揭示巴洛克艺术的创新和贡献："在西方美术史中，充满了古典主义和所有新兴的风格流派的斗争，而巴洛克艺术是最先明确地与古典主义抗衡的主要风格。在时代精神的促进下发挥了一个世纪中人们的心灵和才智，去创造了一套完整的手法，为'标新立异'的美奠定了形式上的基础，它以自身的存在及其无法抗拒的艺术魅力，使西方人不得不改变了一个古老、僵硬的成见：古典主义是美的唯一规范。后来的浪漫主义、印象派画家均从中得到鼓舞和启迪。"[1]巴洛克美术如此，巴洛克文学又何尝不是这样，前文所论巴洛克文学的影响就充分证明了这一点。

因此，对于巴洛克文学与文化的价值，我们既不宜一味地贬低、批判，当然也不宜任意地拔高、鼓吹，而应该看到它从思想内涵到艺术形式上都是一个复杂的、矛盾的、充满张力的存在，这样才能在"透视主义"观点的指导下，采用合理的评价标准，尽可能地对它作出比较客观、公正的评价。

---

①　赵焕光：《浅谈巴洛克艺术的几点成就》，《美与时代》2002 年第 20 期。

附　录

西班牙巴洛克诗人路易斯·德·贡戈拉的
两首诗赏析

　　17 世纪西班牙巴洛克时期的诗歌最伟大的代表有三位：路易斯·德·贡戈拉、洛佩·德·维加和弗朗西丝科·德·克维多，而贡戈拉代表着巴洛克诗歌的最高成就。

　　路易斯·德·贡戈拉（1561—1627）以善用比喻夸张，喜用冷僻的典故、艰深的词汇，塑造奇崛怪异的形象，向人类想象力的极限挑战，时人称"夸饰主义"，又称"贡戈拉主义"。代表作为长诗《波吕斐摩斯和伽拉苔亚的寓言》及《孤独》，对后继者的创作具有深远影响，这种影响一直延续到 18 世纪才结束。然而，在 18、19 世纪的文学史上，一直对巴洛克文学，对以贡戈拉为首的诗派评价不高。20 世纪 20 年代，拉丁美洲现代主义和西班牙诗人在他的创作中找到了契合点，开始重新推崇贡戈拉。

　　现在我们不妨解读一下贡戈拉的两首并不广泛为人所知的诗歌，以期走进贡戈拉独特的心理世界和艺术世界，进而领略 17 世纪西班牙巴洛克文学的独特艺术魅力。

　　以下是他的一首风格特异的十四行诗。

1584（M238）

甜蜜的双唇多么诱人

在珍珠中蒸馏出滋润，

　　与那仙酿相比毫不逊色

　　尽管它是由侍酒童子捧给朱庇特主神，

　　情人啊，不要碰它们，如果你想活命，

　　因为爱神就在涂红的双唇当中，

　　她带着自己的毒素，

　　宛似毒蛇盘绕在花丛；

　　不要让玫瑰花将你们欺骗，要告诉

　　曙光女神，从她紫红色的胸脯

　　曾落下芬芳晶莹的露珠；

　　那是坦塔罗斯的苹果，而不是玫瑰，

　　因为对人的诱惑以后会逃脱

　　而爱神留下的只是毒药。①

　　显而易见，要解读这首诗歌，就必须从作品的浅层结构语言开始。在贡戈拉的笔下，奇喻叠出，意象新奇。爱情具有非凡的魔力但是也是致命的毒药与陷阱。第一节赞美情人的"甜蜜的双唇"，宛如"珍珠中蒸馏出滋润"，明明就堪与"侍酒童子捧给朱庇特主神"的"仙酿"相媲美。第二节话锋一转，双唇涂满了毒素的"爱神"（暗指情人），"宛似毒蛇盘绕在花丛"，随时会危及人的性命。第三节继续强化警告的意味，看到玫瑰花，更要警惕花丛中的毒蛇。最后一节用一个神话典故说明爱情就像"坦塔罗斯的苹果"，可望而不可即，是害人的"毒药"。与前面诗节中的"仙酿"形成强烈反差，也与"毒蛇"的"毒素"构成照应。坦塔罗斯是希腊神话中的人物，因为残忍地将自己的儿子剁成碎块献给神吃而激怒了天神宙斯。宙斯严厉地惩罚了他，让他立于齐下巴的深水之中，

---

　　① ［西班牙］卡斯蒂耶霍等著：《西班牙黄金世纪诗选》，赵振江译，昆仑出版社 2000 年版，第 102—103 页。

一旦他渴了想喝水,水位就下降,他永远也喝不到水;树上结满了苹果,一旦他抬头想吃苹果,苹果就随着树上升,他也永远吃不到苹果。对于他的残忍,这是一种永劫的惩罚。

在这里,诗人的知觉、情感和想象等心理体验是非同寻常的,传达出一种个性色彩极浓的心理蕴涵,将历来被他人颂扬的美妙的爱情比作无法企及的诱惑甚至灾难,道出了爱情中的沉重、残忍抑或非理性的一面。

在这首诗里,作家显示了喜好用典,语词夸饰的特点。然而必须承认,诗人的语言具有一首好诗所必须具有的"妥帖性"和"拒阻性"。① 说它具有"妥帖性",是因为爱情的甜蜜和痛苦,以及纠缠在甜蜜与痛苦之间的难以言喻的情状,通过生动传神的意象:仙酿/毒素、毒药,爱神/毒蛇,玫瑰花/坦塔罗斯的苹果等加以表现,现出了具体可感性。而"拒阻性",即是"陌生化"手法的运用。什克洛夫斯基就认为诗就是"把语言翻新","使语言奇异化",目的是为了刺激并影响读者机械、呆板、被磨钝了的艺术知觉与反映,使之产生新奇、敏锐的艺术感觉。"这种语言可能不合语法,打破了语言的常规,不易为人所理解,却能引起人的注意和兴趣,从而获得较强的审美效果。"② 如"双唇""蒸馏出滋润","爱神""宛似毒蛇盘绕在花丛"就明显打破了语法规范,而互相矛盾的意象通过文字的并置被强扭在一处,如仙酿/毒素、毒药,爱神/毒蛇,玫瑰花/坦塔罗斯的苹果,诗歌语言具有了非同寻常的冲击力和张力感,整个诗作可以看作对深陷情网的人们的忠告,爱情如醇酒芳香醉人,可是亦如毒蛇和毒药,要警惕"毒蛇"的纠缠,警防毒药的侵害。

这首诗如从思想内涵上来解读,描写的无非是贵族上层社会的爱情游戏和逢场作戏,香艳浮靡而哀感顽艳。诗中流露出对爱情的既追求又躲避的矛盾心理,散发着深厚的怀疑主义与虚无主义气息。当然,如果结合贡戈拉生活时代的风气,也可以看作是诗人玩世不恭和戏谑游戏的情感态度的表现。15 世纪末至 17 世纪末,西班牙社会经历了帝国的盛极而衰,文学也在诸多尖锐复杂的矛盾中独树一帜,呈现出流派纷呈、异

---

① 童庆炳:《文学活动的审美阐释》,陕西人民出版社 1992 年版,第 198—201 页。
② 同上书,第 201 页。

彩争现的局面，西班牙文学由此进入了一个辉煌灿烂的"黄金时代"，巴洛克文学风行一时。

叶廷芳先生在《巴罗克的命运》中认为："巴罗克（baroque）"是一个艺术史概念，也是一种风格的名称，属于诗学和美学的范畴。其词源一说来自中世纪拉丁语 barooco，意指荒谬；一说来自葡萄牙语 barroc，或西班牙语 barroec，意谓"小石子"或"不规则的椭圆形珍珠"……学者们大都认为"巴罗克"有形状奇特、古怪、不规则等含义。① 巴洛克文学就具有一种情感激烈、思想矛盾、夸张雕饰、对比强烈的风格特征。

巴洛克文学的一个常见主题就是"美感"加"享乐"，适应动荡变换、宗教纷争时代上层贵族的精神与心理。作为一名宫廷诗人，贡戈拉的诗歌大多数是应景与酬酢之作，还有一些是情趣不高、艺术雕琢的作品。而他的这首情诗，作为时代精神的文学艺术呈现，自然具有一定的认识价值与审美意义。

下面这首诗则恰恰相反，带有明显的民间意识和狂欢化色彩，与上首诗歌大异其趣，形成鲜明的对比。

作为巴洛克文学最典范的代表作家，贡戈拉经常"破格"，打破传统古典范式，挖掘西班牙民歌资源作为自己创作的源头活水。谣曲是西班牙最古老的文学形式。贡戈拉乐此不疲地演绎"摩尔谣"、"神话谣"、"骑士谣"、"牧人谣"、"讽刺谣"等等，对这一题材的发展产生了很大的影响。② 他往往颠覆传统谣曲中的英雄主义、浪漫主义、理想主义描写，而还之以世俗、讽刺甚至调笑的面孔，在其《勒安得耳与赫罗》中，他把这个哀伤缠绵的爱情悲剧演绎成了民间笑话的样式：

> 年轻人跳下了
> 那个金枪鱼池，
> 仿佛面前的海
> 不过升把的水。

---

① 叶廷芳：《巴罗克的命运》，《文艺研究》1997 年第 4 期。
② 陈众议：《西班牙文学：黄金世纪研究》，译林出版社 2007 年版，第 253—254 页。

> 海岸渐渐远去，
> 还有蓝色响屁。
> 以及阿彼多斯
> 上千糖醋女孩。
>
> 顺利泅过半程，
> 端的波澜不惊；
> 眼望塔上明灯，
> 对他闪烁不停。
>
> 岂知老天作对，
> 忽然狂轰大炮；
> 黑夜顿时反击，
> 云彩尽情撒尿。
> ……

勒安得耳与赫罗的传说，是希腊传说中一个凄美的爱情故事。赫勒斯蓬特海峡附近有位青年勒安得耳，爱上了爱与美之女神阿芙洛狄忒的美貌女祭司赫罗。他每夜泅水渡过海峡去与情人幽会，赫罗在塞斯托斯塔上点亮灯火为情人引路。然而，有一晚，狂风大作灯火被吹灭，勒安得耳溺水而亡。赫罗伤心不已，跳海殉情。面对这样一个哀伤缠绵的爱情故事，作家非但没有去感叹情人们情感的真挚热烈、凄婉动人，反而反其道而行之，对之调笑、戏讽。难以置信的是一个特别讲究形式、节奏、韵律之美的人，一个异常追逐典雅庄严、华美繁复、风雅灵动的人，会在自己重要的诗歌中如此放诞不羁、俗语调笑，极尽恣肆鄙俗之能事。以"金枪鱼池"来映射蔚蓝的大海，以"蓝色的响屁"来喻指温柔海浪的吟哦，美丽的姑娘被丑化为"糖醋女孩"，云彩的深情流泪被谐谑为"尽情撒尿"……美好的意象被降格、颠覆为庸常、鄙俗的事物、人物，语言变得粗鄙和放肆，但又不失诙谐和活泼。诗情雅致的一切均消逝殆尽，取而代之的是粗俗的玩笑和肤浅的情感，似乎等待勒安得耳的已经不是痴情的赫罗，而是甜腻野俗的"糖醋女孩"，而且有"上千"个！

究其实，或许是贡戈拉有意为之的惊世骇俗吧？这不正是巴洛克文学之美学追求的一个侧面吗？有意拓展诗歌的意蕴空间，寻求反差与惊异的审美效果。假如联系德国著名巴洛克小说家格里美尔斯豪森的《痴儿西木传》来进行比较，就会发现，此类粗鄙、放诞的语言同样明目张胆地充斥在《痴儿西木传》文本的各处。格里美尔斯豪森是17世纪德国巴洛克文学的代表作家，其风格恰恰与贡戈拉有类似之处：既有学者的渊博睿智，又有民间的奔放洒脱，二者都以故意的放诞和粗俗抵御庸常和世俗。

比较以上贡戈拉这两首诗歌，我们不难发现其思想内容和艺术手段的明显不同，就像格里美尔斯豪森一样，也是集高雅与粗俗、雕琢与朴素、庄重与谐谑于一身，在文学创作中体现着对立冲突的美学追求，由此可以见出作为一名典范的巴洛克诗人的创作风格。

1. 两首诗体现出完全不同的思想境界

情诗1584（M238）是贵族思想意识和典雅趣味的体现，把特定时代诗人的主观内心体验呈现得恰到好处，以贵族情感生活的飘忽不定、逢场作戏，抑或是矛盾情感和游戏心态诠释了巴洛克时代精神。而民谣《勒安得耳与赫罗》则表现出解构古典题材和庄严人物的民间意识和狂欢倾向，把严肃热烈的情感降格为调笑庸俗的嬉闹，整个儿是民间集体意识的一种欢快呈现，活泼自由和任性由情是其根本。

2. 两首诗展现了完全不同的语言风格

毫无疑问，在贡戈拉的两首诗里，语言呈现为两极：华丽繁复或粗鄙谐谑。

情诗的语言典雅精致、华丽繁复，注重修饰和铺排，"甜蜜的"、"涂红的"、"紫红的"、"晶莹的"等修饰语从味觉、视觉层面增强了读者对诗中意象的感觉体验，为了强化此种体验，作者还四次提到古希腊罗马神话人物与典故，第一节提到朱庇特主神，即天神宙斯，将爱情的甜蜜比作献给天神的"仙酿"；第二节说到爱神维纳斯，即阿芙洛狄忒，这位兼具爱与美的女神被危言耸听地描绘为毒蛇般盘缠于花丛；第三节提及给人们带来光明和希望的曙光女神，这里却是有意让她知晓"玫瑰花的欺骗"，见证爱神的毒素毒性的；第四节提到了象征永劫惩罚的"坦塔罗斯的苹果"，并再次警告爱神只会留下"毒药"。一首十四行诗里用典四个五次提到了古希腊罗马诸神，一方面显示了作家的博学多才，另一方面自然是显露了喜好用典，炫博耀奇的语言特征了，难怪人称"夸饰主义"！

《勒安得耳与赫罗》则粗鄙谐谑、活泼放肆。"蓝色响屁"、"云彩撒尿"将自然现象暗喻为生理宣泄，"糖醋女孩"将痴情女子对位为粗俗女郎，"金枪鱼池"将大海降格为小水塘，显示出欲望宣泄和放纵任性的自由感，在历史文本与现今民谣之间构成了一种对话，是一种充满生命力和张力感的语言。

3. 陌生化手法运用及惊异感的形成

相同的是，两首诗都注重陌生化技法的运用，往往选择出人意料的意象作为情感与思想的载体，"糖醋女孩"、"宛似毒蛇盘绕在花丛"的"爱神"、"金枪鱼池"、"蓝色响屁"、"云彩的撒尿"……打破了读者惯常的阅读经验和审美习惯，最终造成受众极大的惊异感、新奇感、震撼感甚至厌恶、难受、拒斥等难以接受的情感体验。其实，其他巴洛克作家笔下就有很多这样的人物形象，如《人生如梦》中的王子齐格蒙特，《神奇的魔法师》中的魔鬼形象、《西木》中的西木，当然诗歌中亦不乏这样的奇异的男女主人公形象，如但恩笔下的像"毒药"一样的朱丽娅，空虚、腐败、淫靡、丑陋的"女友"，物象意象如但恩笔下的"圆规"、"黄金"、"跳蚤"，等等，无不对人产生巨大的心理与情感的冲击力，充满意外的刺激和惊异。"诗的语言将日常用语的语源加以捏合，加以紧缩，有时甚至加以歪曲，从而迫使我们感知和注意它们。每一种艺术作品都必须给予原有材料（包括上述的语源）以某种秩序、组织或统一性。"[①] 这种将日常语言进行"捏合"、"紧缩"、"歪曲"，继之以夸张与变形，贡戈拉的诗歌即显示出诡谲多变、摇曳多姿的艺术魅力。

---

① 童庆炳：《文学理论教程》，高等教育出版社 2000 年版，第 232 页。

　　读者可以体会到两首诗歌迥异的语言风格、意象面貌和隐藏其中的价值寻求。之所以将两首风格如此不同的诗歌放在一起欣赏，是因为这反差极大的艺术感觉恰恰是巴洛克文学艺术的美学追求。作为一名具有代表性的巴洛克诗人，贡戈拉及其诗歌历来被界定为贵族形式主义诗人、"夸饰主义"诗风，多少带有否定意味。其实，他恰恰是西班牙 17 世纪最具有创新意识的诗人。

　　难怪时人认为贡戈拉是一个"矛盾的统一体"，集人文主义诗人/虚无主义诗人，讽刺诗人/宫廷诗人，古典诗人/现代诗人于一身——而涵盖这一切的则是"巴洛克诗人"的名衔——这一评价可谓恰如其分。

　　　　　　　　　　（原载《名作欣赏》2011 年第 8 期）

主要参考文献

一 中文译著

[美] 杰拉德·吉列斯比:《欧洲小说的演化》, 胡家峦、冯国忠译, 生活·读书·新知三联书店 1987 年版。

[瑞士] 海因里希·沃尔夫林:《文艺复兴与巴洛克》, 沈莹译, 上海人民出版社 2007 年版。

[美] 雷内·韦勒克:《批评的概念》, 张今言译, 中国美术学院出版社 1999 年版。

[瑞士] 雅各布·布克哈特:《意大利文艺复兴时期的文化》, 何新译, 商务印书馆 1984 年版。

[英] 斯图尔特·霍尔主编:《表征: 文化表象与意指实践》, 徐亮、陆兴华译, 商务印书馆 2003 年版。

[波兰] 雅克·德比奇、[法国] 让·弗兰索瓦·法弗尔等:《西方艺术史》, 徐庆平译, 河南出版社 2001 年版。

赵毅衡:《"新批评"文集》, 中国社会科学出版社 1988 年版。

[法] 阿兰·克鲁瓦、让·凯尼亚:《从文艺复兴到启蒙前夜》(法国文化史丛书), 傅绍梅、钱林森译, 华东师范大学出版社 2006 年版。

[丹麦] 索伦·奥碧·克尔凯郭尔:《论反讽的概念——以苏格拉底为主线》, 汤晨溪译, 中国社会科学出版社 2005 年版。

[法] 丹纳:《艺术哲学》, 傅雷译, 天津社会科学出版社 2007 年版。

[美] 厄尔·迈纳:《比较诗学》, 王宇根、宋伟杰等译, 中央编译出版社

242

1998 年版。

[德] 恩格斯：《家庭、私有制和国家的起源》，《马克思恩格斯选集》第 4 卷，人民出版社 1972 年版。

[美] 艾米丽亚·基尔·梅森：《法国沙龙女人》，郭小言译，中国社会科学出版社 2003 年版。

[保加利亚] 基·瓦西列夫：《情爱论》，赵永穆、范国恩、陈行慧译，生活·读书·新知三联书店 1984 年版。

[德] 约阿希姆·布姆克：《宫廷文化：中世纪盛期的文学与社会》，何珊、刘华新译，生活·读书·新知三联书店 2006 年版。

[古希腊] 亚理斯多德：《诗学》，罗念生译，人民文学出版社 2008 年版。

[意大利] 克罗齐：《美学原理　美学纲要》，朱光潜等译，人民文学出版社 2008 年版。

[德] 莱辛：《拉奥孔》，朱光潜等译，人民文学出版社 2009 年版。

[德] 康德：《论优美感和崇高感》，何兆武译，商务印书馆 2009 年版。

[苏] 舍斯塔科夫：《美学史纲》，上海译文出版社 1986 年版。

[德] 黑格尔：《美学》（第三卷上），朱光潜译，商务印书馆 2009 年版。

[俄国] 车尔尼雪夫斯基：《艺术与现实的审美关系》，周扬译，人民文学出版社 2009 年版。

[美] 勒内·韦勒克、奥斯汀·沃伦：《文学理论》，刘象愚等译，江苏教育出版社 2005 年版。

[英] 特雷·伊格尔顿：《20 世纪西方文学理论》，伍晓明译，北京大学出版社 2007 年版。

[美] 万·梅特尔·阿米斯：《小说美学》，傅志强译，北京燕山出版社 1987 年版。

[德] 席勒：《审美教育书简》，译林出版社 2009 年版。

[爱沙尼亚] 扎娜·明茨、伊·切尔诺夫：《俄国形式主义文论选》，王薇生编译，郑州大学出版社 2005 年版。

[法] 巴尔扎克：《巴尔扎克论文艺》，袁树仁等译，人民文学出版社 2003 年版。

〔德〕尼采:《悲剧的诞生》,周国平译,北岳文艺出版社 2004 年版。

〔法〕吉尔·德勒兹:《福柯　褶子》,于奇智、杨洁译,湖南文艺出版社
　　2001 年版。

〔意〕弗拉维奥·孔蒂:《巴罗克艺术鉴赏》,李宗慧译,北京大学出版社
　　1992 年版。

〔美〕温尼·海德·米奈:《巴洛克与洛可可:艺术与文化》,孙小金译,
　　广西师范大学出版社 2004 年版。

〔美〕威廉·弗莱明、玛丽·马里安:《艺术与观念》(上),宋协立译,
　　北京大学出版社 2008 年版。

〔英〕金恩:《米开朗琪罗与教皇的天花板》,黄中宪译,文汇出版社
　　2005 年版。

〔法〕拉法耶特夫人:《克莱芙王妃》,李玉民译,北京燕山出版社 2000
　　年版。

〔德〕格里美尔斯豪森:《痴儿西木传》,李淑、潘再平译,人民文学出版
　　社 2004 年版。

〔英〕约翰·但恩:《英国玄学诗鼻祖约翰·但恩诗集》,傅浩译,北京十
　　月文艺出版社 2006 年版。

〔西班牙〕卡尔德隆:《卡尔德隆戏剧选》,吕臣重译,昆仑出版社 2000
　　年版。

〔西班牙〕卡斯蒂耶霍等著:《西班牙黄金世纪诗选》,赵振江译,昆仑出
　　版社 2000 年版。

《德国抒情诗选》,钱春绮、顾正祥译,陕西人民出版社 1988 年版。

〔西班牙〕塞万提斯:《堂吉诃德》,刘京胜译,中国书籍出版社 2005 年版。

二　中文专著

朱光潜:《诗论》,北京出版社 2005 年版。

朱光潜:《文艺心理学》,复旦大学出版社 2009 年版。

宗白华:《美学散步》,上海人民出版社 1981 年版。

宗白华:《艺境》,北京大学出版社 2003 年版。

童庆炳：《文学活动的审美阐释》，陕西人民出版社 1992 年版。

童庆炳：《文学理论教程》，高等教育出版社 2000 年版。

徐复观：《中国艺术精神》，华东师范大学出版社 2001 年版。

徐复观：《中国文学精神》，上海书店出版社 2004 年版。

彭小瑜：《宫廷文化：中世纪盛期的文学与社会》，生活·读书·新知三联书店 2006 年版。

蒋述卓：《宗教艺术论》，暨南大学出版社 1998 年版。

蒋述卓：《在文化的观照下》，广东人民出版社 1997 年版。

金元浦：《文化研究：理论与实践》，河南大学出版社 2004 年版。

陶东风：《文体演变及其文化意味》，云南人民出版社 1994 年版。

胡景钊、余丽嫦：《17 世纪英国哲学》，商务印书馆 2006 年版。

李平民：《德意志文化》，上海财经大学出版社 2005 年版。

黄昌瑞：《意大利文化与现代化》，辽海出版社 2006 年版。

董进泉：《西方文化与宗教裁判所》，上海社会科学出版社 2004 年版。

张庆熊：《基督教神学范畴：历史的和文化比较的考察》，上海人民出版社 2003 年版。

张文红：《伦理叙事与叙事伦理》，社会科学文献出版社 2006 年版。

饶芃子等著：《中西比较文艺学》，中国社会科学出版社 1999 年版。

沈华柱：《对话的妙语：巴赫金哲学美学和文艺思想研究》，上海三联书店 2005 年版。

梅兰：《巴赫金哲学美学和文艺思想研究》，华中科技大学出版社 2005 年版。

程正民：《巴赫金的文化诗学》，北京师范大学出版社 2001 年版。

高小康：《中国古代叙事观念与意识形态》，北京大学出版社 2005 年版。

申丹：《叙述学与小说文体学研究》，北京大学出版社 2004 年版。

张少康、刘三富：《中国文学理论批评发展史》，北京大学出版社 1995 年版。

谭君强：《叙事学导论：从经典叙事学到后经典叙事学》，高等教育出版社 2008 年版。

罗钢：《叙事学导论》，云南人民出版社 1994 年版。

胡经之、王岳川：《西方文艺理论名著教程》，北京大学出版社 1989 年版。

胡经之、王岳川：《文艺学美学方法论》，北京大学出版社 1994 年版。

李秀云：《西方文论经典阐释》，中央编译出版社 2008 年版。

张法、王晓旭：《美学原理》，中国人民大学出版社 2009 年版。

蒋承勇：《西方文学"人"的母题研究》，人民出版社 2005 年版。

倪世光：《中世纪骑士制度探究》，商务印书馆 2007 年版。

朱崇科：《张力的狂欢》，上海三联书店 2006 年版。

龚翰熊：《西方文学研究》，福建人民出版社 2005 年版。

高一涵：《欧洲政治思想史》，东方出版社 2007 年版。

陈众议：《西班牙文学：黄金世纪研究》，译林出版社 2007 年版。

陈众议：《西班牙文学大观园》，湖北教育出版社 2007 年版。

赵振江：《西班牙与西班牙语美洲诗歌导论》，北京大学出版社 2002 年版。

张石森、岳鑫：《巴洛克与洛可可艺术》，远方出版社 2006 年版。

李春：《欧洲 17 世纪美术》，东方出版社 2007 年版。

何恭上主编：《西洋绘画史》，台北：艺术图书公司 1991 年版。

杨周翰、吴达元、赵萝蕤：《欧洲文学史》，人民文学出版社 1980 年版。

杨周翰：《十七世纪英国文学》，北京大学出版社 1996 年版。

吴景荣、刘意青：《英国 18 世纪文学史》，外语教学与研究出版社 2000 年版。

周作人：《欧洲文学史》，东方出版社 2007 年版。

聂珍钊主编：《外国文学史》，华中科技大学出版社 2000 年版。

徐葆耕：《西方文学：心灵的历史》，清华大学出版社 2006 年版。

徐葆耕：《西方文学 15 讲》，北京大学出版社 2003 年版。

朱维之、赵澧主编：《外国文学简编（欧美部分）》（第四版主编黄晋凯），中国人大出版社 1999 年版。

柳鸣九、郑克鲁、张英伦主编：《法国文学史》（上），人民文学出版社 1979 年版。

郑克鲁主编：《外国文学史》，高等教育出版社 2005 年版。

陈振尧:《法国文学史》,外语教学与研究出版社 1989 年版。

张彤:《法国文学简史》,上海外语教育出版社 2000 年版。

朱维之、赵澧、崔宝衡:《外国文学史》（欧美卷），南开大学出版社 2004 年版。

张世君:《外国文学史》,华中科技大学出版社 2007 年版。

安书祉:《德国文学史》,译林出版社 2006 年版。

朱龙华:《意大利文学》,上海社会科学院出版社 2004 年版。

常耀信:《英国文学大观园》,湖北教育出版社 2007 年版。

蒋承俊:《捷克文学史》,上海外语教育出版社 2006 年版。

莫里哀:《莫里哀喜剧选》（下），赵少侯、王了一译,人民文学出版社 1981 年版。

陈惇:《莫里哀和他的喜剧》,北京出版社 1981 年版。

三 博士学位、硕士学位论文

薛爱兰:《安德鲁·马维尔诗歌中的巴洛克张力研究》,西南大学,2007 年。

闻卓:《鲁本斯的巴洛克风格——兼论巴洛克精神在现代派文学中的体现》,东北师范大学,2006 年。

闫玉刚:《当代语境下的文学反讽》,山东师范大学,2004 年。

王漪澜:《张力化的处境与处境中的张力——论文学研究和批评的意识形态性与科学性》,南昌大学,2007 年。

黄素芬:《约翰·但恩诗歌中爱的思辨》,福建师范大学,2007 年。

姜超:《作为独特审美形态的张力美感》,东北师范大学,2006 年。

四 期刊文献

杨周翰:《巴罗克的涵义、表现和应用》,《国外文学》1987 年第 1 期。

叶廷芳:《巴罗克的命运》,《文艺研究》1997 年第 4 期。

叶廷芳:《西方现代文艺中的巴罗克基因》,《文艺研究》2000 年第 3 期。

伍蠡甫:《巴罗克与中国绘画艺术》,《文艺研究》1990 年第 2 期。

［美］杰拉尔德·吉列斯比:《杨周翰和比较文学在中国的复兴》,徐燕红

译，《中国比较文学》1999 年第 3 期。

陈众议：《"变形珍珠"——巴罗克与 17 世纪西班牙文学》，《外国文学评论》2005 年第 4 期。

赵焕光：《浅谈巴洛克艺术的几点成就》，《美与时代》2002 年第 20 期。

朱斌：《文学张力说：历时回顾》，《山西师大学报》（社会科学版）2006 年第 11 期。

孙书文：《文学张力：非常情境的营建》，《内蒙古大学学报》（人文社会科学版）2002 年第 2 期。

肖明翰：《中世纪欧洲的骑士精神与宫廷爱情》，《外国文学研究》2005 年第 3 期。

李红琴：《西班牙文学黄金世纪的伟大诗人贡戈拉流派归属辨析》，《国外文学》1996 年第 1 期。

黄云霞、贺昌盛：《被遗忘的"巴罗克"：中国的巴罗克文学研究》，《外国文学研究》2005 年第 4 期。

王敬艳：《论 16 世纪罗马教会宗教改革与巴洛克文学之关系》，《太原城市职业技术学院学报》2008 年第 4 期。

李晖：《情感的力量——鲁本斯与巴洛克艺术》，《美术大观》2007 年第 7 期。

金健人：《论文学的艺术张力》，《文艺理论研究》2001 年第 3 期。

孙书文：《文学张力的审美阐释与张力度的控制》，《理论学刊》2001 年第 6 期。

孙书文：《文学张力论纲》，《山东师范大学学报》（人文社会科学版）2007 年第 6 期。

陈学广：《文学语言：语言与言语的张力》，《南京社会科学》2004 年第 2 期。

陈学广：《文学语言：杂语性与文学性之间的张力》，《江海学刊》2003 年第 3 期。

谭延桐：《把巴洛克之魂注入中国当代散文》，《当代文坛》2006 年第 2 期。

冯寿农：《艺苑上的奇葩——巴洛克艺术：从建筑到文学——关于法国巴

洛克文学》,《外国文学研究》1990 年第 1 期。

何静:《文艺复兴时期的艺术风格与巴洛克艺术风格比较》,《广西教育学院学报》2005 年第 4 期。

张瑾超:《卡尔德隆的宗教剧作及其神学基础》,《福州大学学报》(社会科学版) 1999 年第 4 期。

范宇:《巴洛克音乐创作的美学价值》,《吉林艺术学院学报》2005 年第 4 期。

徐秀芝:《异质组合与语言张力》,《学习与探索》2005 年第 3 期。

朱立元、刘雯:《张力与平衡——新批评诗学理论与玄学派诗歌》,《人文杂志》2005 年第 2 期。

[德] 保尔·保贝:《表现主义与巴洛克》,丽抒译,《国外文学》1993 年第 4 期。

[苏联] M. 洛巴诺娃:《巴罗克:时代连续和断裂》,木莫译,《中央音乐学院学报》1987 年第 2 期。

周荷初:《倒错而理智的表现形式——试谈文学创作中的"反讽"妙用》,《文艺评论》1988 年第 5 期。

金健人:《反讽》,《理论与创作》1992 年第 5 期。

李壮鹰:《"'势'字宜着眼"》,《文艺理论研究》2004 年第 1 期。

郭德茂:《雅俗观论析》,《暨南学报》(哲学社会科学) 1999 年第 4 期。

五　外文参考文献

Heinrich Wölfflin, *Renaissance and Baroque*, Ithaca: Cornell University Press, 1966.

Peter N. Skrine, *The Baroque: Literature and Culture in Seventeenth-century Europe*, London: Methuen Publishing Ltd, 1978.

Janet Bertsch, *Storytelling in the Works of Bunyan, Grimmelshausen, Defoe, and Schnabel*, Rochester: Canden House, 2004.

Peter Brand and Lino Pertile, *The Cambridge History of Italian Literature*, Cambridge: Cambridge University Press, 1996.

David T. Gies, *The Cambridge History of Spanish Literature*, Cambridge: Cambridge University Press, 2004.

Tak-Wai Wong, *Baroque Studies in English 1963—1974*, Richmond, VA: The New Academics Press, 1976.

Christine Buci-Glucksmann, *Baroque Reason—The Aesthetics of Modernity*, LA: SAGE, 1994.

John M. Steadman, *Redefining a Style*: "Renaissance", "Mannerist" and "Baroque" in Literature, Pittsburgh: Duquesne University Press, 1990.

Austin Warren, *Richard Crashaw*: A Study in Baroque Sensibility, Baton Rouge: Louisiana State University Press, 1939.

David Schulenberg, *Music of the Baroque*, Oxford: Oxford University Press, 2008.

James Hardin, *German Baroque Writers (1580—1660)*, Boston: Cengage Learning, 1996.

R. K. Angress, *The Early German Epigram*: A Study in Baroque Poetry, Lexington: University Press of Kentucky, 1971.

Berthold and Margot, *The History of World Theater from the Beginnings to the Baroque*, New York: Continuum, 1991.

James J. Y. Liu, *The Poetry of Li Shang-Yin*: Ninth-Century Baroque Chinese Poet, Chicaco: the University of Chicaco Press, 1969.

后记一

    "乡村四月闲人少，才了蚕桑又插田。"一位朋友在我写论文最紧张烦乱、最焦灼难忍的时候，半开玩笑地说，这人间四月是最忙碌的时节，你又不是孤独的耕耘者，你看，大家不都在忙活着吗？不然哪有夏天的成熟、秋天的收获？说的虽然是常情常理，但是，对我却有一种意想不到的心理治疗功效。因为那时候，我老觉得自己是天底下最辛苦的人，尽管我知道我同届的各位同学也在昼夜兼程地研究、写作，可是俗话说得好："人人都认为自己肩上的担子才是最重的！"

    那些夜游巴洛克艺术与文学世界的日子，那些彷徨犹疑、纠结困窘的日子，那些奋笔疾书、偶有所得的日子，如今都渐渐成为记忆里的珍藏，清香袅袅，意绪恬然。而我深深知道，彼时感到的压抑和焦灼的程度，自然远非目前回忆时的心境可以比拟。

    面对这份三年磨砺的成果，在寂静的、一如既往的深沉夜，思绪的潮水蔓延开来，我真实的喜悦里充盈着更为深切的感激之情……

    在暨南大学学习期间，从选择阅读书目到确定选题，从篇章结构到理论分析，都得到我的导师蒋述卓先生的悉心指导。研究巴洛克文学与文化的选题，就是在修习蒋老师的《中外文论》这门专业课上，认真阅读雷内·韦勒克《批评的概念》中两篇涉及巴洛克的文章后，受到启发而最终拟定并得到了老师的肯定的。虽然我才疏学浅，悟性不高，但是老师深厚的文艺学和宗教学等方面的学养、开阔纵深的学术视野和敏感睿智的学术思想等，对我的浸润、启发和帮助巨大，老师的治学方法和严谨的治学态度对我影响弥深。当我在今年三四月间由于工作、学习双重压力而举步维艰时，导师对我表示了很大的理解和信任，鼓励我一鼓作气，相信自己。每当我回首那灯火阑珊、彷徨犹疑的时刻，我深切地意识到导师的信任和鼓励是我能够按期完成毕业论文的极大的精神动力。

与此同时，我还有幸亲聆了饶芃子教授的教诲。饶教授严谨的治学态度与娴雅的师表仪态一直潜移默化地影响着我，春风化雨，润物无声。感谢饶老师在课堂上的"预开题"，针对我们选题存在的问题，老师进行了细致而专业的指导和建议，让我们牢牢树立"问题意识"，并尝试在自己的论文中思考问题、解决问题。感谢老师的言传身教，让我叹服于"文心、师心、女人心"的诗意与隽永，让我沉浸在学海的漫溯与为人的历练之中，感悟老师对学生的爱的"期待和喜悦"，享受这一段美丽时光，珍惜这一道亮丽风景。

在论文写作过程中，我还得到了张世君教授的指教与帮助。张老师作为比较文学与世界文学专业导师，对我研究的巴洛克文学非常熟悉并对我的选题加以肯定，这使我深受鼓舞。我曾就巴洛克作家界定在目前国内学术界的混乱问题写信向张老师请教，老师鼓励我拿出自己的见解与看法，然后进行取舍，对学界争议颇大的作家作品暂时悬置，集中精力细读经典巴洛克文本并进行深入剖析研究，悬置的作家与文本可在今后作进一步深入探讨，并殷殷鼓励我尽早攻克难关，解放自己。当我从春寒料峭的三月走进这姹紫嫣红的五月，我情不自禁地给张老师写信："我就要解放了！"这份喜悦真实而厚重，谢谢您！

我还要衷心感谢在暨南大学求学期间我的导师们，他们是刘绍瑾教授、费勇教授、姚新勇教授、王列耀教授、苏桂宁教授、朱寿桐教授、宋剑华教授、李凤亮教授、蒲若茜教授、傅莹教授。在刘老师、费老师的课堂上，我开阔了学术视野，接受了许多弥足珍贵的观点与看法，也见证了智慧的碰撞与火花，这些都成为我知识储备里必不可少的一部分。

当然，给予我亲情的温暖和莫大的关爱与支持的，还有我和先生双方的父母亲。他们年事已高，可每次打电话总要关切地问及我的论文进度，殷殷期盼我早日完成学业。感谢我的先生在我忙乱的时候，工作之余还主动担负起照看、辅导孩子的责任。而小学四年级的儿子轩轩则是我论文功课的监督员。有一次他放学归来，郑重其事地问我当天写了多少字，我面带愧色地说，思路不畅，才一千字左右，没完成任务。孩子小脸儿一扬，安慰道："妈妈，那也比没写强啊，是吧？没关系，晚上再努力吧！"当时我就很有感触，我自己经常不给孩子台阶下，责成他做好这、完成那，可是，他却在我最需要鼓励的时候，毫不吝惜地给我砌起这么高的台阶，让我顺阶而下，让一颗浮躁的心安然着陆。

另外，我还要感谢我广州大学的同事们，他们为了我能够兼顾工作、求学和家庭，对我提供了不少实实在在的帮助，特别感谢冉东平教授，在我最辛苦忙碌的时候，伸出了援助之手，替我承担了本应由我承担的很多工作，在此，我要衷心地谢谢您！感谢华南农业大学我的好朋友权彦丽夫妇和廖群副教授，与你们多年的深厚友谊，一直是我的一笔可贵的精神财富。

最后，谢谢我的师妹邹鹃薇、钱中丽，师弟李艳丰和我的同学石了英、孙宗美、侯金萍、张仁香、刘冬梅、刘茉琳、蒙星宇、姜辉、熊宇飞和你们一路同行，我深深体会到同学之情、读书之趣，甘之如饴。特别感谢鹃薇师妹，小小年纪，充满灵性且勤奋用功，并乐于助人，经常在电话中鼓励我尽早完成论文，相约一起在毕业典礼上笑得灿烂舒心；感谢艳丰师弟，起了好的带头作用，最早进入论文状态，无形中督促鹃薇和我迎头赶上；感谢中丽对我的无私帮助，温婉的笑容常常令人如沐春风；感谢班长了英三年来一如既往的工作热情，方方面面，照顾细微，的确堪称尽职尽责。

其实，一直我就渴望在一种欣忭、平和的心境中写这篇后记，可是，我发现自己无法找到这样一种完全轻松、愉悦的感觉。我深切感到论文不足的地方还很多：论述不够深入，资料不够齐全，理论运用还不娴熟。我有理由对自己的东西不满意，深切感到自己收获的只是一颗带有遗憾的青芒果，如果能在米缸里好好地再藏卧一段时间，才会有袅袅的香味，萦绕在字里行间。

不过，面对这份三年培育出来的成果，一种喜悦和释然还是渐渐地笼罩了我……

　　阳台上的杜鹃花，那在四月中旬完全凋谢了的红灿灿的花朵，那曾经让我因为它们的凋零而意兴阑珊的娇艳之花，又重新绚烂夺目地蔓延着、翻滚着，似乎在肆意强化这份喜悦的感觉。

　　而似有似无的四季桂香从空气里悠悠地渗过来，漫过来……我知道，我生命的轨迹中情疏迹远的东西有很多，我的感激无法一一表达，然而，我喜悦着并由衷感激那些默默帮助我、支持我、鼓励我的人们。这份情感，如这恬淡的桂花般悠然绽放，"一枝淡伫书窗下，人与花心各自香"。

2010 年 5 月 19 日于云山居

后记二

2010 年 6 月，我顺利地通过了博士论文答辩，获得了文学博士学位。我非常欣喜论文能够得到北京师范大学博导季广茂教授、中国社科院文学研究所陈定家研究员、中山大学博导王坤教授的热情肯定，他们对后辈的认同与肯定极大地增强了我从事巴洛克文学研究的信心和勇气。

季教授在评阅意见中写道："作者对巴洛克文学，没有进行所谓的'社会学'分析，而是对它进行艺术的分析和美学的分析，角度既巧妙，也能见出作者独特的学术追求。作者对具体文本的分析也颇为精彩。由此可见，作者眼光敏锐，知识丰富。论文内容条理明晰，表述流畅。所有这些都表明，作者具有较强的科研能力，具备了较高的科研水平。"并称道"这是一篇优秀的博士学位论文。"王坤教授则从选题和人思角度对本人的论文进行了高度评价，"本文从张力角度入手，研究巴洛克文学的张力结构及其张力美，视角新颖；论文的出彩之处，在于对巴洛克文学张力构建的研究以及巴洛克文学所具有的张力美的研究。"陈定家研究员则认为论文"选用新批评之以'奇奥'见称的张力讨论解析以'奇崛'见称的巴洛克文学，对其叙事原则、语言技巧、形象特点及美学观念进行了富有诗意的哲理化探讨，在理论运用和研究方法上均有一定程度的创新与创见。"尽管我深知导师们的意见有很多鼓励与鞭策的成分，但这份殷殷之情、浓浓之意还是让我萦萦于怀、感念万千，一种难言的喜悦和压力同时涌向心头。

更让我铭刻于心、倍感温暖的是，中山大学博导张海鸥教授、暨南大学博导黄汉平教授曾对我的巴洛克研究课题设计给予热情肯定，中肯评价，并进行了细节的修正。张教授还热心介绍我请教王坤教授关于张力理论问题。我曾就巴洛克张力研究问题写信请教过王坤教授，并得到了王老师耐心细致的教诲和热情洋溢的鼓励。王老师对巴洛克研究现状、张力研究的重点，以及创新和研究价值方面都提出了很多建设性的、弥足珍贵的意见，这对于我及时修正、完善博士论文起到了非常重要的作用。在此，谨向王坤教授、张海鸥教授和黄汉平教授致以最衷心的感谢！

《外国文学研究》主编、中国外国文学学会副会长、华中师范大学博导聂珍钊教授也一直非常关注我在巴洛克文学研究中的进展情况，曾就我提出的问题进行耐心细致而又专业性极强的解答，既有客观肯定，亦对本人的研究角度与研究方法进行了学术上的指导批评。后来，聂老师邀请我参编他的"国家级精品课程教材"《外国文学史》，担任的就是巴洛克文学这一章的撰写工作。这对我无疑是一种精神上的极大鞭策与鼓励，也增强了我继续探究这一较少学者问津的学术园地的信心。在此，郑重地道一声：聂老师，谢谢您！

此外，因为对巴洛克文学经典作家的界定问题心存疑惑，在设计课题申报书时，还曾于 2012 年 1 月 10 日冒昧地致信中国社科院外文所所长、博士生导师、西班牙与葡萄牙语文学研究专家陈众议研究员，请他览阅并提出修正意见（我写作博士论文时曾从陈老师的专著《西班牙文学：黄金世纪研究》以及相关论文获得极大启迪，获益匪浅）。令人意外惊喜和感动的是，陈老师 12 日复函说："项目挺好，与国外有关研究相比，我们确实需要发出自己的声音，但涵盖面可稍宽一点。从张力这个角度切入是可以的，但可适当考虑巴洛克的反张力。"尽管课题设计并没有什么斩获，但是本人把这作为学术上不断拓深、完善的契机，谨从老师的教诲，在研究对象的涵盖面问题上，为了获得更多的第一手资料，本人曾去北大图书馆和国家图书馆搜集巴洛克文学外文资料，针对巴洛克文学的原文文本和西方评析，进行了较深入的求证和阐析。如今，在本人的研究成果即将付梓之时，谨对陈众议老师致以最诚恳深挚的敬意和谢意！

另外，本人的巴洛克文学审美张力研究得到了诸多前辈科研资料和相关信息的帮助，如杨周翰先生（已谢世）、叶廷芳先生、冯寿龙先生等众多知名学者和专家教授的研究成果启发，在此一并致谢！

当然，导师们亦指出了本人博士论文的一些不足之处。自此以后，一直萦绕在我心头的一件事就是尽早完善自己的博士论文，根据导师们提出的修正意见，对"张力"概念进行更严谨地界定，进一步拓展巴洛克文学影响与当代意义的研究，并对外文资料进行更深入地涉猎、挖掘和探究，以期让自己的立论和论证建立在更坚实的发现与研究的基础之上。

毕业后，经过了近4年的学术积累与沉淀，本人对巴洛克文学研究的相关问题又有了更多更深刻的认识与思考，期间整理、写作、发表了《巴洛克文学的民间意识与狂欢精神——以格里梅尔斯豪森的〈痴儿西木传〉为观照》《典雅爱情与贵族道德——试析〈克莱夫王妃〉的情爱描写》《巴洛克文学的多元文化价值及其影响场域》《17世纪欧洲巴洛克文学的审美追求》以及《接受的复调：中国巴洛克文学研究的回顾与反思》等几篇巴洛克文学研究论文，其中《巴洛克文学的民间意识与狂欢精神——以格里梅尔斯豪森的〈痴儿西木传〉为观照》发表在《外国文学研究》2010年第4期，并被美国艺术与人文科学引文索引A & HCI收录。这也算是对我所做研究的一个肯定与鼓励吧。

时至今日，国内外有关巴洛克文学在中国的译介与接受研究，还比较欠缺。许多巴洛克文学作品尚没有中译本问世，这显然影响了国人对巴洛克文学的全面认知与评价。至于对巴洛克文学在中国译介、研究之动态变化过程的历时考察与总结、评价，目前更缺乏专门、系统的探讨。

有鉴于此，本人今后的研究重心将有所调整，着重探溯巴洛克文学在中国的译介、传播与接受的动态变化过程，揭示导致此种变化的深层原因，从历代批评的动态发展过程中，去探察巴洛克文学的多重价值与意义，并试图建构一部巴洛克文学在中国的接受史，将巴洛克文学研究推向更为宏阔的学术视阈与理论背景，以期对中外文学、世界文学的广泛传播与交流有所助益。

2014年4月16日于云山居